यहाँ बर्फ़ गिर रही है

यहाँ बर्फ़ गिर रही है

यहाँ बर्फ़ गिर रही है

शैलेय

ISBN : 9789386534712

प्रथम संस्करण : 2019 © शैलेय

YAHAN BARF GIR RAHI HAI (Stories) by Shailey

राजपाल एण्ड सन्ज़

1590, मदरसा रोड, कश्मीरी गेट, दिल्ली-110006

फ़ोन : 011-23869812, 23865483, 23867791

e-mail : sales@rajpalpublishing.com

www.rajpalpublishing.com

www.facebook.com/rajpalandsons

पानी की पहली सीर
धरती के पहले अन्न को

क्रम

यहाँ बर्फ़ गिर रही है

खिचड़ी निपटने के साथ ही दीनानाथ जी ने दोनों जूठे बर्तन भी लगे हाथ निपटा दिये। इधर चूल्हे की हल्की आँच में हल्दी लेप भी तैयार हो चुका था और साथ ही केतली में हल्का गुनगुना पानी भी। दीनानाथ जी दोनों चीज़ें लेकर भीतर पत्नी देवकी के पास आ गये।

''धैर्य धर! सब ठीक हो जायेगा यार!'' दर्द से कराहती पत्नी को उन्होंने ढाँढस बँधाया। फिर अपना एक लगभग फट चुका गमछा पत्नी के घायल पाँव के नीचे घुटने से कूल्हे तक बिछा दिया। पाँव पर के लपेटे को खोला। पुराना हल्दी लेप उतारा। कायदे से साफ़ कर गुनगुने पानी से सिंकाई की और फिर नया हल्दी लेप लगाकर वही लपेटा फिर से बाँधा और गाँठ लगा दी।

आज टाँग में पहले से ज़्यादा सूजन थी। दीनानाथ जी चिन्तित हो गए। खुद पर कुढ़ बैठे, ''क्यों वे पिछले बारह रोज़ से लगातार हो रही बारिश और गिरती बर्फ़ से घबराकर बाज़ार, अस्पताल नहीं गये।'' उन्होंने संकल्प लिया कि कल चाहे जितनी बारिश हो या बर्फ़ पड़े वे अस्पताल ज़रूर जायेंगे और देवकी के पाँव के लिए दवा लेकर ही लौटेंगे। हालाँकि वे जानते हैं कि बिना मरीज़ को देखे डॉक्टर उन्हें महज़ कुछ दर्द मिटाने और सूजन घटाने की दवा भर दे देगा। लेकिन उससे कुछ खास बात बनती नहीं है। दरअसल जिस तरह देवकी खड़ी ढंगार पर धान का गट्टर सिर पर रखने के उपक्रम में एकाएक पैर फिसल जाने के कारण निचले खेत में गिरी है, कूल्हे पर तो शर्तिया गहरी चोट लग गई होगी। वरना यह देवकी कहाँ हार मानने वाली है कि बारह दिन बाद भी खड़ी न हो सके।

वे भगवान का शुक्र मनाने लगे कि गनीमत रही जो देवकी खेत की

ढंगार पर ही गिरी थी। कहीं अगर सीधी पहाड़ी की ढंगार पर गिरी होती तो पक्का था कि फिर तीन-चार सौ फुट नीचे गधेरे में ही इसकी लाश मिलनी थी। या खेत में सिर किसी पत्थर से टकरा गया होता या सिर के बल ही गिर पड़ी होती तो भी ज़िन्दगी खत्म ही समझो। भला हो इष्टदेव ने ज़िन्दगी बख्श दी, यह सब सोचते हुए दीनानाथ जी ने रज़ाई को ऊपर उठाकर दरवाज़े के पास खूब छटकाया और फिर से लाकर देवकी को गले तक ओढ़ा दी। फिर उसके सिर पर हाथ फेरते हुए बोले, ''अच्छा, अब तू आराम से सो जा। मैं ज़रा गोठ देख आता हूँ। आज तो दोपहर के बाद जानवरों को कुछ चारा-पानी भी नहीं दे पाया हूँ। क्या करूँ, शिवानंद जी के यहाँ बैठा रह गया। फिर साँझ ही हो गई। वैसे भी मौसम कोई सुधरा तो है नहीं। कितने दिन हो गये झड़ लगी हुई। बर्फ़ गिरते हुए।''

~

नीचे दीनानाथ जी ने अभी गोठ का किवाड़ खोला भी नहीं था कि अंदर से गाय के रँभाने की ज़ोरदार आवाज़ आई। साथ ही छोटी बकरी ने भी 'मैं-मैं' कर के जैसे उन्हीं के स्वागत में कोई मधुर गीत गाया हो।

गोठ भीतर जाकर दीनानाथ जी सबसे पहले दायें कोने पर बँधी गाय की ओर मुखातिब हुए। निगाह सीधे गाय के थनों की ओर घूमी। चारों थन भरपूर भरे-भरे थे। दीनानाथ जी को जैसे राहत मिली। फिर सहसा ही वे खुद थोड़ा शर्मिंदा भी हो आये, ''हम इंसान खुद तो भरोसेमंद हो नहीं सके और खूँटे से बँधे निरीह जानवरों पर कैसा-कैसा शक करने लगते हैं।'' स्वयं को कोसते हुए वे तत्काल गाय के सामने दूसरे कोने पर बँधे बछड़े की ओर मुड़ गये। बछड़ा अपनी जगह खड़ा-खड़ा चिहुँक रहा था। दीनानाथ ने उसकी आँखों में छलकती शरारत देखी तो उन्हें बरबस ही उस पर दया और प्यार आ गया, ''आखिर उसके हिस्से का कितना दूध तो हम रोज़ खुद ही पी जाते हैं।''

सहसा बछड़े ने अपनी छोटी-सी मचलती पूँछ ऊपर छत की ओर खड़ी कर दी। पूँछ के अगले सिरे पर लगे बालों का गुच्छ लहराने लगा। फिर वह अपने दोनों पैरों से कदमताल-सी चहलकदमी करने लगा। दीनानाथ जी के मन में लाड़ उतर आया। उन्होंने एक बाँह के घेरे में उसकी गर्दन ली और

दूसरे हाथ से उसके पूरे बदन की मालिश करने लगे।

तभी गोठ की दूसरी तरफ़ कोने में बैठी तीनों बकरियों में से एक 'मैं-मैं' कर बोली। दीनानाथ जी ने तत्काल उधर देखा—सबसे बड़ी वाली बकरी थी। अपने दोनों कान फड़फड़ाती-मुँह हिलाती जैसे वह अपने हिस्से के लिए कुछ प्यार बचाये रखने की अपील कर रही है। बछड़े को शाबाशी भरी धौल देने के बाद दीनानाथ जी बकरियों के बीच आ गये। बड़ी तो खड़ी थी ही। उनके आने पर दोनों अन्य बकरियाँ भी अपनी-अपनी छह इंची कलगी पूँछ हिलाती खड़ी हो गईं। दीनानाथ जी ने तीनों बकरियों को बाँहों के घेरे में ले अपने से लगा लिया। तीनों के मुख, सिर, पीठ, पैर, पूँछ सब जगह प्यार भरी मालिश का हाथ फेरने लगे।

बकरियाँ जैसे सहज अलमस्त हो उठीं। तीनों ने जैसे खुशी में मटक-मटक कर अपने-अपने गले में पड़ी घंटियाँ खनखना दीं। दीनानाथ जी ने तितर-बितर हो आईं नीम और जामुन की पत्तियाँ बटोर कर तीनों के बीच एकत्र कर जैसे कायदे से पुन: भोजन परोस दिया।

तभी छपाक कर दीनानाथ जी के मुख समेत समूचे बदन पर गौ मूत्र के छींटों की एक करारी बौछार पड़ गयी। यह गाय थी। आखिर उसको भी तो सोने से पहले मालिक के ऐसे ही गरम हलुवे सरीखा मीठे प्यार-मनुहार की ज़रूरत थी। दीनानाथ जी उठकर गाय के पास आ गये। उनके आते ही गाय ने रोज़ाना की तरह अपनी गर्दन छत की ओर तान दी। दीनानाथ जी उसका इशारा समझ गये। एक हाथ गाय की पीठ पर रख दूसरे हाथ से उसकी भरी पूरी लहराती झूलती अयाल को ओर-छोर सहलाने लगे।

इस बीच ऊपरी मंज़िल से बाल्टी का हत्था ज़ोर-ज़ोर से खटखटाने की आवाज़ें आने लगीं। दीनानाथ जी समझ गये कि ऊपर से यह देवकी का अपने पास बुलाने का इशारा है। दरअसल वह शौच कर चुकी होगी। अब गंदगी वहाँ से हटे तो बदबू बाहर हो और वह अपने को हल्का महसूस करें। दीनानाथ जी ने जल्दी-जल्दी गोठ के कोने पर एकत्र बची-खुची घास-पत्तियाँ, पुआल उठाकर इन मवेशियों में बाँटी और बाहर निकल आये। गोठ के किवाड़ भेड़े और साँकल लगा दी।

बाहर इस बीच बारिश लगभग थम-सी गई थी और उसके स्थान पर अब बर्फ़ का गिरना शुरू हो चुका था। दीनानाथ एक फटे-फटे से पुराने कट्टे

से किसी तरह लालटेन बुझने से बचाने की जुगत करते हुए भरसक तेज़ कदमों से चबूतरे की सीढ़ियाँ चढ़ रहे थे कि हवा के एक तेज़ झोंके से लालटेन एकाएक भक्क कर बुझ गई। इससे भी बुरा ये हुआ कि चबूतरे पर उनका आख़िरी कदम बर्फ़ के चलते एकाएक फिसल पड़ा। गनीमत ये रही कि वे धम्म से वहीं पर बैठने के अंदाज़ में गिर पड़े, सीधे उल्टी दिशा में आँगन में नहीं गिरे वरना सिर फूट सकता था। हालाँकि इस गिरने में एक सीढ़ी की कोने की धार से उनका घुटना टकराकर बुरी तरह छिल आया था। लालटेन भी हाथ से छिटककर आँगन में गिर पड़ी। चिमनी चटक कर टुकड़े-टुकड़े बिखर गई। ''हे राम!'' कहते हुए जैसे उन्होंने अपने भाग्य को एक साथ कोसा भी और सिर फूटने से बच जाने के लिए साथ ही उसे सराहा भी। किसी तरह फिर से वे चबूतरे की उन्हीं सीढ़ियों पर दीवार का सहारा लेते हुए खड़े हुए। चढ़े और द्वार खोल भीतर आ गये।

''क्यों, क्या हुआ ? गिरने जैसी आवाज़ आ रही थी,'' आँखें मिचमिचाती देवकी ने पूछा।

''क्या बताऊँ, सब कुछ करमदोष है। भुगत रहे हैं। कहाँ तो मैं हवा और बर्फ़ से लालटेन बुझने-चटकने से बचा रहा था, कहाँ ख़ुद ही गिर पड़ा। शुक्र है कि सिर नहीं फूटा। हाथ-पैरों की कोई हड्डी नहीं टूटी। मोच तक नहीं आई। वरना राम ही जाने कितने दिनों क्या-क्या दुर्गत झेलनी पड़ती हम दोनों को ही।'' दीनानाथ जी तौलिये से हाथ-मुँह पोंछकर देवकी की चारपाई के निकट आ गये। चारपाई के नीचे पड़ी देवकी की शौच की हुई बाल्टी उठाई और कुछ-कुछ लचकते हुए से दरवाज़े की ओर बढ़ गये।

गिरती बर्फ़ के कारण आँगन पार तक जाने का साहस वे नहीं कर सके। सो उन्होंने किवाड़ की बाहरी आड़ से ही गंदगी भरी बाल्टी धीरे से चबूतरे पर दीवार किनारे एक ओर को सरका दी।

दीनानाथ जी को लचकते चलते देख देवकी ने फिर पूछा, ''ज़ोर की चोट लग गई है शायद। कहाँ लगी ?''

''अरे यार, घुटना फूट गया है साला। छिल गया है बुरी तरह। हल्का-सा गीला-गीला भी लग रहा है। शायद थोड़ा बहुत खून भी आ गया है। खैर जान बची तो लाखों पाये,'' उन्होंने गीला पाजामा उतार दिया और दूसरा पाजामा पहन लिया। दर्द पी लेने की पुरानी आदत तो है ही।

''भीग गये हो। ठंड भी लग गई होगी। ऐसा करो अगर उज (हिम्मत) आ रही है तो दो घूँट चाय पीकर सो जाओ। नींद अच्छी आ जाएगी,'' देवकी ने कुछ सकुचाते-कुछ खुलते हुए कहा।

दीनानाथ जी को हल्की-सी हँसी आ गई, ''अच्छा, टाँग टूट गई है तेरी। पिछले बारह दिनों से अभी तक सही-सही इलाज तक नहीं मिल पाया है तुझे। खाना-पीना सब बिस्तर पर चल रहा है। दर्द से चौबीसों घंटे रोना-धोना मचा रखा है और शरारत ऐसी कि अभी गई नहीं, सीधे-सीधे क्यों नहीं कहती कि चाय का मन हो रहा है। कौन-सा मैंने जो कभी तेरी कोई बात टाली है!''

''अरे वो तो मैं हूँ कि कलेजे पर पत्थर बाँध रखा है। वह भी सिर्फ़ तुम्हारी खातिर, वरना तुम तो उसी दिन टूट गये थे नवीन के साथ ही। कैसे-कैसे मैंने तुम्हें सँभाला है, मेरी ही आत्मा जानती है या फिर वह ईष्टदेव ही जानता है। तुम मर्द क्या समझो—क्या जानो कि एक माँ और एक पत्नी का दिल कितना पानी—कितना पत्थर होता है,'' कहती हुई देवकी रुआँसी हो आई।

नवीन का ज़िक्र आते ही दीनानाथ जी मानो खड़े-खड़े आपाद दरक गये, एक ही बेटा था। अभी दुकानदारी ज़रा ठीक से चलनी शुरू हुई ही थी कि ज्यादा लालच के चक्कर में आकर कब वह भी शहर जा-जा कर किरकेट (क्रिकेट) के सट्टाबाज़ार में शामिल हो गया। इंडिया-पाकिस्तान का मैच ले डूबा उसे। सट्टा तगड़ा लगा बैठा। हार गया तो रुपया अदा नहीं कर पाया। झगड़ा हुआ तो ऐसा कि चाकू चल गये। जान चली गई। वैसे वह तो उन दिनों ही मर-मरा गया होता जब शराब के खिलाफ़ गाँव भर में उबाल आया हुआ था। उसे मालूम नहीं था कि दसों गाँवों के इस चौबाटे (चौराहे) पर खुली शराब की दुकान का लाइसेंस तो सरकार ने ही दिया है और फिर कौन नहीं जानता कि शराब का ठेका चलाने वाला कोई शरीफ़ आदमी तो होता नहीं। न ही वह कभी अकेला ही होता है। पटवारी से लेकर डी.एम.-एम.एल.ए. -एम.पी. तक सब उसकी जेब में होते हैं। पैसे पर पैसा फेंकता है—खुलकर तमाशा खेलता है। और फिर अगर गाँव भर की औरतें शराब की दुकान के आगे धरना दे ही रही थीं तो उसे क्या पड़ी थी कि अकेले खुद इतना आगे बढ़ने की। दुकान की छत पर एक-एक कर पत्थर-ईंट उखाड़-उखाड़ कर नीचे गिराने लगा। जोग सिंह कोई छोटा-मोटा गुंडा तो है नहीं। खबर लगते ही बीच रात दल-बल के साथ कैसे तिलमिलाया हुआ आ धमका था घर पर।

तब उसके गुंडों ने नवीन को घसीट-घसीट कर लाठी-डंडों से कैसा मारा था। अपनी तरफ़ से तो मार ही कर गये थे वे। वो तो इष्टदेव ने सब सुन ली थी। छह-सात महीने में फिर से चल सकने लायक हो आया था वह।

''ओफ़्फ़ो! हे रामा!! मर जाती हूँ अब!!!'' सहसा करवट बदलने के क्रम में देवकी का समूचा कूल्हा दुख उठा। वह लगभग चीख पड़ी।

दीनानाथ जी तत्क्षण देवकी के निकट पहुँचे। पुत्र वियोग और बदन दर्द से कराहती रुआँसी देवकी के सिरहाने बैठकर उन्होंने उसे अपने सीने से लगा लिया। सम्भवत: उसकी पीड़ा भी कुछ खुद हर लेने को, सांत्वना देने और ढाँढस बँधाने को।

देवकी दीनानाथ जी के सीने से लगते ही फफक-फफक कर रो पड़ी। कितनी ही देर तक वह अपने भाग्य को कोसती रही। जबकि उसी की तरह स्वयं दीनानाथ जी भी खुद के भाग्य और असमर्थ बुढ़ापे को मन-ही-मन कोसे जा रहे थे। लेकिन नवीन को लेकर देवकी के फफक पड़ने की स्थिति उनके लिए सदैव बड़ी ही विकट होती है। दरअसल वे नहीं याद रखना चाहते कि कभी उनके पास भी पूरे सोलह नाली (भूमि माप) ज़मीन थी। सेबों का बगीचा था। छोटे-मोटे व्यापार के लिए आढ़त थी। मकान भी ठीक-ठीक था। नीचे गोठ में दो गाय, दो बछिया, एक भैंस और सात-आठ बकरियाँ भी थीं। हालाँकि एक ही औलाद थी उनकी। बेटा था लेकिन भरपूर खुश थे वे। बेटे को बी.एससी., बी-एड. करा दिया था। सरकारी नौकरी के लिए उनके पास न तो जुगाड़ था—न किसी बड़े नेता तक पहुँच और न इतना पैसा ही था कि मनमानी घूस दे सकें। फ़िलहाल एक प्राइवेट हाईस्कूल में पाँच हज़ार पर पढ़ा ही रहा था। धीरे-धीरे दीनानाथ जी इसी भाव और संघर्षों में डूबते चले गये। जैसे अपने ही अतीत का कोई खास चलचित्र देख रहे हों।

''विवाह की सोच रहे थे हम उसके। उन्हीं दिनों यहाँ विदेशी कम्पनियों के आने की हलचल क्या शुरू हुई, मति मारी गई मेरी भी। इस खूबसूरत नगर के आस-पास की झक्क घने जंगलों वाली हरी-भरी घाटियों में बड़े-बड़े रिज़ॉर्ट वालों ने ज़मीनों की खोजबीन शुरू कर दी थी। ज़मीन वालों ने भी सोचा कि क्या होता है पहाड़ी खेतों में? क्या दे पाते हैं ये पेड़ हमें? कुछ नकद रहेगा तो ज़िंदगी में कुछ तो खुशहाली आएगी। इसी लालच में आ गया मैं भी। पटवारी प्रधान का खेल तब मैं समझ नहीं पाया। उनके झाँसे

में आ गया कि मैं अगर चोटी पर के अपने बगीचे की ज़मीन बेच दूँ तो वे मुझे उस ज़मीन की कीमत तो देंगे ही, रिज़ॉर्ट के निचले तले में एक दुकान भी दे देंगे। बड़ी दुकान। मैं खुश हो आया था कि इस पहाड़ी पर इतनी बड़ी आवासीय कॉटेज कॉलोनी बन रही है। बीचोबीच चोटी पर थ्री-स्टार होटल (रिज़ॉर्ट) बन रहा है। दुकान ऐसी चलेगी कि ज़िंदगी के तो मानो वारे-न्यारे ही हो जाएँगे। मैंने भी औरों की तरह अपनी अच्छी खासी ज़मीन बेच दी। कुछ रुपये आये भी। खुश ही थे लेकिन जाने कब हमें दुनिया की देखा-देखी पैसों की गरमी चढ़ गई। मिली पूँजी ऐसी बहायी कि आज यह हालत है कि गधेरे किनारे की रौखड़ वाली दो नाली ज़मीन कुल रह गई है हमारे पास। रिज़ॉर्ट तो खूब चमक-दमक रहा है दिन-रात। मगर मेरी दुकान खुलवाने का वादा तो जैसे हवा ही हो गया। जब भी जाऊँ-ज़िक्र करूँ-लिखित दिखाऊँ तो पटवारी और प्रधान दोनों हर बार ही ऐसे-ऐसे बहाने लगा देते हैं, ऐसी-ऐसी मुसीबतें समझाने लगते हैं कि शर्म, खीझ और थकान से निजात पाने को अंततः मुझे ही उनके पास जाना छोड़ना पड़ा। धीरे-धीरे घर में फिर से वही पुराने अभाव और परेशानियों की ऐसी आफ़त मचने लगी कि घर-घर न रहा कलेश का गढ़ हो गया। अब इस घर में मात्र हम दो ही लोग हैं और हम दोनों को हर पल यह गहरा शोक भीतर ही भीतर रहता है। बस। अब तो जीना भी कौन चाहता है। कठिन भी लग रहा है। कुछ जानवर हैं तो जैसे-तैसे दिल बहला रहता है। बस... ।''

अपनी-अपनी सोच और शोक में दीनानाथ और देवकी डूबे ही हुए थे कि सहसा उन्हें ज़ोर-ज़ोर से पहाड़ चीरती दहाड़ और रुलाई की चीखें सुनाई पड़ीं। वे दोनों ही इन मर्मांतक चीखों और रुलाई को समझ गये कि पड़ोस के शिवानंद जी की इहलीला समाप्त हो चुकी है। हो न हो यह रुलाई उनकी बहू सोवती और उसके दोनों बच्चों की ही है। सोचने लगे कि पता नहीं सोवती अपने दोनों बच्चों के साथ घर में अकेली ही है या कि गाँव-मवाशे का कोई और भी वहाँ पहुँचा है।

''हे राम! शिवानंद बेचारे भी... । सब करमगति है। चार साल पहले तक कैसा चमकता था उनका चेहरा। कारगिल खा गया उनको। बड़े बेटे की शादी को अभी तीन ही साल हुए थे और छोटा बेटा अभी पिछले साल ही फ़ौज में भर्ती हुआ था। राम ही जाने अब अकेली कैसे रहेगी वह? बच्चे अभी बहुत

छोटे-छोटे हैं,'' देवकी ने गहरी उदासी के साथ कहा।

दीनानाथ जी को तो रुलाई सुनते ही गम भरी एक ऐसी गहरी साँस आई कि अभी तक वह सन्नाटे में ही हैं।

''सुनो, इस मौसम का भी जाने कौन मरा है। इतने दिन हो गये। इसे चैन ही नहीं हो रहा। अभी-अभी बारिश-अभी-अभी बर्फ़। आदमी, जानवर सब घर, गोठ में बंद। मैं तो पाँव से लाचार हूँ। वर्ना जाती वहाँ, कैसे भी सही। तुम सोचो कि तुम्हें अब कैसे, क्या करना चाहिए?''

''ऐसी विपदा में सोचना क्या है। जाना ही होगा। वैसे भी मुश्किल ही लग रहा है कि वहाँ इस वक्त और कोई होगा भी। वैसे तो हफ़्ते-दस दिन से तो वहाँ कोई-न-कोई बराबर रहता ही था। परसों जब से शिवानंद जी दो गास (निवाला) दाल-रोटी के खाने लगे थे तो उनके बच जाने की जैसे उम्मीद जग आई थी। लेकिन बूढ़ा प्राण ठहरा, क्या पता चलता है कि किसको कब क्या हो जाए? बरसात में कागज़ की नाव समझो ज़िंदगी। पानी का बुलबुला। उठा कि फूटा।''

''हाँ, है तो सब करमगति ही। लेकिन बाहर तो बर्फ़ का तूफ़ान मचा हुआ है। जा भी पाओगे वहाँ तक? छाता भी कमबख्त टूट गया है। पूरे छह खेत का उकाव है। रास्ता भी इतना पतला और खड़ा है कि अव्वल तो कब पैर रपट जाये, पता नहीं और अगर रपट गया तो फिर तो खुद की भी कोई खैर ही नहीं।''

''हाँ, यह सब तो है ही लेकिन इंसानियत तो सबसे ऊपर होती है। ऐसे में कुछ तो करना ही होगा। सोवती तो बेचारी जाने किस-किस का और कब से इंतज़ार कर रही होगी।''

''वह तो मैं भी खूब समझ रही हूँ मगर जाने वाला तो चला गया। अब अपनी जान भी तो देखनी हुई। और फिर उसके इस रोने की आवाज़ तो तल्लाघर के माधवानंद और दौलत सिंह के घर तक भी जा ही रही होगी। बल्कि अब तक कोई-न-कोई पहुँच ही गया होगा वहाँ। वे लोग तुमसे जवान भी हैं। बर्फ़ के पहाड़ अभी भी लाँघ सकते हैं।''

''अरे भागा! विपदा की घड़ी में ऐसी बहस नहीं करते। मैं टॉर्च को हिला-डुला कर देखता हूँ। क्या पता ठीक हो ही जाये। पाँच-सात खेत ही तो चढ़ने हैं,'' कहते हुए दीनानाथ जी ने मिट्टी तेल की ढिबरी एक किनारे सरकाई

और अंदर खूँटी पर टँगी हुई टॉर्च लेने को बढ़ गये।

टॉर्च को वे कुछ देर उलट-पुलट करते रहे। हथेली पर थपथपाते रहे। नहीं जली। उन्होंने टॉर्च के सैल निकालकर चूल्हे में बचे जलते हुए कोयलों के किनारे रख दिये। काफ़ी देर तक वे इन सैलों को उलट-पलट करते रहे— गोल-गोल, घुमावदार-आड़े-तिरछे। दोनों सैल ठीक से गरम हो जाने पर उन्होंने उन्हें टॉर्च में लगा दिया। बटन दबाया कि टॉर्च भक्क से जल उठी। दीनानाथ जी को जैसे राहत से बढ़कर कोई बड़ी खुशी मिल गई। उन्होंने फटाफट अपने पाजामे का नाड़ा एक बार और कसा फिर पाजामे को नीचे घुटने तक गोल-गोल लपेट लिया। कमीज़ की बाँहें भी समेट लीं। कमीज़ के भीतर ठंड से बचाव को उन्होंने स्वेटर भी पहन रखा था। कसा था। इसलिए उसकी बाँहें ऊपर लपेटी नहीं जा सकीं। रसोई में अभी भी एक लोटे में पहले की बचाकर रखी हुई चाय को उन्होंने पुनः केतली में डाल चूल्हे पर चढ़ा दिया। चाय गर्म हो गई तो दो गिलासों में आधा-आधा डालकर भीतर देवकी के पास चले आये। बोले, ''देवा, मित्रामी विपदा में ही देखी जाती है। मैं जानता हूँ कि तूने अगर चोट नहीं खाई होती तो बिना मुझसे पूछे अब तक वहाँ पहुँच भी गई होती। तेरा दिल मैं खूब पहचानता हूँ। मगर तू लाचार है तो क्या, मैं तो ठीक हूँ। थोड़ा बूढ़ा ही सही, धीरे-धीरे चढ़ जाऊँगा। और बर्फ़ है तो क्या, टॉर्च भी तो है। तू चिंता न कर। तू चाय पी और सो जा। मैं दरवाज़ा बाहर से भेड़ दूँगा। साँकल भी लगा दूँगा।''

''सुनो, अगर वहाँ और कोई होगा या आ जाएगा तो तुम वापस घर आ जाना। मेरा पेट वैसे भी आजवाइन खाने से आज सुबह से ही ठीक नहीं चल रहा है,'' देवकी ने एक और कराह के साथ कहा।

दीनानाथ जी ने देखा कि ज़रा-सा भी दर्द अगर कहीं होता तो पूरी चीख का नाटक करने वाली यह देवकी इस वक्त किस तरह पड़ोस की विपदा में बराबर साथ खड़ी है। सारा दर्द भीतर-ही-भीतर पी गई है। वे गद्गद भाव से देवकी के प्रति प्यार और श्रद्धा से भर उठे। उन्होंने देवकी की रज़ाई ठीक से व्यवस्थित की और टॉर्च उठाकर बाहर के कमरे में आ गये। रास्ते में भीग ही जाना था। इसलिए वहाँ पहुँचने पर बदलने के लिए एक जोड़ी कुर्ता, पाजामा और स्वेटर उन्होंने प्लास्टिक की एक थैली में और धर लिया। बरसाती थी नहीं, सो एक बोरा लिया और उसके बंद कोने को भीतर की ओर दबाया

और दूसरे कोने से मिलाकर बरसाती-सा बना लिया।

किवाड़ खुलते ही घुप अँधेरा और सीना चीरता हुआ बर्फ़ानी तूफ़ान सामने था। दीनानाथ जी ने टॉर्च चमकाई। रुई के फाहों सरीखी दनदनाती बर्फ़ गिर रही थी। टॉर्च की रौशनी जहाँ तक भी जाती, बर्फ़ का सफ़ेद कपास बिछ रहा था। दीनानाथ जी ने ध्यान दिया—शिवानंद जी के घर से आ रही, दहाड़ मारती रोने की आवाज़ें अब और भी तीखी व मर्मान्तक होकर सुनाई दे रही हैं। ऐसी तीखी कि दीनानाथ जी की आँखें भी बरबस ही भर आईं। आखिर शिवानंद उनके बचपन के दोस्त जो थे। आपाद शोक में डूब गये हैं, आज वे। धीरे से चौखट से बाहर आये। किवाड़ भेड़ कर साँकल लगा दी।

''ठीक से जाना। पैर जमा-जमा कर चलना। लाठी ठीक से गड़ा लेना पहले। हाँ, कोई और वहाँ आ जाए तो तुम सीधे वापस घर आ जाना। सुबह फिर चले जाओगे,'' चबूतरा पार करते-करते भीतर से आती देवकी की हिदायत सुनकर दीनानाथ जी को अच्छा तो लगा लेकिन फिर भी मौसम के विद्रूप को देखते हुए उन्हें खुद से कहीं अधिक देवकी की लाचारगी पर दया आ रही थी। उन्हें लगा, जैसे यही तो कर्मनाशा की हार है। कठोर-से-कठोर कर्म कर सकती है पर टाँग तोड़ बैठी है देवकी तो बेचारी अब क्या करे? वक्त बड़ा बलवान है। खैर! उन्हें तो चलना ही था।

चबूतरे पर निकलते ही वे बर्फ़बारी के बीच आ गये थे। उन्होंने टॉर्च सीधी कर चारों ओर घुमाई। चारों तरफ़ बर्फ़-ही-बर्फ़। चबूतरे पर बिछी बर्फ़ में अपनी नोकदार लाठी ठोककर देखी। इतने दिनों में लगभग पाँच-छह इंच ऊँची बर्फ़ गिर चुकी थी। उन्हें चलना था। वे बोरे की बनाई बरसाती को सिर पर टिकाये एक हाथ से कसकर पकड़ते किन्तु टॉर्च और लाठी को अकेले दूसरे हाथ से पकड़ पाना कठिन था। सो उन्होंने कोनों के छोर से बोरे के किनारे होंठों तक खींचे और दोनों किनारे दाँतों के बीच दबा लिये। फिर एक हाथ में टॉर्च और दूसरे हाथ में लाठी सँभाले धीरे-धीरे सीढ़ियाँ उतरने लगे। शिवानंद जी के घर से लगातार आ रही शोक भरी रुलाई उन्हें जल्द-से-जल्द वहाँ पहुँच जाने को व्यग्र किये हुई थी। पगडंडी पर सँभल-सँभल कर धीरे-धीरे चलते-चढ़ते हुए दीनानाथ जी को शिवानंद जैसे सहृदय और सहयोगी भले मित्र-इंसान के गुज़र जाने का गम सता रहा था। रह-रह कर उनकी अच्छाइयाँ याद आ रही थीं। तभी तो खुद के और घायल पत्नी के बुढ़ापे और चोट को

लेकर बनी असमर्थता के बावजूद वे पूरे भीगे मन से चले जा रहे हैं।

वरना इसी गाँव के उमेद सिंह, जगदीश, खीमा, विश्वम्भर और राजवीर जैसे दुशेट जन का मामला होता तो शायद वे ऐसे विद्रूप मौसम में तो क्या, दिन के उजास भरे खुले मौसम के ठीक-ठाक हालात में भी ऐसे बेताबी से तो कतई नहीं जाते। जाना भी नहीं चाहते। हाँ, देखा-देखी की सामाजिकता अलग बात है। हालाँकि उस पर भी वे कुढ़ते रहते, क्योंकि ऐसे दुर्जनों के बारे में बातें भी क्या होतीं सिवाय उनके कुकर्मों और अत्याचार के अलावा। अचानक एक स्थान पर उनका पैर थोड़ा लचक पड़ा। दरअसल पैर बर्फ़ के नीचे दबे गोल पत्थर के ढलवा किनारे पर पड़ा था। गनीमत रही कि मोच नहीं आई। हाँ, झटके के साथ एक तीखा दर्द ज़रूर हुआ। लेकिन उनके मन-मस्तिष्क में तो बस शिवानंद जी के घर से फूट रही रुलाई ही झर रही थी। वे पाँव का दर्द पिये लाठी थोड़ा और कसकर पकड़े आगे और आगे बढ़ते चले गये। बल्कि उन्हें तो यह द्वन्द्व सता रहा था कि आग लग जाने या फिर मकान के ढह जाने जैसी कोई दुर्घटना होती तो यहीं से चीख-चीख कर शीघ्र ही अपने पहुँचने की दिलासा भरी आवाज़ देते, घोषणा करते। लेकिन ऐसे शोक में तो जैसे जुबान ही बंद हो जाती है। बस सीधे साक्षात् पहुँचना ही होता है। जबकि घर के मुखिया का स्वर्गवास हो गया हो, दो-दो बेटों का देहांत हो चुका हो और घर में बस केवल एक पैंतीस वर्षीय बहू रह गई हो, अपने दो छोटे-छोटे बच्चों के साथ। शिवानंद और खुद अपने घर की दुर्गत पर दीनानाथ जी का मन ज़ार-ज़ार रोने को हो आया। लेकिन यह घड़ी धैर्य और ज़िम्मेदारी की थी। इसलिए वे इस समय केवल शिवानंद के बारे में सोचते हुए ही आगे बढ़ रहे थे। उन्हें याद आ रहा था—शिवानंद जी किस कदर सीधे-सरल-सहयोगी और विचारवान आदमी थे। उन्हें अच्छी तरह याद है कि जब भी गाँव में कोई विपदा-कोई आपदा आई तो शिवानंद बार-बार किस तरह सबसे पहले परस्पर भौगोलिक समस्या दूर कर समूचे गाँव के एक साथ एक बाखली जैसा बसने की बात कहते थे।

दरअसल चारों ओर से पहाड़ियाँ। चारों तरफ़ नीचे बहता गधेरा और इसके बीचोबीच टापू जैसा खड़ा यह विशाल पहाड़। तब इस पहाड़ पर फैल कर बसा हुआ है यह हमारा गाँव। यों तो सब ठीक-ठाक चल ही रहा होता है लेकिन विपदा की ऐसी घड़ी में जब सहायता की तत्काल आवश्यकता

होती है, अपनी ढंगार पर से चीख-चीख कर लोगों को आवाज़ लगानी होती है। ऐसे वक़्त में जबकि घनघोर रात हो, तब महसूस होता है कि एक साथ पास-पास बसने-एकजुट रहने का कितना बड़ा महत्त्व है। शिवानंद जी हमेशा इस महत्त्व के बारे में फिर से कुछ करने की सलाह जिस-तिस को देते रहते थे। लेकिन लोग हैं कि अपना खेत दूर हो जाने और आपस में के बरतनों के अक्सर टकराने की दिक्कतें कह-कह कर बात टाल जाते। जबकि वैसे भी गाँव के पूरब और उत्तर की तरफ़ नीचे गधेरे पर से दो-दो घाट हैं। शमशान घाट। उत्तर की तरफ़ जहाँ गधेरे दोबारा मिले हैं वहाँ शिवालय बना हुआ है। पूरब की तरफ़ पार की पहाड़ी पर ऊपर खड़ा है ताड़ीखेत नगर। इन गाँवों की पहाड़ियों से इन नगरों को जाने के लिए नीचे गधेरों पर लकड़ी के कच्चे पुल बने हुए हैं। ये पुल भी शिवानंद जी के कारण ही बने हैं। पहले रोज़मर्रा की ज़रूरत का सामान लाने के लिए बाज़ार जाने को ये गधेरे पार करने होते थे। बाकी समय तो ठीक, लेकिन बरसात में ये गाँव इन बाज़ारों से कटकर रह जाते थे। पन्द्रह-पन्द्रह-बीस-बीस रोज़ के लिए। पुल बनाने के लिए कई बार माँगें भी उठीं। लोग जाने कितनी बार पटवारी के पास गये कि वह सरकार तक उनकी परेशानी और माँगों के बारे में बात करे। वह हर बार पहले गाँव भर में चंदा इकट्ठा कर बी.डी.ओ., एस.डी.एम. और डी.एम. के दफ़्तरों में बैठे बाबुओं के लिए पर्याप्त घूस का इंतज़ाम करने को कह देता। गाँववाले जितना चंदा इकट्ठा कर पाते, उसे वह ले लेता। बाद में फिर आकर कह देता, ''यह तो एक ही दफ़्तर के लायक हो पाया। फ़ाइल ऐसे में आगे खिसकना मुश्किल क्या बल्कि नामुमकिन है।''

गाँववाले जब खुद डी.एम. से मिलने की बात कहते तो वह इसे अनुशासनहीनता बता देता, उपद्रव फैलाने के आरोप में सज़ा हो जाने का भय दिखाता। हाँ, लेकिन वह धीरे-धीरे खुद ही यह सब करवा देने का आश्वासन ज़रूर देता और चंदा खुलकर इकट्ठा करने की हिदायत दे डालता।

गाँव में धीरे-धीरे पटवारी के खिलाफ़ आक्रोश पनपने लगा। लेकिन पटवारी को शीघ्र ही इसकी भनक लग गई। एक-दो उद्दंड लड़कों, जिनसे उसे खुद की पिटाई का डर लगा रहता, उन्हें शराब पिलवाकर बहकाता बाद में उन्हें शराब बेचने और जुए के आरोप में जेल में डालने की धमकी के साथ शांत कर चुप करा दिया।

दरअसल पहाड़ के गाँवों में पुलिस सीधे तौर पर तो होती नहीं। पटवारी को ही कानूनी तौर पर पुलिस कांस्टेबल-दरोगा के अधिकार मिले होते हैं। इसलिए गाँवों में उसका एकछत्र साम्राज्य चलता है और सब उससे भय खाते हैं। लोगबाग आये दिन एक-दूसरे पर ही अनाप-शनाप भुनभुनाकर रह जाते।

एक रोज़ शिवानंद से यह सब बर्दाश्त नहीं हो पाया। चार-छह लकड़हारों को लेकर अपने गधेरे किनारे के खेतों की ओर चल दिये। चीड़ के अपने खेत के पूरे बीस पेड़ कटवा दिये। शिवानंद जी के इस त्याग भरे कदम पर गाँववालों ने शर्माशर्मी फिर से चंदा इकट्ठा किया। बढ़ई बुलाये और फिर गाँव के दोनों तरफ़ के गधेरों के ऊपर दस-पन्द्रह दिनों में एक-एक लकड़ी का पुल बन गया।

इसी तरह का मामला स्कूल का भी है। कक्षा एक से पाँच तक के लिए सिर्फ़ एक मैडम। स्कूल में और कोई दूसरा अध्यापक-कर्मचारी नहीं। बस वह एकमात्र मैडम ही सब कुछ। वही चपरासी भी और वही प्रधानाचार्या भी। आधा दिन बच्चे स्कूल की साफ़-सफ़ाई में लगाते थे। बाकी आधे दिन में उनकी पढ़ाई और खेलकूद भी। यानी मैडम को स्वेटर बुनने के अलावा और कोई खास काम नहीं। जबकि गधेरा पार के गाँव में भी एक प्राइमरी स्कूल था। वहाँ सात अध्यापक-अध्यापिकाएँ थीं। हमारे बच्चे वहाँ कैसे जाएँ, इसके लिए भी यही पुल आखिरकार वरदान साबित हुआ। लेकिन इससे भी बड़ी बात कि पिछले से पिछले साल जब गाँव का एक बच्चा आपसी खेल में अचानक पुल पर से गिरकर गधेरे में डूब गया तो दुखी शिवानंद जी उसी रोज़ से वहीं उस पुल पर, उसी स्थान पर आमरण अनशन पर बैठे गये थे कि सरकार तत्काल गाँव का स्कूल सुधारे, मरम्मत करे और यहाँ भी पर्याप्त अध्यापकों की व्यवस्था शीघ्र करे। अखबारों में बात उठी। जाँच हुई। तब सरकार ने तीन और अध्यापक यहाँ के लिए नियुक्त कर दिये।

बच्चे पूरे चार मील के उकाव-हुलार से बच गये। अपने ही गाँव में पढ़ने को मिल गया।

हाँ, तब कई और लोगों ने भी सहयोग किया शिवानंद जी से प्रेरणा लेकर। स्कूल में एक से दो भवनों की और व्यवस्था कर दी गई। आज यह स्कूल जूनियर हाईस्कूल हो चुका है। लड़कियों को पाँचवीं से आगे की पढ़ाई मिल गई है। तो ऐसे जाने कितने ही सामाजिक काम हैं, शिवानंद जी ने

जिनकी पहल की। काम किया। बस एक मसला है जो सबसे बड़ा है। ज़रूरी है। परन्तु जिसका हल हो पाना शायद काफ़ी मुश्किल ही है। वह है लोगों को अपने-अपने खेतों से उठकर किसी एक स्थान पर इकट्ठे बसने की प्रेरणा देना। सफलता के प्रयास कर पाना, क्योंकि इसमें ज़मीन से ज़्यादा आपसी संबंधों की बात भी आ जाती है।

''हे राम!'' दीनानाथ जी के मुँह से बरबस ही निकल पड़ा। आखिर इस घनघोर रात, ताबड़तोड़ बर्फ़ और तीखे उकाव को इस अवस्था में भी वे जैसे-तैसे चढ़कर शिवानंद जी के आँगन में पहुँच ही गये।

दुख में दहाड़ें मार रोती शिवानंद जी की बहू ने अंदाज़ा लगा लिया था कि हो-न-हो यह दीनानाथ जी ही हैं। उसने खुद पर किसी तरह नियंत्रण किया और अपनी चौखट पर से टॉर्च चमकाती हुई पुकारती बोली, ''सौर ज्यू (ससुर जी)!'' फिर वह टॉर्च लिये दौड़ती हुई नीचे आँगन में आई और उनके दोनों पैर पकड़कर, वहीं बैठ गई। एक बार फिर से मर्मांतक चीख भरी दहाड़ों के साथ-साथ फफक-फफक रो पड़ी।

दीनानाथ जानते हैं कि अब इस बहू के आगे का भविष्य बहुत भयावह है। ऐसे में संभवत: उसे दीनानाथ से ही सबसे ज़्यादा अपनत्व और सहारे की उम्मीद है।

दीनानाथ जी भी उसके साथ ही फफक-फफक कर रो पड़े। लेकिन तभी उन्होंने खुद को सँभाला। फिर बहू सोवती को सहारा देकर खड़ा किया और उसे द्वार भीतर पहुँचाकर खुद कपड़े बदलने के वास्ते नीचे गोठ में आ गये।

कपड़े बदलकर दीनानाथ जी ऊपर कमरे में आये तो देखा कि बहू सोवती के दोनों बच्चे सोने की मुद्रा में ऊँघ रहे थे। उनके उदास चेहरों पर रुलाई और थकान साफ़ झलक रही थी। सोवती उन्हें सुलाने के उपक्रम में जुटी थी। रुआँसी। खुद की सिसकियों पर नियंत्रण रखती हुई।

तभी बाहर आँगन में से एक और टॉर्च की रोशनी चमकती आगे बढ़ती हुई दिखाई दी।

''कौन?'' दीनानाथ जी ने पूछा।

कोई जवाब नहीं मिला। खुद के टॉर्च को चमकाकर दीनानाथ जी ने इस व्यक्ति को पहचाना, बद्रीबाबू थे। कपड़े बदलने गोठ जाने से पहले बद्री बाबू ऊपरी कमरे में आये जहाँ शिवानंद जी की मृत देह पड़ी थी। उन्होंने

धीरे से झुककर मृत शिवानंद जी के पैरों को पकड़ कर प्रणाम किया। उनको फिर आसानी से उठते न देखकर दीनानाथ जी समझ गये कि आज बद्रीबाबू दो-एक पैग ज़्यादा चढ़ा (शराब) कर आये हैं शायद। दीनानाथ जी ने उन्हें सहारा देकर उठाया और कपड़े बदलने गोठ पहुँचा दिया।

बद्रीबाबू ऊपर आये तो सिसकियाँ तोड़ती-सँभालती सोवती फिर से भीतर चली गई। बच्चों का बिस्तर लगाने लगी। दीनानाथ जी और बद्रीबाबू दोनों के बीच शिवानंद जी के जीवन-व्यवहार के बारे में तरह-तरह से सुख-दुख भरी यादों के साथ तमाम-तमाम बातें होने लगीं।

अभी बमुश्किल पन्द्रह-बीस मिनट बीते होंगे कि एक साथ तीन-तीन टॉर्च बाहर आँगन की ओर चमकती बढ़ती दिखाई दीं। आँगन में पहुँचने पर उनमें से एक शख़्स की भर्राती आवाज़ भी जैसे साथ ही गूँजी, ''हाँ भई, कौन-कौन चचा लोग बैठे हैं?''

आवाज़ पूरी तरह पहचानी हुई थी। यह पटवारी भैरों सिंह थे। उनके साथ अमीन बाबू और पटवारी जी का चपरासी भी आया था।

''हाँ, तो कपड़े कहाँ बदलने हैं?'' उसने आँगन में खड़े-खड़े पूछा।

''यहाँ क्या होता है बस वही गोठ है पटवारी जी!'' दीनानाथ जी बोले।

वे तीनों लोग कपड़े बदलने को गोठ भीतर हो लिये।

ऊपर पटवारी के आने को लेकर दबी जुबान में तीखी प्रतिक्रियाएँ होने लगीं—शायद यह पटवारी मन का कहीं अच्छा आदमी भी है।...कुछ पता नहीं, रात के तीन बजने को हैं। यह आता है तो हमेशा शव को शमशानघाट ले चलने के बाद ही आता है। परन्तु यहाँ...। शायद शिवानंद के चरित्र से यह भी भीतर-ही-भीतर कहीं गहरे प्रभावित है। दुख के बीच भी पटवारी के आने से लोगों के बीच एक खुशी भी हो रही थी। उम्मीद जग आई कि शायद यह किसी-न-किसी भलमनसाहत की वजह से ही आया है।....आखिर यह इन दसों गाँवों का सबसे बड़ा और रौबीला सरकारी-अफ़सरनुमा नुमाइंदा है, जिसके पास आने पर या जिसके पास जाने में भलों-भलों की घिग्गी बँध जाती है। एक जिज्ञासा-एक चिंता बनी रहती है कि हमसे कुछ घूस लेकर यह हमारा कौन-सा अटका काम बना दे या फिर हमारे खिलाफ़ के किसी आदमी से कुछ घूस लेकर हमें दिन में ही कौन-कौन से तारे दिखा दे। इनाम और जेल, सब इसके एक इशारे पर। इसके अलावा भी दुनियादारी से जुड़ी कितनी ही

बातें हैं जो दीनानाथ जी के दिल-दिमाग को मथ रही थीं।

इस बीच पटवारी अपने साथियों समेत कपड़े बदल चुका था। वह ऊपर भीतर प्रवेश कर ही रहा था कि दीनानाथ जी, ''आइये! आइये!!'' कहते हुए इन तीनों के लिए चटाई बिछाने लगे।

अभी ये लोग बैठे ही थे कि पटवारी भैरों सिंह ने रुआँसी बहू सोवती की ओर एकबारगी सहानुभूति भरी निगाहों से देखा। जेब से निकाली नोटों की एक गड्डी सोवती की ओर बढ़ाता हुआ बोला, ''लो बहू, ये रख लो। काम आयेंगे। पूरे दस हज़ार हैं।''

''रख लो बहू! रख लो। अभी तुम्हें अंदाज़ नहीं कि इस सब में कितना-कितना खर्च आता है। तेरहवीं पर इतना बड़ा गाँव तो हमारा ही है और ऊपर से तमाम रिश्तेदारी-बिरादरी भी हुई ही,'' पटवारी ने सोवती की ओर रुपये फिर से बढ़ा दिये।

सोवती कृतज्ञता से इंकार कर रही थी। साथ ही कहीं वह बुरा न मान जाये, इस भय से झिझक भी रही थी।

दीनानाथ जी से यह सब बर्दाश्त नहीं हो रहा था। वह बोल ही पड़े, ''पटवारी जी! आप रहने दीजिए। रख लीजिए वापस। दरअसल शिवानंद जी मुझे सारे इंतज़ाम लायक रुपया देकर ही गये हैं। रस्ता-व्यवस्था सब समझा गये हैं।''

दरअसल दीनानाथ जी जानते हैं कि पटवारी भैरों सिंह कितना घाघ आदमी है। दसों गाँवों में किसी भी घर कोई शादी हो, मौत हो या और कोई ज़रूरत, पटवारी वहाँ ज़रूर पहुँच जाता है अपनी अंटी में रुपयों की एक गड्डी लिए। हज़ार बार मना कर दो, फिर भी असली हितैषी-सा बनकर पकड़ा ही देगा। वह सोचने लगे, 'साला खूब जानता है कि माली हालत हम सबकी पहले से ही पतली है। कई बार तो दो-दो, तीन-तीन साल बीत जाते हैं, कर्ज़ वापसी लायक कमा-जमा कर ही नहीं पाते और तब एक दिन फिर से इसी पटवारी का असली चेहरा हमारे सामने आता है। तब अव्वल तो यह हमारी छोटी जोत के खेत को ही बेच देने की बात कहेगा। कहेगा कि पैसे इसी में कट जायेंगे। नहीं तो खेतों में जो दस-बीस शल, शीशम, सागौन, बाँस या चीड़ वगैरा के पेड़ खड़े होंगे, उन्हें ही उसे दे देने को कहेगा। कुछ न हो सका तो यह सीधे-सीधे कर्ज़ पर मनमाने ब्याज का कुटिल खेल खेलता है। न

मानो तो यह हरामी घर से गाँव-समाज-खेत किसी भी मामले में पचास ऐसी मुसीबतों में उलझा देगा कि अंततः जीत इसी की होगी।' इसलिए वह नहीं चाहते थे कि शिवानंद जी जैसे भले आदमी की सीधी-सादी बहू सोवती भी इस नामुराद पटवारी के मकड़जाल में फँसे। वह खुद को रोक नहीं पाये और बोल ही पड़े, ''दरअसल पटवारी जी! पैसा बहू के पास भरपूर है। ज़रूरत भर है। और ज़रूरत पड़ी तो सबसे पहले हम इसके पड़ोसी हैं, हमारी ड्यूटी सबसे पहले। हाँ, अगर तब भी कम पड़ गया तो फिर तो आप संकटमोचक हैं ही।''

''ठीक है! ठीक है! काम सही तरीके से-इज़्ज़त से हो जाने से मतलब है। इंतज़ाम घर में ही है तो बड़ी खुशी की बात है। दुख में पूछना हमारा फ़र्ज़ है। मेरा तो दो कदम और भी ज़्यादा ही। आखिर दसों गाँवों के सब घरों के सुख-दुख-निजी और सरकारी ज़िम्मेदारी सब मेरी जो ठहरी। मैं नहीं पूछूँगा तो कौन पूछेगा भला?'' पटवारी भैरों सिंह ने घुटती खीझ के साथ कहते हुए रुपयों की वह गड्डी पुनः अपनी अंटी में वापस धर ली।

''हाँ, तो बारिश और बर्फ़ की झड़ तो अभी और तीन-चार रोज़ तक थमने वाली नहीं है। सुबह घाट (श्मशान घाट) तक कैसे जाना होगा? पार गाँव के पुरोहित पूरन तिवारी जी को बुलाने के लिए भी किसी को भेजना होगा। बाज़ार से कफ़न सामान भी लाना होगा। बाँस तो खैर मेरा यह मोहना काट लाएगा, लेकिन सबसे भारी परेशानी तो यह है कि बर्फ़ गिरना थम ही नहीं रहा है। घाट तक जैसे-तैसे चले भी गये तो चिता को अग्नि कैसे देंगे? चिता कैसे जलेगी? क्या सोचते हो बद्री कका?'' दिखावटी ही सही। भैरों सिंह पटवारी ने अपनी चिंता जतायी।

कुछ देर को सबके बीच जैसे एक मौन पसर गया। निगाहें सबकी कमरे के एक किनारे दीवार से सटाकर रखे गये शिवानंद जी के शव पर आ टिकीं।

शव की हालत देख-देख कर सभी को यह अंदाज़ तो लग ही रहा था कि एक बार चिता कायदे से जल उठे तो बमुश्किल दो घंटे लगेंगे कोयला बनने में। लेकिन फिर वही बात, जो पटवारी ने कही, कि मौसम इस कदर बदमिज़ाज हो उठा है कि ऐसी बर्फ़बारी में माचिस की एक तीली तक जला पाना एवरेस्ट चढ़ जाने से कतई भी कम नहीं।

हालाँकि सच यह है कि पटवारी का तर्क, राय और सहयोग तो दूर, उल्टे उसकी यहाँ इस वक्त उपस्थिति कमरे में बैठे सभी लोगों को सामने

पड़ी शिवानंद जी की लाश से भी कहीं अधिक भारी लग रही थी। लेकिन इस वक्त वैसे भी क्या कहें-क्या करें? जल में रहकर मगरमच्छ से बैर का मतलब भला कौन नहीं जानता? फिर भी बद्रीबाबू ने अपनी समझ रखी, ''जिस भगवान ने ये दिन दिखाये हैं, वही राह भी दिखाएगा। मन अगर साफ़ है तो दुनिया में हर समस्या का समाधान है।''

सहसा बद्रीबाबू की बात के बीच में ही दीनानाथ जी ने अपनी बात भी जोड़ लेनी चाही, ''और सारे लोग भी एक मन, एक समझ और एकजुट सामर्थ्य से खड़े हों, तभी कोई बड़ी बात बनती है।''

''यार कका दीनानाथ जी, भाई तुम हर बात के बीच में खामख्वाह में अपनी फिलॉसफ़ी, मेरा मतलब हर मुद्दे पर बस अपनी ही चलाते हो। यह ठीक नहीं है,'' पटवारी के इस व्यंग्यात्मक लहज़े में उसकी खिसियाहट भरी खीझ और भी साफ़ झलक आई थी।

दीनानाथ जी का पारा भी धीरे-धीरे उठान पर आने लगा। जैसे शांत झील को किसी शैतान ने पत्थर-डंडे से पीटकर बिगाड़ने की कुचेष्टा की हो, ''देखिये पटवारी जी! दो अक्षर स्कूल हमने भी पढ़ा है। उमर में भी तुमसे हम दोगुना नहीं तो ड्योढ़ा तो हैं ही। इसलिए मेरी बात में हमारे सारे समाज के हाल देखे जा सकते हैं। सबका दुख और सबके आँसू, सबके लिए बराबर का भाईचारा है। चाहे जैसे भी हल करें।''

''तो कौन कहता है कका कि इस एक ज़िंदगी में हँसी-खुशी जीने के बजाय जब देखो-जहाँ देखो, आँसू बहाते हुए रुआँसे ही मिलो। घर की तरह गाँव-समाज से मिलकर चलो तो सब एक-दूसरे के साथ खड़े होंगे। बड़े कामों में सब बराबर के भागीदार होते ही हैं। रही मेरी अपनी बात, प्रभु ने सब कुछ दिया है मुझे। मैं खुद हर एक गाँववासी की हर तरह से सहायता को मौजूद रहता ही हूँ। बाहर अगर बर्फ़ानी तूफ़ान गुज़र रहा है तो वह सभी के लिए है। लेकिन ज़रा बताओ तो कि अभी तक कुल कितने लोग आये हैं यहाँ? एक ओर से तुम दो लोग और धार पार से सिर्फ़ हम तीन लोग, बस। वह भी दरअसल मैं ही आया हूँ अपने आदमियों को साथ लेकर। वरना हम सब लोग भी तो उसी हाड़-मांस के बने हैं। है कि नहीं?''

पटवारी भैरों सिंह का तर्क सुनकर दीनानाथ जी की लगभग हँसी छूटने को हो आई थी। स्थिति को संगीन देखकर वे इस हँसी को हलक के भीतर

ही घोटकर पी गये। दरअसल दीनानाथ के मन में उसके प्रति गहरी घिन तैर आई थी, 'साला बातें बनाने में इतना माहिर है कि अच्छे-भले पढ़े-लिखे को भी खड़ा-खड़ा ठग ले और काम लटकाने में इतना शातिर है कि फ़ाइल रस्ते लगाने-लगाने में आदमी की जेब तो जेब, दम तक निकलने को हो आता है। साला दंभ भरता है कि जाति का वह सबसे उच्च ब्राह्मण कुल से है और काम ससुरे के ऐसे-ऐसे हैं, हलवाहे रतीराम की औरत से हरामी खुलेआम लगा हुआ है। अशिक्षित दलितों को बेवकूफ़ बना-बना कर डेढ़-दोगुना लगान ठगता-लूटता-चूसता है और डकार तक नहीं लेता। रतीराम की औरत के मामले में तो जब बात बढ़ आई तो इस हरामखोर ने पियक्कड़ रतीराम को शराबी-उत्पाती के फंदे में उलझाया और जेल में उसे इतना धमकाया-ठुकवाया कि वह आज तक गाँव वापस नहीं आ सका है। लोगबाग बताते हैं कि उसने पहाड़ ही छोड़ दिया है। बेचारा निःसंतान था ही। पत्नी से बनती थी नहीं। साले पटवारी ने इसी बात का फ़ायदा तो उठाया। हालाँकि कमबख्त उस औरत का चाल-चलन भी कोई अच्छ तो नहीं था। लेकिन यह पटवारी साला तो हर दाँव का शातिर खिलाड़ी। आज यहाँ भी तो साला कोई शिवानंद जी की वजह से ही थोड़े ही आया होगा। अब तो इसकी कुटिल मंशा देख हम सब लोग समझ ही चुके हैं। साला रुपयों की गड्डी लेकर आया है। ज़मीन हथियाने। ब्याज कमाने। कमीनापन देखो साले का, दुख की घड़ी में भी हरामी साला बहू सोवती को रुपये ऐसे थमाने लगा मानो एकमात्र यही उसका सगा हो यहाँ। कतई घाघ है साला हरामी।'

इस तरह पटवारी के आचरण पर खीझ आये दीनानाथ जी से रहा नहीं गया था। वैसे तो चाहते वह यह थे कि पटवारी द्वारा इस वक्त अपने चरित्र और सहृदय व्यवहार को लेकर किये गये बखान पर बद्रीबाबू ही कुछ खरी-खरी कहें। लेकिन विडंबना है कि वे इस वक्त दारू के घूँट चढ़ाये हुए हैं। हाँ, इतना होश-इतनी मानवता का ध्यान उन्हें ज़रूर है कि ऐसी स्थिति में मौसम की क्रूरता को ठेंगा दिखाते हुए यहाँ तक आये हैं और संकोचवश समझदारी के साथ चुपचाप भी बैठे हैं। फिर अगर वे कुछ बोलें भी तो उन्हें माकूल तर्क करने नहीं आते। दुनियादारी के मामले में अभी बेचारे खालिस लाटे आदमी हैं। क्या कहना हुआ? वह भी घाघ पटवारी से। हज़ार शैतानों का मिश्रण बनाकर एक पटवारी बनने वाला ठहरा। इसलिए वे खुद ही जवाब देने लगे,

‘‘देखिए पटवारी जी! ठीक बात है कि हाड़-मांस के तो इंसान ही क्या, सभी जीव-जन्तु बने हुए हैं। लेकिन ज़िन्दगी तो इससे चलती है कि कौन कैसे जी रहा है। कोई भूखा पेट सो रहा है तो कोई कल के लिए भी आज ही अपना गोदाम भरकर तब अघाता सो रहा है। कौन कैसे एक भले भावुक आदमी का सच्चा मित्र है और कौन एक छुपा हुआ शातिर दुश्मन! ...मेरा मतलब हमें मजबूरी के नंगे बदन और मदहोशी की नंगई में कुछ तो फ़र्क करना ही चाहिए। है कि नहीं?’’

पटवारी भैरों सिंह तो पटवारी ठहरा। चरित्र-चाल-संस्कार सब तरफ़ से निपट घाघ। वह तत्काल सतर्क हो आया। दरअसल उसे पता लग गया कि दीनानाथ जी जानबूझकर उसकी हर बात काट रहे हैं। सोवती को रुपया उधार देकर कुछ कमा लेने की उसकी योजना तो इन्होंने चौपट कर ही दी है। अब उसकी खिल्ली भी उड़ा रहे हैं। वह भीतर-ही-भीतर तिलमिला उठा। उसने बद्रीबाबू के हाथ से हौले से तम्बाकू की फर्शी ली। एक ज़बरदस्त कश खींचा और धुएँ को छल्ले में तब्दील करते हुए छत की ओर छोड़ने लगा। तरेरना छिपाते हुए भी गहरी शक भरी निगाहों से देखता हुआ वह दीनानाथ जी की ओर मुखातिब हुआ, ‘‘ज़रा साफ़-साफ़ कहो दीना कका। नंगा दरअसल आप कह किसे रहे हैं?’’

दीनानाथ जी समझ गये कि उनके तर्क ने पटवारी के सीने को भीतर तक छेद दिया है। उन्हें थोड़ा-सा डर हो आया कि कहीं इस घोर विपदा के समय में, जबकि बाहर झर-झर बर्फ़ गिर रही है। धरती, नदी, पेड़-पहाड़ सबके सब झक सफ़ेद हो आये हैं, भीतर गाँव के सबसे भले आदमी का शव पड़ा है, ऐसे विद्रूप मौसम के चलते चिता को अग्नि देने का संकट है और कहीं यह पटवारी हमसे बिगड़ कर कोई तांडव न खेलने लगे। लाख नफ़रत और खीझ के बावजूद उन्होंने इस वक्त पटवारी से ज़्यादा उलझना उचित नहीं समझा। उन्होंने अपनी ही बात को हल्की-फुल्की बनाने के लिए कहा, ‘‘अरे, पटवारी जी! मैं कोई आपसे व्यक्तिगत रूप से थोड़ा ही कह रहा हूँ। बल्कि मेरे ख़याल से तो आज हम-आप-पेड़-पौधे-पहाड़-मैदान-गाँव-देश-प्रदेश या दुनिया, भला कौन नंगा नहीं हो आया है। कोई मजबूरी में तो कोई बेअदबी, बेशर्मी और बदहवास अय्याशी में।’’

‘‘सब समझ रहा हूँ कका! मतलब ज़रा साफ़-साफ़ कहो तो ज़रा

कायदे का जवाब ही समझा दूँ,'' पटवारी की खीझ भरी उत्तेजना अब व्यग्र हो आ आई थी।

दीनानाथ जी ने पैंतरा सँभालकर कदम वापस खींच लेने में ही भलाई समझी, ''मेरा मतलब यह है कि कभी एक का सुख-दुख सबका सुख-दुख होता था। मतलब कि सब लोग एक-दूसरे के साथ परिवार जैसे रहते थे। एक अपने खेत का खास साग देता था तो दूसरा समय आते ही उसे अपने बगीचे खास फल। तब कैसे होती थी हमारी 'फूल देई-छम्मा देई' (फूलों को देहरी पर चढ़ाने का पर्व)। अभावों के बावजूद ज़िंदगी पेड़-पौधों सी हरी-भरी लगती थी तब। अब आज के हालात देखो, पहले की एक होली के आज तीन हो गये हैं। ब्राह्मण पार्टी अलग। ठाकुर अलग। हरिजन टोला तो पहले से ही अलग ले जाता था अपनी होली की चीर। हालाँकि हममें ही पहले के होलियारों के प्रेम भरे गीत और व्यवहार देखो। शाम के भंडारे के गुटके-चाय याद करो तो और आज की उद्दंड होली और भंडारे के बीच तो बस दूसरी ही ठंडी चाय, यानी शराब के भरे-भरे गिलास देख लो। तो पटवारी जी, पहले की रामलीला-होली-दीपावली-नौरात्र सब हरा (खो) गये हैं। अब फूलों पर भी वह सुगंध नहीं रही जिसे हम गहरी साँस में भर लें। और भला कौन नहीं जानता कि यह सब इस गंदी राजनीति का ही करा-धरा है। जब से गाँव के चुनाव में भी शराब और रुपया बहना शुरू हुआ, अव्वल तो तब से ठेकेदार ही ग्राम प्रधान बनने लगा। दूसरा, लोग भी मिले-जुले गाँववासी नहीं, बल्कि एक ही गाँव के भीतर के ब्राह्मण-ठाकुर-दलित में बँट गये। अमीर-गरीब के बीच दिल नहीं, दीवार है अब। पीठ है एक-दूसरे की तरफ़।''

''लेकिन इस सबमें प्रधान हिम्मत सिंह का भला क्या दोष? चुनाव में किसी के मुँह में उसने जबरिया तो बोतल ठूँसी नहीं। न ही बूथ पर उसने किसी का हाथ पकड़कर अपने नाम खुद मोहर ठुकवा दी। बल्कि सच्चाई यह है कि पूरे ब्लॉक में हाम है अपने हिम्मत सिंह प्रधान की। बड़े-बड़े साहब थर्राते हैं उसके किसी भी दफ़्तर में घुसते ही।''

''लेकिन पीठ पीछे तो लोग उसे शातिर और दलाल ही कहते हैं।''

''ज़बान सँभालो यार कका! आप तो बस किसी के भी बारे में कुछ भी बकने लगते हो। कभी लपेटे में आ गये तब असल हकीकत समझोगे,'' पटवारी भैरों सिंह लगभग फट पड़ा था?

माहौल की नज़ाकत को देखते हुए दीनानाथ जी ने तत्काल जैसे शांति मोर्चा पकड़ लिया, ''देखिये पटवारी जी! मेरी मंशा किसी प्रधान या प्रधानमंत्री पर आक्षेप की नहीं है, बल्कि, मैं तो अपने पहाड़ की दिक्कतों, झगड़ों और पिछड़ेपन को लेकर परेशान हूँ। अब आप ही देखिये, आज भी यहाँ पहले जैसी मनीऑर्डर व्यवस्था ही है, रोज़गार नहीं। माहौल ऐसा है कि जो लड़के फ़ौज में भर्ती हो गये तो कुछ बन भी गये। सिपाही ही सही। लेकिन जो रह गये वे या तो दिल्ली-बम्बई के होटलों-फ़ैक्ट्रियों में नौकर-मज़दूर हैं या फिर घर पर ही रह गये, तो शादी-बच्चे-शराब-जुआ-बीमारी और इसी में एक दिन खेल खत्म। सोचता हूँ कि अगर महिलायें भी गैर-ज़िम्मेदार होतीं तो क्या होता इस पहाड़ के जीवन-गाँव-समाज का। कहना तो मैं यह भी चाहता हूँ कि पहाड़ की बर्बादी में खुद सरकार का भी हाथ है। चुनाव आये तो खूब स्कूल खोल दिये फिर उनमें अध्यापक एक भी नियुक्त नहीं किया। क्षेत्र के हिसाब से फ़ैक्ट्री आज तक एक नहीं खोली। हाँ, शराब की दुकानें ज़रूर हर चौराहे-नुक्कड़ पर खोल दी हैं। लाइसेंस दे-देकर। घूस जो मिलती है। अब पृथक राज्य बन गया है तो ट्यूरिज़्म को बढ़ावे के नाम पर बाहरी पूँजीपतियों को ज़मीन दे-देकर बेच-बेचकर रिज़ॉर्ट जगह-जगह ज़रूर खुलवा दिये हैं। उनकी आवत-जावत के लिए ज़रूरी सुख-सुविधा भी जुटा दीं। बेचारा पहाड़ का युवा यहाँ भी नौकर ही रहा। हाँ, जी की नौकरी न जी का घर। क्या बनेगा वह? टेंशन और घुटन में शराब उठा लेता है और एक दिन ज़िंदगी समेत डूब जाता है। यह बिलकुल सच है कि पहाड़ की जवानी और पानी आज गहरे संकट में हैं।''

''क्या बात करते हो दीना कका! कोई किसी को आबाद-बरबाद नहीं करता। बच्चे आजकल पैदाइशी ही बिगड़े हुए हो रहे हैं। लड़के मुम्बई में हीरो तो लड़कियाँ भी सीधे वहीं जाकर हिरोईन बनना चाहती हैं। अहम् इतना कि किसी पर कंट्रोल करो तो वह और भी जल्दी बिगड़ता है। जवानों और अधेड़ों का हाल यह है कि दुकानों में शराब ही सबसे ज्यादा बिकती है। समझे। रही सरकार के लाइसेंस देने की बात तो सरकार हवा में से नहीं आती है उसे हमीं लोग चुनते हैं। मैं तो साफ़-साफ़ कहता हूँ कि बदहाली-पिछड़ेपन के लिए जनता स्वयं दोषी है। स्वयं समझो, बस।''

''वाह पटवारी जी, मज़ा आ गया कसम से। क्या दोटूक बात कही

आपने। यही सच है कि जब तक अपनी बदहाली पर जनता खुद नहीं सोचती, खुद कोई उपाय नहीं करती तब तक तो, उसका भला होने से रहा। लोगों को सोचना होगा कि भले वे ही सरकार चुनते हैं परन्तु टिकट पूँजीपतियों के पैरोकार और रक्षक तथा इन गुंडों-डकैतों-हिस्ट्रीशीटरों को ही क्यों मिलता है?'' सहसा दीनानाथ जी की बात को बीच में ही काटते हुए पटवारी भैरों सिंह बोला, ''देखिये कका, आप विषय से भटक रहे हैं। पहली बात यह है कि लोगों में एका क्यों नहीं है?''

''बिलकुल सोलह आने सही बात कह रहे हैं पटवारी जी! बल्कि इन्हें यह भी सोचने की सख्त ज़रूरत है कि अगर कभी इनमें एका होता भी है तो वह दो ही कदम चलकर आखिर टूट क्यों जाता है?''

''टूटता है इनकी नासमझी से। इनके अपने निजी स्वार्थ और कुकर्मों से।''

''नहीं पटवारी जी! यहाँ मैं आपसे सहमत नहीं हूँ।''

''क्यों? क्या गलत कह रहा हूँ मैं?''

''देखिये, बुरा मत मानियेगा। एक उदाहरण दे रहा हूँ—देखिये, पृथक राज्य बना। अव्वल तो राजधानी ही गलत बना दी। पहाड़ी राज्य की राजधानी मैदान में क्यों हो? वह भी सबसे विकसित, खूबसूरत और हर सुख-सुविधा से सम्पन्न महानगर में। यानी राजधानी स्थल के पीछे पहाड़ के बीहड़ पिछड़े इलाकों तक पहुँचना—उन्हें जोड़ना—वहाँ जाना-ठहरना नहीं था। बल्कि रेल, हवाई जहाज़, भव्य होटल, बड़े अंग्रेज़ी स्कूल, आधुनिक मार्केट, नेता, ब्यूरोक्रेट और पूँजीपतियों के अनुकूल जगह देखना था। अब यह सब बीहड़ पहाड़ों में कहाँ उपलब्ध कि कोई नेता-कोई आई.ए.एस., पी.सी.एस. वहाँ रुकना-ठहरना पसंद करे। ये तो रही राजधानी की रामायण। अब मैं अपने उस खास उदाहरण पर आता हूँ। देखिये यह छोटा महानगर उत्तराखण्ड के बीचोबीच एक खूबसूरत पहाड़ी पर बसा है। तीन तरफ़ बेहद हसीन वादियाँ-घाटियाँ हैं और एक तरफ़ परी की तरह खुला हिमालय। यानी स्वर्गादपि गरीयसी, तमाम आन्दोलनों के बाद विकास के नाम पर सबसे पहले एक खासी-चौड़ी पक्की बेहतरीन डामर रोड आई। इस रोड पर पीछे-पीछे चलकर आया एक रुतबेदार मंत्री का खासमखास बिल्डर पूँजीपति। कॉटेज-कॉलोनी बनानी थी उसे। ज़मीन सरकार ने टैक्स फ्री दी है। बाकी ऋण व तमाम अन्य संबंधित छूट-सुविधाएँ दीं। उसने सबसे पहले बनाया यहाँ यह पाँच सितारा रिज़ॉर्ट और जब अभी

पिछले से पिछले साल वहाँ इस रिज़ॉर्ट बिल्डर के विरोधी ने अपने सम्पर्कों के इस्तेमाल से वहाँ अचानक विजीलेंस का छापा डलवाया तो बरसों के सबसे बड़े सेक्स रैकेट का भंडाफोड़ हुआ। इस व्यभिचार लीला में अनेक स्थानीय व बाहरी नेता तथा अधिकारी भी संलिप्त पाये गये। लोगों ने विरोध में जाम लगाया। जुलूस निकाला तो प्रशासन ने बेरहमी से लाठीचार्ज कर किस-किस के घुटने नहीं तोड़ डाले। दो दिन बाज़ार भी बंद। इतना भय शासन-प्रशासन ने पैदा कर दिया कि कुछ ही दिनों बाद फिर सब कुछ वैसा का वैसा ही चलने लगा। बल्कि और भी बढ़-चढ़कर। आप ही बताइये, आखिर कोई तो शै है इन पूँजीपतियों को। बुरा मत मानना। स्थानीय स्तर पर दमन के सिलसिले में खुद तुम्हारा नाम भी तो खूब उछला था। दमन तो दमन, रैकेट के मामले में भी दोषी पाये गये थे। तुम क्या कहोगे... ?''

इससे पहले कि दीनानाथ जी की बात पूरी होती, पटवारी आग-बबूला होकर एक बार फिर से फट पड़ा, ''जुबान सँभालकर बात करो दीनानाथ! अफ़वाहों को हवा मत दो। वरना समझ लो। खबरदार। फिर मुझसे बड़ा खराब शैतान नहीं देखा होगा तुमने। सच्चाई की कमाई करता हूँ। सच्चाई यही है कि तुम्हारी ही बेटियाँ वहाँ पहुँचती हैं, समझे। फटकार कर-समझाकर कैसे-कैसे मैंने उन्हें घर को लौटाया है, कैसे-कैसे छापों में इन लड़कियों को हवालात से बचाया है, मैं ही जानता हूँ। अब जो छोरी बिगड़ ही चुकी है तो उसे मैं क्या, कोई भी क्या रोक सकता है? फिर भी मैंने कड़ी निगरानी रखी है, तुम हो कि सुनी-सुनाई बात को दिल-जुबान पर चिपकाये हुए हो।'' पटवारी का चेहरा लाल हो आया था। शायद संतुलन के लिए उसने सामने दो घंटे से धूम मचा रही हुक्का फर्शी को अपने से किनारे कर जेब से सिगरेट का पैकेट निकाल लिया। एक सिगरेट जलाई और धड़ाधड़ कश फूँकने लगा।

''बोलो! बोलो!! क्या कहना है तुम्हें? मैं अभी फ़ैसला करता हूँ,'' पटवारी रौद्र रूप में आ चुका था।

दीनानाथ जी यह खूब अच्छी तरह जानते हैं, (बल्कि आस-पास के सारे गाँववासी जानते हैं) कि लम्बे समय से चले आ रहे इस सैक्स रैकेट और जन दमन के पीछे इस पटवारी भैरों सिंह की कितनी घिनौनी भूमिका है, लेकिन इस गमगीन वक्त में दीनानाथ जी माकूल जवाब देने में संकोच कर रहे थे और दूसरा उन्हें लग रहा था कि हट्टा-कट्टा यह पटवारी उन्हें पीट

भी सकता है। बात बढ़ी तो आगे जाने क्या-क्या...। उन्होंने स्थिति सँभालने की कोशिश की, ''देखो पटवारी जी, आप खामख्वाह में आपा खो रहे हैं। बात उठी तो जुबान पर भी आ गयी। कौन मैं अकेला ऐसा सोचता हूँ। फिर भी जो बात बीत गई, उस पर मिट्टी डालना ही अच्छा है। लेकिन बदनामी तो आखिर हमारे गाँवों की ही हुई ना। खासकर हम गरीबों की।''

''गरीब कह रहे हो अपने को तुम लोग! रिज़ॉर्ट में जब मिस नम्बर वन, टू, थ्री चुनी जा रही थीं तो हज़ारों का ईनाम बटोरने वहाँ कौन पहुँचा था? सैक्स रैकेट के लिए माँ-बाप खुद ज़िम्मेदार हैं। अपने माल की रक्षा कर लो, चोर कहाँ ले जाये?''

''देखो, ठीक है कि नई पीढ़ी थोड़ी बिगड़ी ज़रूर है। लेकिन कोई भी खुद तो नहीं बहकता। इन्हें बहकाने वाले जगह-जगह खुल आये ये रिज़ॉर्ट ही हैं। नेताओं-पूँजीपतियों-अधिकारियों की ऐशगाह, आये दिन कहीं सुन्दरी-प्रतियोगिता है तो कहीं फ़ैशन परेड। बच्चों को बहकाने, बिगाड़ने का पूरा इंतज़ाम।''

''और तुम जैसे गंदे आदमी यहाँ इन अय्याशों के दलाल हैं। और...।''

रात नौ बजे यहाँ आने से लेकर इस वक्त सुबह के तीन बजे तक लगातार चुप्पी साधे बैठे बद्रीबाबू से दरअसल पटवारी की कुटिल चाल अब और अधिक नहीं सही गई थी। लेकिन यह क्या कि बद्रीबाबू ने इतना कहा ही था कि पटवारी भैरों सिंह ने 'तड़ाक-तड़ाक-तड़ाक' झापड़ों की बौछार कर दी। गंदी-से-गंदी बेशुमार गालियाँ बकता हुआ पटवारी अब बद्रीबाबू को पीटने, धमकाने लगा, ''कमीने...तेरी तो...।''

दीनानाथ जी बीच-बचाव करने लगे कि पटवारी ने इन्हें भी एक ज़ोरदार धक्का दिया। वे दूसरी तरफ़ चित्त गिर पड़े। इस दृश्य से भयभीत बहू सोवती भीतर के कमरे से बाहर आकर पटवारी के हाथ-पैर जोड़ने लगी।

''साली, खसम तेरा पहले ही मर चुका था। आज बुड्ढा भी गुज़र गया है। देख, इन सालों को सीधे जेल ले जा रहा हूँ मैं। तू भी चल। रस्ते में रिज़ॉर्ट है ही। ऐश करना वहाँ, ज़िन्दगी बन जायेगी। याद रखेगी कि कोई खुर्राट पटवारी आया था और तेरी ज़िन्दगी बना गया। औरत ज़ात। साली पति को मार के सती होय। हरामज़ात।''

सुनकर सोवती जैसे सन्न रह गयी। सुन्न। जैसे एकदम बर्फ़ की मानिन्द

ठण्डी। लेकिन जैसे फीनिक्स अपनी राख से फिर-फिर जाग उठता है, ठीक उसी तरह अगले ही पल सोवती को भी जैसे चंडी आ गई। वह दौड़कर सीधे भीतर गई और पाटल उठा लाई।

बस फिर क्या था। घायल दीनानाथ और बद्रीबाबू में भी जैसे एकाएक ताकत का फिर से घना ज्वाल आ गया।

पटवारी के दोनों सहायक कुछ करते कि अन्य गाँववालों को भी वहाँ पहुँचते देख उन्होंने सब छोड़-छाड़ कर रफूचक्कर हो लेने में ही अपनी गनीमत समझी।

सूर्योदय का वक्त आ चुका था। अब यह तारीख भले ही जिसका भी पक्ष ले, फ़िलहाल तो यहाँ पहाड़ों पर चारों तरफ़ ही बर्फ़ का घमासान बदस्तूर जारी है।

यह अन्तहीन

"बाप रे ! जाड़ा तो हमारे पहाड़ों में भी हुआ मगर इस दिल्ली की यह सूखी हवा तो साली ऐसी कटखनी है कि जाने कब किसी के...।'' पीड़ा का गुबार अभी पूरा निकला भी नहीं था कि श्रीबल्लभ जी को एकाएक फिर से खाँसी का पहले जैसा ही ज़बरदस्त दौरा आन पड़ा। उन्होंने तत्काल जेब से गुड़मुड़ हुआ रूमाल निकाला और उसे मुँह पर लगाकर खाँसी को नियंत्रित करने का भरसक प्रयत्न करने लगे। किन्तु खाँसी थी कि थमने का नाम ही नहीं ले रही थी।

वैसे अभी श्रीबल्लभ जी की उम्र बमुश्किल सत्तावन-अट्ठावन बरस की होगी। लेकिन शरीर तमाम रोगों से घिर जाने के चलते वे अपने स्वास्थ्य को लेकर अब खासे चिन्तित रहने लगे हैं। पिछले कई बरस से बराबर दवा ले रहे हैं, बावजूद इसके वह इस सूखी खाँसी का मतलब बखूबी समझते हैं। उन्हें मालूम है कि शीत ने उनके फेफड़ों की नमी को चूस-चूस कर उनके सीने और साँसों को इस हद तक सुखा दिया है कि बरछियों की तरह चुभती यह रूखी-तीखी ठंड उनके सीने में गहरे उतर कर अपनी जकड़बंदी बना चुकी है। खाँसी के हर झटके के साथ जब उनका सीना और गला भर्रा-भर्रा कर तीखे दर्द भरे झंझावातों के साथ दुख-दुख आता है तो उनका मन जाने कैसी-कैसी तमाम डरावनी आशंकाओं से भरभर उठता है। बार-बार लगता है कि दम जैसे अब उखड़ा कि अब उखड़ा। फिर इससे भी बड़ी एक मुसीबत और जो उन्होंने यहाँ झेली है कि यहाँ कोई उनका अपना घर नहीं है। यहाँ वह परदेश में हैं। मित्र-बिरादरों के यहाँ ठहरे हुए हैं। वह तो अच्छा हुआ कि आज उन्होंने घर वापसी का इरादा कर लिया। इससे उन्होंने जैसे स्वास्थ्य को

लेकर आधा चैन तो अभी ही पा लिया है। दरअसल पहाड़ घर पर तो वह जुकाम-खाँसी के वक्त खुलकर खाँस-खँगार लेते हैं। गले फँसा बलगम जब किसी तरह बाहर हो जाये तो वही जानते हैं कि तब पल भर को ही सही, उनको जैसे कितनी बड़ी राहत मिल जाती है। हालाँकि उन्होंने परसों के पहले रोज़ ही फिर से दवा ली है। कुछ-कुछ आराम भी है, फिर भी पिछला पूरा हफ़्ताभर जो उन्होंने यहाँ दिल्ली में अपने अलग-अलग भाई-बन्धु-बिरादरों के यहाँ बिताया है, बड़ा कठिन बीता है। जब-जब भी उनके जुकाम खाँसी ने ज़ोर पकड़ा, उस वक्त वह कैसी-कैसी शर्मिन्दगी महसूस करते रहे, उन्हीं का मन जानता है। कैसे-कैसे उन्हें इस दौरान खुलकर खाँस-खँगार लेने के बजाय खुद को भीतर से सिकोड़ दबा लेना पड़ता है। मुख पर हल्के दबाव का रूमाल तो जैसे यहाँ मुँह पर हर समय ही चिपका-सा रहता है। यह तो गनीमत है कि यहाँ किसी को यह पता नहीं है कि उन्हें टी.बी. की हल्की शुरुआत हो चुकी है। वह पिछले तीन महीनों से बराबर उपचार पर हैं तब भी उन्हें कोई विशेष लाभ नहीं हो पा रहा है।

इस बीच खाँसी से उपजी पीड़ा और उससे निजात पाने के उपक्रम करते-सोचते एकाएक ही श्रीबल्लभ जी के दिल में जैसे कोई नया ख़याल आ गया। उन्होंने अपनी घर वापसी की योजना में हल्का-सा परिवर्तन कर लेना उचित समझा और खाँसी थोड़ा थमते ही उन्होंने अपने इस नये प्रारूप पर काम भी शुरू कर दिया। यानी उन्होंने पहाड़ पिथौरागढ़ तक के बस किराये के लिए बहुत देर से हाथ में लिये हुए रुपये अब पूरे इत्मीनान के साथ वापस वास्कट की भीतरी जेब में धर लिये। फिर एक झटके के साथ वह काउंटर सामने की कतार में से बाहर हो लिये।

कतार से बाहर होते ही उन्होंने अहाते में चारों तरफ़ नज़र दौड़ाई। दूर एक किनारे पर रखे कूड़ादान पर नज़र पड़ते ही वह उस ओर बढ़ गये।

कूड़ेदान के निकट पहुँचते ही उन्होंने कंधे पर से अपना बैग उतार कर नीचे फ़र्श पर रख दिया। फिर थोड़ा-सा झुकते हुए उन्होंने अपने दोनों हाथ अपने घुटनों पर धर लिये। फिर खाँसी को ज़रा ज़ोर देकर गले को जमकर खँखारा। गले में बड़ी देर से फँसा बलगम अब जीभ तक आ गया। उन्होंने ''थू'' कर कूड़ेदान में थूक दिया।

दरअसल ये जनवरी के आखिरी दिन हैं। लेकिन दिल्ली में इन दिनों

शीत लहर का ज़बर्दस्त ज़ोर रहता है। पिछले तीन दिनों से वैसे भी सुबह-शाम गदर के माफ़िक यहाँ घना कोहरा छाया हुआ है। शीत लहर के मारे लोगों के नाक-कान सब लाल हुए पड़े हैं। इसीलिए जहाँ तक हो सकता है लोग ठंड से बचने को मफ़लर भी कसकर लपेटे हुए हैं। फ़र्श पर पास में ही एक किनारे को यात्रियों के बैठने के लिए बैंच लगी हुई है। वह भी तीखी ठंड से झनझनाती लाल पड़ आई अपनी हथेलियों को थोड़ा गर्मी की चाहत में परस्पर रगड़ते हुए किनारे की बैंच की ओर चले आये।

बैंच पर पहले से चार यात्री बैठे हुए थे। इनके बीच दो बड़े-बड़े बैग भी रखे हुए थे। श्रीबल्लभ जी ने इन लोगों से बैग नीचे रख उनके लिए भी थोड़ी-सी जगह बना देने का निवेदन किया। इस पर बैग वाले दो लोगों ने अपने बैग उठाकर नीचे फ़र्श पर धर दिये तथा स्वयं एक ओर खिसक कर बैंच पर कुछ जगह खाली कर दी। श्रीबल्लभ जी खुशी-खुशी इस खाली हुई जगह पर बैठ गये। बैग को फ़र्श पर धर दिया। फिर यह सोचते हुए कि दिल्ली की दुनिया है, क्या पता यहाँ कौन कब किसकी किस चीज़ पर ही हाथ साफ़ कर दे, उन्होंने बैग को अपने दोनों पैरों के बीच सरका लिया। पैरों से थोड़ा कस-सा लिया।

हालाँकि बेटे राजू की खोज में श्रीबल्लभ जी पिछले आठ-दस दिनों में अब तक दिल्ली में दूर-दूर ओने-कोने तक रह रहे अपने सभी रिश्तेदार-बिरादर-मित्र व परिचित लगभग सभी से मिल चुके हैं। पूछताछ-बातचीत कर चुके हैं। सभी से हाथ जोड़ निवेदन कर चुके हैं कि यदि राजू (यानी उनका घर से भागकर आया हुआ बेटा) उनके यहाँ आये या कभी भी उसके बारे में इन लोगों को कुछ भी पता चले तो वे लोग कृपया भगवान के लिए तत्काल उससे सम्पर्क स्थापित कर लें। मिलें और उसे समझा-बुझाकर किसी तरह घर वापस भिजवा दें। उसे विश्वास दिला दें कि मैं कैसे भी हो, कर्ज़ वगैरा का इन्तज़ाम करके उसके लिए बाज़ार किनारे एक चाय-छोला खोमचा हर हाल में खोलकर ही दूंगा। वह दिल्ली के इन धक्कों, गालियों, परेशानियों व फ़ज़ीहत से खुद को बचा ले। हमारे निकट रहे। दोनों को आसरा-सहारा रहेगा। उसको बतायें कि उसकी चिंता में रोती हुई उसकी माँ बेहद कमज़ोर हो गई है। बीमार है। वह एक बार घर आकर अपनी माँ से ज़रूर मिल ले। उसे समझा-बुझाकर विश्वास में ले ले। फिर जो उचित लगे, करें। इत्यादि-

इत्यादि। इन सब बातों और विश्वास के बाद वह आज स्वयं की घर वापसी का मन बना पाये हैं, तमाम उदासियों का बोझ लिये। हालाँकि फ़िलहाल आज भर को उन्होंने अपनी योजना में थोड़ा रद्दोबदल ज़रूर कर लिया है।

तब भी सामने कतार में लगे यात्रियों को काउंटर पर से टिकट ले-लेकर बस की ओर जाते देखते हुए वह पुन: सोचने लगे कि कतार से हट लेने का उनका फ़ैसला सही था या गलत? अब तो जैसे उनके मन की कशमकश ने फिर से नया ज़ोर ही पकड़ लिया।

फ़िलहाल श्रीबल्लभ जी ने अपने अगल-बगल थोड़ा गौर किया। बैंच पर बैठे हुए चार लोगों में से दो जन उन्हें बिलकुल साफ़-साफ़ अपने पहाड़ी बन्दे लगे। उन्हें काफ़ी अच्छा लगा।

चूँकि खाँसी इस वक्त थोड़ी थमी हुई थी सो वह थोड़ा राहत में भी थे। सहसा इन दो जनों के बारे में उनकी रुचि बढ़ आई। उनमें जी हल्का कर लेने की उत्सुकता जग आई। वह बगल में बैठे हुए व्यक्ति से मुखातिब हो बोले, ''आपको कहाँ जाना है?''

''जी टनकपुर,'' उसने जवाब दिया।

''घर है टनकपुर या फिर रिश्तेदारी में?'' श्रीबल्लभ जी ने बात बढ़ाई।

''वैसे रिश्तेदारी तो वहाँ पहले से ही थी। लेकिन अब मैं भी वहीं बस गया हूँ। अभी पिछले साल ही मकान बनवाया है।''

''तो मूल पहाड़ कहाँ के हुए आप?''

''जी, चम्पावत; लोहाघाट के। गाँव विष्णुपुरी हुआ।''

''तो फिर वहाँ कौन देखता है अब? घर-बार, खेती-बाड़ी?''

''जी, कका (चाचा) लोग अभी वहीं रहते हैं। सब उन्हीं को सौंप आया हूँ।''

जवाब देकर उसने उल्टा श्रीबल्लभ जी से ही सवाल कर दिया, ''वैसे आप कहाँ के रहने वाले हुए?''

''मैं गंगोलीहाट, पिथौरागढ़ का हूँ। कुछ काम से रिश्तेदारी में आया था यहाँ, पाँच-सात दिन के लिए। आज वापस जा रहा हूँ।''

तभी इस आदमी के बगल में अब तक चुपचाप बैठा तीसरा आदमी श्री बल्लभजी से मुखातिब हुआ, ''तो दाज्यू, आप खास गंगोलीहाट शहर के बाशिन्दे हुए या आपका भी कोई गाँव घर हुआ?''

''भुला, ठेठ गाँव का हुआ मैं भी। पाटिया गाँव हुआ मेरा। गंगोलीहाट

बाज़ार से पूरा तीन-साढ़े तीन मील का उतार हुआ। बाज़ार तो दस-पन्द्रह दिन में एकाध चक्कर लगा तो लगा। वैसे भी खड़ी चढ़ाई हुई। फिर जेब में भी तो कुछ कायदे का धन-पानी होना चाहिए।''

इस पर श्रीबल्लभ जी के ठीक बगल में बैठे हुए आदमी ने कहा, ''हाँ, तो फिर ठीक यही हाल हमारे गाँवों का भी हुआ। बल्कि मैं तो कहूँगा कि पहाड़ के सारे गाँवों का ही यही हाल है। बेशुमार पेड़ कटने से जंगल धड़ाधड़ खाली हो रहे हैं। ऐसे में बारिश भी मौके से कहाँ हुई। उजाड़ खेतों में कहीं दो-चार डाले कुछ फल फला भी तो वह भी पकने से पहले ही बानर-सूअर सब चटकर देने वाले ठहरे।'' इस आदमी की बात अभी पूरी हुई भी नहीं थी कि इसके बगल में बैठे हुए आदमी ने अपनी बात भी साथ ही जोड़ लेनी चाही, ''बाकी न हमारे पहाड़ों में कहीं कोई बड़ी फ़ैक्ट्रियाँ ठहरीं न कोई बड़े शहर-बाज़ार ही। कोई रोज़गार भी ढूँढ़े तो किस ठौर ढूँढ़े ? अब सुबह-शाम घर में रोटी सबको चाहिए ही। छत-आँगन सबको चाहिए ही। कपड़े लत्ते-दवा-दारू सबको चाहिए ही। अब आप ही बताइये, ऐसे में हमारे आगे कोई उपाय निकले तो क्या निकले ?''

सुनकर श्रीबल्लभ जी को जैसे साँप सूंघ गया। किन्तु उनके बगल बीचोबीच में बैठे आदमी का ''फोड़ा'' भी जैसे उनसे भी पहले दुख उठा, ''ऐसे में कोई भी क्या करे ? या तो कुली बेगार करे या फिर किसी कोठी या होटल वगैरा में जाकर झाड़ू लगाये। बर्तन मांजे। चौकीदारी करे।''

तभी श्रीबल्लभ जी बोल पड़े, ''यह सब भी इतना आसान कहाँ है ? वह भी ब्राह्मण-ठाकुरों के लिए खासतौर पर। इज़्ज़त-बेइज़्ज़त से जीने-मरने का मामला बन आता है। अपने ही गाँव-नगर में अपनों के बीच हेय दृष्टि झेलने का मामला बन आता है।''

''बिलकुल, तभी तो नई पीढ़ी अब पहाड़ों में रुकने को कतई भी राज़ी नहीं है। लड़कियों की तो खैर जैसे-तैसे शादी हो जानी हुई। हाँ, लड़कों का मामला बनता है। खेलकूद के उनके दिन पूरे हुए नहीं कि आठ-दस कक्षा पढ़ा हुआ है, फ़ौज में भर्ती हो सका तो ज़िंदगी बन गई। वरना तो एक-एक करके वे किसी के भी साथ सीधे दिल्ली-मुंबई-पंजाब या फिर गुजरात की रेस पकड़ लेते हैं।'' तीसरे आदमी ने कहा। तभी बीच वाला आदमी आगे का भविष्य बताने लगा, ''ठीक कह रहे हो जी, फिर उनमें से शायद ही कोई

वापस इन ढंगारों-पहाड़ों पर अपने पहाड़ी गाँव-समाज की सोच भी पाता है। बल्कि ज़िंदगी तब ऐसा दौड़ाती है कि एक बार निकले तो इस दोजख से वापसी के विचार की फुरसत तक कहाँ मिल पाती है।''

तीसरे आदमी ने बात कुछ और खोली, ''एकदम सही। कभी अगर किसी खास तीज-त्यौहार या किसी शादी या किसी शोक वगैरा के अवसर पर पहाड़ घर आना भी हुआ तो अपनी वेशभूषा और आचरण में इतनी नकली चकाचौंध से भरा होता है कि समझने वाला उसके दोहरे जीवन की विडम्बना को साफ़-साफ़ पकड़ ले। यह और बात है कि वह खुलकर कुछ कहे-न-कहे।''

यह श्रीबल्लभ जी की दुखती रग पर हाथ था, किन्तु वे जैसे सारा का सारा दर्द भीतर ही भीतर पिये रहे। उन्होंने अपनी असल भाग-दौड़ का अभी कोई ज़िक्र नहीं किया। संयत होकर इस तीसरे आदमी से पूछा, ''आप क्या करते हैं भाई जी? दुकान या नौकरी।''

''दाज्यू, नौकरी करता हूँ मैं भी। गुड़गाँव में हूँ। फ़ैक्ट्री वर्कर हूँ।'' फिर बीच में बैठे हुए आदमी के कंधे पर हाथ धरकर बोला, ''और ये हमारे दाज्यू महाराज भी मेरे ही साथ हैं। इन्हीं की मेहरबानी से यह नौकरी मिली है मुझे।''

तीसरे आदमी ने जवाब दिया, ''नहीं तो इन्हीं दाज्यू महाराज का मकान है टनकपुर में। मैंने अभी नहीं बनाया है। वैसे भी मैं हल्द्वानी-रामनगर की सोचता हूँ। वहाँ गुड़ और फलों का कारोबार अच्छा चलता है। बेटे को आजकल यही धंधा सीखने में लगा रखा है।''

''तो क्या तुम टनकपुर न जाकर हल्द्वानी-रामनगर जाओगे?''

''नहीं तो, अभी तो हम सभी रिश्तेदार-बिरादर लोहाघाट, चम्पावत ही जा रहे हैं। वहीं सब इकट्ठा होंगे। बड़ी पूजा होनी है वहाँ। मूल घर तो वहीं हुआ। पूजा के बाद फिर अब की बार देव स्नान के लिए हरिद्वार भी जाना है।''

तभी बीच वाला आदमी बोला, ''क्या पता देवता जोशीमठ के लिए कह दें।''

''हाँ, तब तो फिर वहाँ भी जाना ही होगा। बल्कि पहला स्नान जोशीमठ ही होगा। हरिद्वार स्नान वापसी में होगा,'' किनारे बैठा आदमी बोला।

''मैंने तो भई देवता पूजा वगैरा सब छोड़ दिया है। सात साल से किसी-न-किसी बात को लेकर बराबर जागर लग रही थी हमारे यहाँ। कहाँ-कहाँ के डंगरिये-जंगरिये नहीं बुला दिये हमने। देवता महाराज फिर भी टेढ़े के टेढ़े। वे

हमसे कोई बोल-बात करके राज़ी ही नहीं। चार साल पहले जब सबसे बड़ी सात दिनी जागर लगवाई। सात बकरे कटे। तब बोल फूटे देवताओं के। उस पर भी हंक बताया गया। घात बताई गई, लेकिन उपाय नहीं बताया गया। बस यही उपाय करते-करते मन और भी अशांत हो आया। फिर पिछले साल ठीक जागर की रात मेरा बड़ा बेटा क्या गुज़रा, मानो मेरे लिए देवता और देवताओं के लिए मैं सदा को पलट गया। बड़ा भगत स्वभाव का था मेरा बेटा। मगर इन देवताओं से देखा नहीं गया। अब मैं भी नहीं ही देखता हूँ इनकी ओर। सच, मेरी तरफ़ ये देवता-दूबता कुछ हैं-नहीं हैं-सब एक बात,'' श्रीबल्लभ जी ने पूरे जोश से अपनी बात रखी ही थी कि सामने टिकट काउंटर पर लगी कतार में बिलकुल खिड़की तक पहुँच चुका एक आदमी लौटकर उन तक आया और श्रीबल्लभ जी के बगल में बैठे दोनों यात्रियों से बोला, ''भाई लोगो, छब्बीस-छब्बीस रुपये और दो। किराया बढ़ चुका है अब।''

''तो यार फ़िलहाल तुम अपनी जेब से डाल देते। बाद में हम तुम्हें दे ही देते,'' वे दोनों लगभग एक साथ ही बोले और दोनों ही अपनी-अपनी जेब से रुपये निकालने लगे।

रुपये मिलते ही उस आदमी ने अपनी जेब से दो टिकट निकाले और एक-एक टिकट इन दोनों को पकड़ा दिया।

ये दोनों ही आदमी यह देखकर हतप्रभ रह गये। स्वयं श्रीबल्लभ जी भी आश्चर्य में पड़ गये। किन्तु यह आदमी बड़े निर्विकार भाव से साफ़-साफ़ बोला, ''भाई लोगो, हिसाब बाप-बेटे का, खुशी सौ किसी की भी। बाद के लिए कोई भी मामला कभी नहीं छोड़ना चाहिए। खासकर रुपये-पैसों का। बिना बात संबंध खराब होते हैं। क्यों? कुछ गलत तो नहीं कहा?''

''अरे नहीं, तुम हम सबमें सबसे पढ़े-लिखे हो। तुम्हारी बात कैसे गलत हो सकती है?'' बीच में बैठे हुए आदमी ने कहा। ''अच्छा, ऐसा है, जीवन दा, उमेश कका के साथ अभी तक दारू घुट्टी में ही डूबे होंगे। मुझे लगता है कि इकट्ठे तो शाम को ही जा पाना होगा। एक बजने को है। चलो खाना खा आते हैं। कैसा रहेगा?'' इस नये आदमी ने कहा।

''एकदम ठीक है। बाकी जीवन दा और उमेश कका का हाल तो ऐसा ही है। पुराने पियक्कड़ ठहरे। आएँगे आराम-आराम से, झूमते हुए,'' बीच वाला आदमी बोला।

''चलो फिर,'' किनारे बैठे तीसरे आदमी ने भी जैसे बात पर अपनी मुहर लगा दी।

''चलिये भाई साहब, आप भी कुछ भोजन कर लीजिये। फिर निकल लीजिएगा,'' इन तीनों ने श्रीबल्लभ जी से कहा।

''नहीं-नहीं। आप लोग करिये। मैं भोजन करके आया हूँ। दरअसल मैं भी यहाँ पर किसी की प्रतीक्षा ही कर रहा हूँ।''

''ठीक है फिर,'' कहकर वे तीनों बस अड्डा परिसर से बाहर निकल लिये।

वे तीनों तो खाना खाने के लिए निकल लिये, किन्तु पहाड़ के अभावों को लेकर, उनके साथ हुई बातों पर और अपने-अपने रुपये खर्चे को लेकर उन तीनों की सतर्कता को देखकर श्रीबल्लभ जी देर तक जाने क्या-क्या सोचते रह गये। सोचते रह गये अपने भाई-बिरादर-रिश्तेदारों तक के बारे में।

दरअसल उन्हें साफ़-साफ़ लगता है कि दिल्ली दुनिया ही ऐसी है जो आदमी को सिर्फ़ अपना तक बनाकर रख देती है। तभी तो वह बार-बार सोच रहे हैं कि आखिर इतने दिनों से इतने लोगों से मिल-मिलाकर, गिड़गिड़ाकर, करके नतीजा अंतत: क्या निकला? पहले-पहल रोज़ तो सभी ने ही स्वागत किया, किन्तु अगली शाम के आते ही लगभग सभी ने बातों-बातों में पूछना शुरू कर दिया कि दिल्ली राजू की खोज-खबर के अलावा और किस-किस काम से आये हो? वे लोग मुझे समझाने भी लगते कि चिन्ता मत करो, एक दिन तुम्हारा राजू भी कुछ कमा-धमा कर घर ही पहुँचेगा। आखिर पहाड़ से भागकर आये सभी लड़के एक रोज़ घर वापस तो आते ही हैं। घर बसाते ही हैं। थोड़ा-थोड़ा सभी को देखते भी हैं। राजू भी देखेगा—कि दिल्ली अभी और कितने दिन का वास है? कि अभी और किन-किन के यहाँ जाने की योजना बना रखी है? और अंत में तो सभी मित्र-बिरादरों की बस एक ही बात, ''कहीं ऐसा भी हो सकता है कि मैं तो राजू को दिल्ली में ढूँढ़-खोज रहा हूँ और वह अपने किसी अन्य मित्र-परिचित के साथ पंजाब या मुम्बई-सूरत चला गया हो।''...फिर सभी लोग जैसे यह सलाह भी दे डालते कि अब जबकि मैं राजू की खोज में पहाड़ से दिल्ली आ ही गया हूँ तो अपनी तरफ़ से हर तरह से बेहतर प्रयास कर लेना ही होता है। इसमें हर्ज भी क्या? इत्यादि-इत्यादि।

जबकि सच यह है कि मित्रों-बिरादरों के ये सब सवाल और सलाहें श्रीबल्लभ जी को बेहद अटपटी लगती रहीं। हाँ, उन्हें इस व्यवहार पर कभी कतई भी खीझ नहीं आई।

दरअसल वह खूब समझते हैं कि यह दिल्ली है। खासी बनावटी, दिखावटी और सचमुच की महँगी भी। और ये सभी लोग भी आखिर उनकी ही तरह गरीब लोग हैं। सब कहीं-न-कहीं चपरासी या नौकर ही तो हैं। वह भी किसी-न-किसी छोटी-मोटी प्राइवेट फ़ैक्ट्री, दुकान या फिर किसी भी साहब की कोठी पर। हालाँकि आज जबकि ये सभी बाल-बच्चेदार हैं। कभी ये भी सारी दिल्ली में दोजून की रोटी के लिए दर-दर भटकते रहे हैं। इतना ही नहीं, इनमें से कई तो आज के राजू की तरह ही अपने-अपने समय में घर से रूठ-भाग कर ही आये थे। तब समय इतना खराब तो नहीं था, लोग एक-दूसरे का दुख-दर्द समझते थे। आपस में इज़्ज़त, प्यार और सहयोग करते थे। आज जैसा तो शायद कोई अधर्मी ही समझता हो तो हो हालाँकि तब ज़िंदगी पर इतने दबाव नहीं थे। दुनिया भी इतनी बाज़ारू-इतनी निर्मम नहीं हुई थी। इसलिए आज अगर मेहमान के ज्यादा दिन ठहराव को लेकर कोई भी आशंकित हो उठता है तो इसमें उस बेचारे की अपनी भला क्या गलती है? बल्कि महँगाई की मार इतनी तगड़ी पड़ी हुई है कि किसी को भी खुद के परिवार का आसानी से पेट पालना दूभर हो रहा है। कर्ज़ के दबाव में लोग आये दिन यों ही न आत्महत्या कर लेने को मजबूर हो रहे हैं...।

खैर, तभी तो आज अलसुबह वह अपने एक पुराने खास मित्र, जो कि आज़ाद नगर स्थित बड़ी सब्ज़ी मंडी में ढुलाई का काम करता है, उसके यहाँ से उठकर सीधे यहाँ आई.एस.बी.टी. चले आये, पहाड़ घर वापसी के लिए। हाँ, यह उन्होंने वापसी के विचार के साथ ही तय कर लिया था कि आज रात वह हल्द्वानी में रुकेंगे। अगली सुबह को वहाँ से पिथौरागढ़-लोहाघाट की बस पकड़ेंगे। वहाँ पहुँचने तक तीन-चार तो बज ही जाने हैं। फिर वहाँ शहर से पूरे ढाई-तीन घंटे का पैदल रास्ता हुआ अपने गाँव सिलोर तक का। दीये जलने-जलने तक वह गाँव पहुँच ही जाएँगे। बाकी यह कि अभी एक दिन और दिल्ली में रुक लिया जाये वाली बात तो टिकट के लिए कतार में खड़े-खड़े ही उनके दिल में आई।

दरअसल उन्होंने सोचा कि केवल यात्रा कर लेने में ही सारा दिन ज़ाया करना बेवकूफ़ी होगा। बेहतर होगा कि वह आज के भी सुबह और शाम के पूरे वक्त को राजू की टोह लेने में ही लगायें। क्या पता नसीब जाग जाये और यहाँ से खाली हाथ जाते-जाते एकाएक वह मिल ही जाये। वैसे भी तजुर्बेकार

लोगों ने उन्हें खूब बताया है कि पहाड़, बिहार या कहीं से भी घरों से इसी तरह भागकर आये हुए लड़कों का महानगरों में रात बिताने का पहला ठिकाना बस अड्डा और रेलवे स्टेशन ही होते हैं। बल्कि इन ठिकानों के नज़दीक दिहाड़ी करने वाले मज़दूर तो किराये का कमरा लेते ही नहीं। वे बरसों-बरस इन्हीं अहातों पर निर्भर रहते हैं। बस इसीलिए उन्होंने तय किया कि वह आज का दिन और पुत्र राजू को ढूँढ़ने में ही लगायेंगे। वापसी रात की गाड़ी से कर लेना ही ज़्यादा ठीक रहेगा।

सहसा उन्हें चाय और बीड़ी की तलब एक साथ लग आई। उन्होंने जेब से बीड़ी का बंडल निकाल लिया। माचिस निकाली। एक बीड़ी सुलगाई और सामने किनारे की ओर स्थित टी-स्टॉल की ओर बढ़ गये।

चूँकि श्रीबल्लभ जी को घर से नाराज़ होकर भाग आये अपने पुत्र राजू की तलाश थी, इसलिए किसी भी चीज़ में उनका मन रुच नहीं पा रहा था, थिर नहीं हो पा रहा था। यही कारण है कि भर गिलास चाय भी वह कब गटक गये, उन्हें इसका ठीक से अहसास तक नहीं हो पाया। बस ठंड से अकड़ रहे सीने में अब थोड़ी-सी गर्माहट उन्हें ज़रूर महसूस हुई। सो फिलवक्त के लिए जैसे यही काफ़ी है। आँखें तो उनकी अपने पूरे विस्तार और पैनेपन के साथ समूचे बस अड्डा परिसर में इधर-उधर आ-जा रही यात्रियों की भीड़ को छानती-पहचानती अपने राजू को ढूँढ़ निकालने में जुटी हुई हैं।

दुकानदार को चाय के पैसे देने के उपरान्त श्रीबल्लभ जी तत्काल बैंच से उठे और तेज़-तेज़ कदमों से बस अड्डे का ओर-छोर नापने लगे। लगभग ढाई-तीन घण्टे की ज़बरदस्त कवायद के बाद सहसा उन्हें लगा कि राजू को इस वक्त यहाँ अब और अधिक खोजना व्यर्थ है। बल्कि क्या पता वह उन्हें पुरानी दिल्ली स्टेशन पर सोता या उदास बैठा हुआ या उद्विग्न मन भटकता हुआ मिल जाये। यह विचार आते ही वह तत्काल बस अड्डे से बाहर निकल आये। एक रिक्शा किया और पास ही स्थित पुरानी दिल्ली रेलवे स्टेशन की ओर चल पड़े।

प्लेटफ़ॉर्म-दर-प्लेटफ़ॉर्म ढूँढ़-खोज फिर से शुरू हो गई। खोजते-खोजते सूरज बीच आसमान चढ़ आया। घड़ियाँ बारह बजे का समय बताने लगीं, किंतु राजू तो दूर, उसकी-सी शक्ल वाला तक कोई नहीं दिखाई दिया। थके-हारे श्रीबल्लभ जी ने फिर से कहीं पलभर को कायदे से बैठ लेना चाहा। वह यहाँ

भी पास ही स्थित टी-स्टॉल की ओर आ गये। एक गिलास चाय का ऑर्डर देने के बाद वह बैंच पर बैठे-बैठे अपने हाथ-पैरों की थकान उतारने को खुद ही मालिश-सी करने लगे। हाथ-पैरों की उंगलियाँ चटकाने लगे।

चाय पीते हुए वे राजू की अज्ञात जीवनशैली के बारे में तरह-तरह के कयास लगाने लगे। सोचने लगे कि अगर राजू दिल्ली में ही होगा और किसी कंपनी या किसी कोठी पर न लगकर अभी तक यहीं-कहीं आस-पास की किसी दुकान-होटल-ढाबे पर दिहाड़ी करता होगा तो तय है कि रात बिताने वह भी यहीं बस अड्डे या रेलवे स्टेशन पर ही आता होगा। आखिर नौकर ही तो हुआ। सारा काम-धाम निबटाकर यहाँ आते-आते उसे रात के दस-ग्यारह से कम तो क्या ही हो जाता होगा। यह भी ठीक से पता नहीं कि उसने रात का एक ही ठिकाना कर रखा होगा या फिर मन-मूड के हिसाब से कभी बस अड्डे-कभी रेलवे प्लेटफ़ार्म की ओर निकल पड़ता होगा। ऐसे में खुद उनके लिए कितनी बड़ी परेशानी है कि राजू को आखिर किस ओर ढूँढ़ें? कि आखिर उनकी लास्ट बस भी तो दस बजे की बताई गई है। हद से हद साढ़े दस बजे। तब तो चल ही पड़ती होगी। यहाँ आकर श्रीबल्लभ जी को कुछ और अधिक तनाव महसूस होने लगा। इसी तनाव में उन्हें फिर से तेज़ खाँसी छूट गई। किसी तरह खाँसी थमी तो उन्होंने एक नया तरीका सोचा। सोचा कि उन्हें आज की रात और यहीं दिल्ली में ही बिताकर देख लेना चाहिए। कि शाम होने से लेकर अगली सुबह आठ-नौ बजे तक के बीच वह राजू को इस रेलवे स्टेशन और बस अड्डे के चाहे जितने चक्कर लगाने पड़ें, ढूँढ़ निकालने का शत-प्रतिशत प्रयास करके देख लें। इतने पर भी अगर वह नहीं मिल पाता है तो उसकी या फिर खुद उनकी अपनी किस्मत के लिए कोई भी क्या कर सकता है। फ़िलहाल यह तय रहा कि जहाँ इतने रोज़ खट लिये हैं, एक रात और सही। घर वापसी तो अब कल सुबह ही होगी। यही ठीक रहेगा। तो यह विचार कर श्रीबल्लभ जी प्लेटफ़ार्म नम्बर तीन से पुनः प्लेटफ़ार्म नम्बर एक की ओर वापस आ गये।

थकान तो हो ही गई थी। भूख भी लग आई। उदास मन उन्होंने एक पूड़ा कचौड़ी-आलू सब्ज़ी खरीदी। भीग आई आँखें किसी तरह सँभालते हुए खाया। हाथ धोये और प्लेटफ़ार्म के लम्बे अहाते में एक किनारे को निकल लिये। इस किनारे पर यात्रियों की भीड़-भाड़ थोड़ी कम थी। दीवार के किनारे से लगकर वह फ़र्श पर सीधे लेट गये। बैग का सिरहाना कर लिया। अब

दोनों हाथ सीने पर धरे वह थकान उतारने लगे।

किन्तु तन की थकान उतरने के साथ ही जैसे उनके मन में भी उनका पूरा पहाड़ धीरे-धीरे उतराते चलने लगा। पल भर में ही उनकी आँखों के सामने जैसे उनका गाँव-खेत-जंगल, आस-पड़ोस के गाँव और कस्बा बाज़ार सबके सब उतर आये।

गौरतलब है श्रीबल्लभ जी अपने पहाड़ को लेकर अक्सर या तो बर्फ़ के मानिन्द ठंडे दुख में डूबे रहते हैं या फिर गर्मियों में जंगलों में धधकती आग की तरह आक्रोशित रहते हैं। इस तस्वीर के मुताबिक इस वक्त भी उनकी गाँव के सबसे बुज़ुर्ग व्यक्ति हरगोविन्द गोसाईं जी के साथ सख्त बहस चल रही है। हरगोविन्द जी चीख-चीख कर कह रहे हैं, ''हमारा समय सच्ची मेहनत और ईमान का था। वहाँ सहनशक्ति थी और परस्पर सदैव का सहयोग था। एक तुम लोग हो जिनकी जवानी के साथ ही ज़माने के विचार में, व्यवहार में बेईमानी भी घुल आई है। आखिर पहाड़ों में समस्याएँ तब सबसे ज़्यादा रही होंगी जब पहली-पहली बार लोग यहाँ बसने आये होंगे। कि उनका प्रकृति के साथ अनुकूलन था। वे सुखी रहे और खूब जिये। हमारे समय तक भी कमोबेश यह स्थिति बनी रही। फिर ज्यों-ज्यों आदमी ने दो-तीन का तीन-पाँच करना शुरू किया, समझो आदमी और पहाड़ दोनों का क्षरण शुरू हो गया। किंतु आज? आज मैं और मेरे जैसे और जो भी बुज़ुर्ग जैसे-तैसे अभी ज़िन्दा हैं, दरअसल हम लोग स्वयं अपना दुर्भाग्य खड़े किए हैं। हममें से ऐसा कोई नहीं है जिसने अपनी इन्हीं आँखों के सामने अपना एकाध बेटा न खो दिया हो। नाती-नातिन न खो दी हो। जानते हो क्यों? क्योंकि अब यहाँ बेटों के लिए बेहिसाब शराब हो गई। बहुओं के लिए बेहिसाब बीमारियाँ। नाती-नातिनों के लिए जंगल कटते जाने से घरों की चौखट की आड़ तक बाघ-भालू आ गये। हम ही हैं जिनकी बहते पानी-सी ज़िंदगी आज बर्फ़ की सिल्ली-सी हुई पड़ी है। जो कभी जीवन-समाज के दीपक हुआ करते थे, आज अपने ही भीतर धधक-धधक कर कोयला और राख हुए जा रहे हैं...'' रोज़ ही सुबह-शाम हरगोविन्द गोसाईं जी से यह सब सुनने को श्रीबल्लभ जी जैसे अभिशप्त हैं।

श्री बल्लभ जी एकाएक ही बुरी तरह घबरा उठे। इस कदर घबरा उठे कि अपनी पीढ़ी से तो जैसे उन्हें कोफ़्त ही होने लगी। कोफ़्त होने लगी कि वर्तमान में पहाड़ के तमाम दुःख-दारिद्रय के लिए एक हद तक उनकी अपनी

ही पीढ़ी ज़िम्मेदार ठहरती हैं। उन्होंने अपनी पूरी-की-पूरी पीढ़ी जैसे जीवन-जगत से हारी-पिटी हुई नज़र आने लगी। उनके अंदर जैसे उधेड़बुन शुरू हो गई। अंतत: उन्होंने पाया कि उनकी पीढ़ी कुछ करती भी तो आखिर क्या करती ? शहरों-कस्बों से खासे दूर-दराज के धार-घाटियों और रौखड़ों के गाँव हुए यहाँ। बल्कि उनके शुरुआती ज़माने में तो पाँच-सात गाँवों के बीच कोई-कोई ही प्राइमरी स्कूल हुआ तो हुआ। ऊपर की पढ़ाई तो बस बड़े शहरों में ही हुई। शहर ऐसे ठहरे कि इन गाँवों से आठ-दस-बारह किलोमीटर खड़ी चढ़ाई से कम दूर नहीं हुए। बल्कि कहीं-कहीं के बीहड़ रौखड़ों के गाँव तो इससे भी दूर के ही जो। रास्ते सभी जंगलों से भरे हुए ठहरे। भालू-बाघ जैसे जानवरों के खौफ़ से भरे हुए। इधर, घर पर छोटे भाई-बहनों की देख-रेख के अलावा घर-बाहर के तमाम कामों में इंजा-बाबू का हाथ बँटाना ही हुआ। फिर चाहे वह मुँह अँधेरे नौले-गधेरे से चार-चार पाँच-पाँच कनस्तर पानी लाना हो या फिर गाय-भैंस-बकरियों आदि जानवरों को जंगल चराने जाना हो। हाँ, एक बात तय थी कि हममें से जिसके भी घरवालों ने अपने बेटे को शहर स्थित हाईस्कूल-इण्टर कॉलेज में दाखिला दिला दिया और उसने कैसे भी कक्षा आठ पास कर ली तो उनका उसके पूरे परिवार का जीवन मानो धन्य ही हो जाता। वह सीधे फ़ौज में भर्ती जो हो जाता। तब उसके घर की माली हालत इतनी तो हो ही जाती कि परिवार के आगे आये दिन अभावों का ठीकरा फूटने से बच जाता। आखिर वह फ़ौजी अपने घर को नियमित मनिऑर्डर जो भेजता रहता। बाकी रहे मुझ जैसे पाँचवीं भी पढ़ पाये-न पढ़ पाये लड़के। हमारी ज़िंदगी-हमारे भविष्य के लिए तो बस दो ही रास्ते बचते। या तो गाँव में ही रहकर पूरी तरह बारिश पर निर्भर अपनी नाम मात्र की छोटी-मोटी जोत (खेती) सँभालो या फिर दिल्ली-मुंबई-गुजरात-पंजाब कहीं भी निकल भाग चलो। दिहाड़ी मज़दूर बनो या चाहे किसी भी होटल-ढाबे-कोठी पर नौकर बनकर गुज़र-बसर कर लो। अब अगर बाहर निकले तो बाहर के संकट और अगर घर-गाँव में ही रहे तो खेती उतनी होती नहीं। कभी बारिश न होने के कारण तो कभी बंदरों-सूअरों के कारण फ़सल चौपट हो जाने जैसे संकटों से जूझो, हारो और शोक में डूबे रहो। ऐसे में गम गलत करने को शराब पीने और जोखिम उठाने को जुए की लत लगनी ही लगनी है। यही सच है इन पिछड़े बीहड़ पहाड़ों का। आज भी यह सिलसिला ठीक इसी तरह जारी

है, हमसे आगे की नई पीढ़ी के लिए भी। जैसे कि पहले से ही किसी रास्ते पर कोई अभिशाप, कोई प्रायश्चित हमारा इंतज़ार कर रहा हो। आखिर इन्हीं अभावों और पश्चातापों से त्रस्त होकर तेज़ लड़के पहाड़ छोड़-छोड़ कर मैदानी शहरों की ओर भाग निकलते हैं। हर साल सैकड़ों-हज़ारों की संख्या में। तभी तो आज मेरा बेटा राजू भी खुद इन्हीं कारणों से ज़रा-सी बात पर घर से निकल भाग आया है और अब मैं उसे जहाँ-तहाँ दर-दर खोजता भटक रहा हूँ। अभावग्रस्त अपने पहाड़ की किस्मत को दर-दर सिर पटक रहा हूँ।

यहाँ आकर श्रीबल्लभ जी को सहसा जैसे कोई लंबी साँस खिंच आई। आह! बेटे की याद कलपाती आह। सोचने लगे—पता नहीं राजू कहाँ खट-भटक रहा होगा। एक ही बेटा है। प्राण हर समय बाज़ी पर लगे हुए जैसे रहते हैं...

एकाएक ही बहुत भावुक हो आये श्रीबल्लभ जी। साथ ही पिछले तीन महीनों से घर से भागे बेटे की याद में घुलती आँसू बहाती पत्नी की याद भी बरबस ही तेज़ हूक मारने लगी।

परिणामस्वरूप उनकी अपनी आँखें भी बरबस ही छलछला आईं। पहाड़ के लाखों-लाख घरों में भीतरी और बाहरी विसंगतियों को लेकर देर तक वह बैंच पर लेटे-लेटे सुबकते रहे। अपनी इसी हताशा, चिंता, अवसाद और आक्रोश की उधेड़बुन में खोये-खोये तथा बदन का एक-एक हाड़ तोड़ती चूर-चूर करती थकान जाने कब उनकी आँख लग गई।

एक लंबी नींद के बाद जब उनकी आँख खुली तो पलभर को जैसे वह स्वयं भौचक रह गये। उन्हें ठीक से यह सुझाई ही नहीं दे रहा था कि आखिर यह धुँधला प्रकाश दरअसल नई भोर का है या कि ढलती साँझ का। उनकी इच्छा हुई कि मुँह छपछपा कर खूब धो लिया जाय। वह नल पर जाने के लिए उठने ही लगे कि उनकी खाँसी का दमतोड़ दौरा फिर से फूट पड़ा। सीना फाड़ती इतनी खाँसी, इतनी खाँसी कि भरते गले की एक-एक नस तो पिड़ाने लगी ही, सिर भी इस कदर भनभना उठा मानो वह समूचे ब्रह्मांड को साथ लिये अभी फूट पड़ेगा। उनकी आँखों के आगे बरबस ही घना अँधेरा छा गया। अंततः आँखें मूँदे सिर पकड़कर वहीं बैठ गये।

बाहर चारों तरफ़ गहराती साँझ अब धीरे-धीरे निपट काली रात में तब्दील होती चली जा रही थी...।

इजा की बेटियाँ

"साँस भर को बैठो," उसने दोनों बेटियों को कहा और खुद उन दोनों के बीच बैठ गई। फिर दोनों को पूरी तरह अपने में मिसा लेने की गरज से उसने दोनों के कंधों पर एक-एक हाथ धरा और कहने लगी, "वो देख रही हो, वो!! ठीक सामने वही है हमारा गाँव। नामुराद ऊँचे मकान जाती-जाती धूप में भी कैसी चमक से इतरा रहे हैं? इनसे नफ़रत करो। खूब-खूब नफ़रत करो।...वो देख रही हो, वो!! एकदम बाँयीं तरफ़। वो हमारे ही खेत हैं। इनके बंजरपन को लेकर अपनी किस्मत को कोसो। खूब-खूब कोसो और रोओ। और वो देख रही हो वो!! वह हमारी ही बाज़ार है। आक् थू!!" कहते हुए लक्ष्मी ने एक भारी थूक उस तरफ़ दे मारी।

"हाँ-हाँ, तुम दोनों भी थूको! थूको इस पर, थूको!! यह गरीबों का सरेआम चीरहरण करती है। गुंडी है यह। छिनाल। सबको अपनी जैसी ही रण्डी समझती है। थू! उसकी जात पर थू!!" कहते हुए लक्ष्मी ने एक गहरी खंगाल उस तरफ़ और दे मारी।

माँ की तीखी बातें सुनकर दोनों बेटियों के चेहरे भी तनाव से भर आये। दोनों ने माँ के कहे अनुसार भरपूर नफ़रत के साथ एक झटके से बाज़ार की तरफ़ थूक दे मारा, "थू!"

~

"अब उठें इजा? मुझे बाबू की बहुत याद आ रही है," बड़ी बेटी जीवंती का भरा-भरा गला जैसे रुँधने को हो आया।

''हाँ इजा! मुझे भी मन्नू बहुत देर से याद आ रहा है,'' छोटी बेटी प्रेमा की भी दबी-दबी हिचकियाँ अब ज़ोर पकड़ने लगीं।

दोनों बेटियों की करुण आवाज़। दोनों के गालों पर आँसुओं की धार। वैसे भी है पति तथा पुत्र दोनों की टीस-सी उठती यादों से सुबह से ही मन एकदम भारी। सुबक रही लक्ष्मी से भी जैसे अब और बर्दाश्त नहीं हो सका। एक तीव्र लहर की भाँति उसने दोनों बेटियों को अंग्याव घालते हुए कसकर गले लगा लिया। फफक-फफक कर सुबकती हुई बोलने लगी, ''मैं क्या करूँ बच्चों! तुम देख ही रही हो कि इस सबके लिए मैं कितनी-कितनी लाचार हूँ। मुझ पर इस वक्त भी कैसी-कैसी बीत रही हैं। मेरा ही दिल जानता है। वरना मैंने तो तुम्हारे बाबू के जाने के बाद तुम्हारे ही मुख देख-देख यह कसम उठा रखी थी कि मुसीबतों के चाहे जितने पहाड़ सिर पर टूटें, अधबीच हार नहीं मानूँगी। फिर मैं आत्मघात जैसा पाप भला क्या सोचती ? मगर सब वक्त की मार है। क्या-क्या सोचा था तुम्हारे लिए। पर क्या करूँ ? हाथ पीले करने लायक धेले न आज है न कभी उम्मीद ही है। बुरा मैं तुम्हारा देख-सुन सोच भी नहीं सकती। मुझे माफ़ करना बच्चो! मेरा साथ देना। इसी में हम सबकी इज्ज़त-आबरू है। वरना इस सड़ी दुनिया में ये जीवन तो तुम्हारे लिए जीते जी नरक ही हो जाना है। मसांण। इसीलिए इस अति भारी विपदा में मुझे भी हार मानकर तुम्हारे बाबू की ही राह सूझ रही है। ये दुनिया हम जैसे करम हारे-फूटी किस्मतों के लिए नहीं है!'' कहते हुए लक्ष्मी ने दोनों बेटियों को अपने से गहरे कस लिया।

पति और नन्हे पुत्र की बेशुमार यादें लक्ष्मी के मन के घने अँधेरे में जैसे ताबड़तोड़ बिजली-सी कड़क उठीं। पल भर में उसकी आँखों के आगे जाने कितने-कितने दृश्य एक-एक कर दूर-दूर तक तैर-तैर आ गये...। बेटियों के बीच बैठी वह उन्हें एक-एक पातर खोल कर बताने लगी—

''वह पूरे चौदह साल पहले की दिसम्बर के जाड़े की एक बेहद ठंडी रात ठहरी। यानी इकतीस दिसम्बर की रात। यानी पुराने होते साल के पूरी तरह बीत जाने और नये साल के उगने का एकदम खास वक्त ठहरा।

''हाँ तो इकतीस दिसम्बर के उस रोज़ तुम्हारे बाबू अपने दो बैलों की जोड़ी और साथ में गाय-बछड़े को भी लेकर उन्हें बेचने पशु मेले गये हुए थे। क्या करते, वह तो बैंक और बनिये के कुर्की कर देने के दबाव से बचने

का हर संभव उपाय करने में जीतोड़ जुटे हुए थे। लेकिन जब रात के पूरे दस बजे तक भी वे घर नहीं लौटे तो मेरी घबराहट बढ़ने लगी। चुड़फड़ाट पड़ गया। मैंने गाँव भर में खोजबीन शुरू कर दी। लेकिन तुम्हारे बाबू न तो कहीं मिले और न उनके बारे में कुछ खबर, बात ही मिली। उनके बाबत जिससे बात की, उसने मुझको कुछ देर धैर्य रखने को कहकर एक तरह से खोजबीन पर वहीं विराम लगा दिया। मैं अपना-सा मुँह लेकर घर वापस आ गई। लगभग घंटा-डेढ़ घंटा खुद को किसी तरह थामे रखा। लेकिन उनकी चिंता रुलाई बन-बन कर अब फूटने को हो आई। दरअसल यह दुनिया सिर्फ़ पैसों की यार और अपने ही स्वार्थ की हुई। चिंता की इस कँपा देने वाली घड़ी में यह बात अब मेरे लिए शीशे की तरह साफ़ हो आई थी। हद तो तब हो आई जबकि तुम्हारे बाबू के खास दोस्तों तक ने मुझसे दो टूक कह दिया कि तेरा जगदीश्वर तो खासा चालाक और लालची है। वरना हमारी गौशाला क्या बुरी थी उन दो बैलों और गाय-बछड़े के लिये, जो उसने उन्हें हमें नहीं बेचा। कौन-सा हम तुम्हारे पैसे मार देते? दो-चार महीने में पूरे कर ही देते। अब वह ज़्यादा मुनाफ़े के चक्कर में बाज़ार गया है तो गया है। वहीं कहीं रुक गया होगा मौज-मस्ती के चक्कर में। आ ही जायेगा सुबह-दोपहर तक।

''मुझको याद है कि तब तीर जैसी चुभती इन बातों-तानों के बावजूद मैं उन काका-ताऊ-मौसा के आगे हाथ जोड़कर कैसे-कैसे गिड़गिड़ाई थी कि गलती दरअसल जगदीश्वर की नहीं, मेरी अपनी है। मैंने ही तो पति से कहा था कि गाँव में एक तो कीमत सही नहीं लगेगी, ऊपर से वह उधारी ही होगी। जबकि हम लोग किसी तरह घर-खेत की कुर्की होने से बचाने की जुगत में जुटे हुए हैं। इसलिए हमारे लिए जानवरों को बाज़ार जाकर बेचना ही ठीक रहेगा। मेरा मतलब किसी तरह इज्ज़त का छलघाम बचाने से था।

''लेकिन मेरी ईमानदारी, साफ़गोई और उसके लिए माफ़ी माँगने और तुम्हारे बाबू की खोज के लिए सबके आगे हाथ-पैर जोड़ कर गिड़गिड़ाने का भी जब किसी पर कोई फ़रक नहीं पड़ा, कोई फिकर नहीं हुई, कोई दया नहीं आई तो हार मानकर रुआँसी सही अपनी किस्मत पर खीझती हुई मैं फिर से घर वापस आ गई।

''घर पर तुम बच्चे पहले से ही रुआँसे से चौखट पर बैठे हुए थे, पिता का इंतज़ार करते हुए। मेरे पहुँचने पर तुम्हारी बेचैनी बढ़ गई कि शायद बाबू

के बारे में कोई जानकारी तुम्हें मिले या फिर कुछ लोग उन्हें शहर बाज़ार की ओर ढूँढ़ने चलें।

''कुछ पता चला इजा?' तुम तीनों बच्चों ने एक साथ खड़े होकर पूछा था।

''कुछ नहीं,' कहती हुई मैं सीधे घर के अंदर चली आई थी। मन्दिर में भगवान के आगे दोनों हाथ जोड़कर माथा टेका। मनौती माँगी। उचैड़ रखा और लालटेन उठा ली। आँगन में आकर तुम्हारे बाबू की राह ताकती बेचैन खड़ी हो गई।'

''तुम बच्चे मेरे अगल-बगल आकर सहमे से खड़े हो गये थे। मेरी तरह बराबर फिकर में डूबे हुए। भगवान से प्रार्थना करते हुए।

''मैं गाँव-समाज के आज के व्यवहार को लेकर खासी आहत और हैरान-परेशान थी। लोभ और पैसा इंसान को किस तरह चालाक, काइयाँ और क्रूर बना देता है, मैंने अपने जीवन में इतने खुले रूप में पहली बार सीधे-सीधे अनुभव किया था। गाँव में किसी की फ़सल कुछ ज़्यादा अच्छी हो जाने पर या किसी के बछड़े के अच्छा बैल बन जाने पर या कैसी भी उन्नति-तरक्की पर बाकी बहुतों के बीच ईर्ष्या-डाह-द्वेष और फिर परस्पर रार-तकरार तो अब तक से खूब देखने को मिल जाती। लेकिन मुसीबत की ऐसी घड़ी में भी ऐसी अमानवीयता कि मानवता का ही कत्ल हो जाय, देख-देख-सोच-सोच कर भीतर तक मेरी रूह काँप गई थी। अगाध दुख, खीझ और आक्रोश से भर गई थी। तुम बच्चों में धैर्य बनाये रखने की खातिर खुद की रुलाई को फूटने से किसी तरह रोके हुई थी।

''लेकिन बाज़ार से घर काफ़ी दूर और निपट काली बिल्ली की-सी काली रात। मेरा मन बीहड़ रास्ते के तमाम-तमाम उकाव-हुलार और गधेरे पर अक्सर हमला कर देने वाले जंगली जानवरों और लुटेरों के तरह-तरह के डर से थर-थर काँपे जा रहा था। लगातार अपशकुन भरे ख़्यालों से भरा-दबा जा रहा था। फिर मन हुआ कि मैं एक बार और दो खेत ऊपर बसे अड़ोस-पड़ोस के दरवाज़े खटखटाऊँ। सहायता के लिये हाथ-पैर जोड़ कर कुछ निवेदन करके देखूँ कि तभी घर की ओर कुछ आवाज़ें आती सुनाई पड़ीं। जैसे मेरी साँस में साँस आ गई थी। लालटेन थोड़ी ऊँची उठाकर बेचैन-सी प्रतीक्षा करने लगी।

''ये गाँव भर से आई सात-आठ औरतें थीं! दो पुरुषों को भी साथ

लेकर आई थीं। उन्होंने आते ही मुझे और तुम बच्चों को ढाँढस बँधाना शुरू कर दिया। मैं तत्काल उन्हें अंदर कमरे में ले गई। दरी बिछाकर उन्हें बैठाया। बड़ी बेटी को सबके लिए चाय बनाने को कहकर मैं उनके साथ अपनी चिंता बाँटने लगी ही थी कि बाहर आँगन पार से 'हरिओम-हरिओम'...'हरिओम-हरिओम'...'हरिओम-हरिओम' की धीरे-धीरे नज़दीक आती हुई आवाज़ें सुनाई पड़ने लगीं।

''आवाज़ें सुनकर हम सभी औरतें एक साथ चौंक पड़ी थीं। लेकिन हमारे साथ बैठे हरक सिंह और किशन पंत जी ने जैसे तत्काल इन आवाज़ों को पहचान लिया था। हमें समझाते हुए बोले, अरे नीचे नदी मन्दिर के बाबा लोग हैं। हर अमावस की रात बारह बजे के बाद बस यों ही घूमते रहते हैं। दो गिलास चाय इनके लिए भी। चलो साथ हो जाएगा। वैसे भी जाड़ा इस बार कुछ ज़्यादा ही पड़ रहा है।

''मेरा दिल ज़ोरों से धड़कने लगा। क्या पता तुम्हारे बाबू नदी पर से इनके ही साथ आ रहे हों। इसलिए किशन पंत जी के साथ-साथ मैं भी बाबाओं के स्वागत को बाहर पटांगण में आ गई।

'' 'राम-राम बाबाजी!'

'' 'राम-राम शमशान बाबा!'

'' 'राम-राम! पंडित जी!'

'' 'राम-राम! ठाकुर साब!' दोनों बाबा लोग भी उन्हें पहचान गये थे।

'' 'बैठिये बाबा लोग जी। चाय बनी है। दो घूँट पीकर ही जाओ।'

'' 'जी बाबा जी।' मैं आगे-आगे बोली। लेकिन उनके साथ जगदीश्वर यानी तुम्हारे बाबू को न पाकर मैं एकदम निराश हो गई। चिंता से मन में उदेख छा गया। लेकिन मैं कुछ पूछती कि तभी मन्दिर वाले बाबा जी ने किशन पंत जी को एक किनारे ले जाकर उनके कान में कुछ कहा। किशन पंत जी ने भी तत्काल उसी तरह हड़बड़ाते हुए हरक सिंह जी को हाथ पकड़ एक किनारे ले जाकर उनके कान में कुछ कहा था।

''फिर सहसा वे दोनों मेरी ओर मुखातिब होकर बोले—'आप अंदर बैठिये। हम ज़रा आठ-दस लोगों को लेकर नीचे नदी तक जाते हैं।'

''यह सुनकर मेरे सिर से पाँव तक जैसे बिजली दौड़ गई। 'क्यों, क्या हुआ?' मैंने घबराते हुए सवाल किया।

'' 'कुछ नहीं, दरअसल जगदीश्वर दाज्यू वहीं पर बैठे हुए हैं। मन्दिर के पास ही।'

'' 'तो क्या आज इतनी लगा ली उन्होंने कि सुध-बुध ही खो गये? उठाकर लाना होगा?' मैंने कुछ-कुछ घबराते और कुछ-कुछ खीझ के साथ पूछा।

'' 'आप अंदर बैठो तो सही। हम अभी आ रहे हैं।' कहते हुए वे सभी लोग गाँव के निचले मोहल्ले की ओर बढ़ गये।

''मैं अंदर आकर फिर से औरतों के बीच अपना चिंता भरा सिर पकड़ कर बैठ गई थी।

''औरतें मुझे ढाँढस बँधाती जा रही थीं और मैं मन-ही-मन भगवान से मनौती पर मनौती किये जा रही थी। इसी सबके बीच पिछले कुछ सालों में गाँव में आये इसी तरह के कई-कई अन्य संकटों, मुसीबतों और संघर्षों की चर्चा भी उभर-उभर कर सामने आ-जा रही थी। फिर चाहे वह पिछले कई सालों से समय पर बारिश न होने के कारण खेतों में फ़सल न उग पाने-सूखा पड़े रह जाने का संकट हो या किसी-किसी खेत में जैसे-तैसे उग आये थोड़े-बहुत अनाज को बंदरों तथा अन्य जंगली जानवरों से किसी तरह भी बचा लेने का संकट हो या खेती, मकान और बेटियों के विवाह जैसे बड़े और ज़रूरी कामों के लिए बैंक और बनिये से लिए कर्ज़ को समय पर न निपटा पाने और ब्याज के बढ़ते चले जाने से घर की कुर्की आ जाने का संकट हो या गाँव के युवाओं और अन्य बड़े पुरुषों का रोज़गार की तलाश में दूर दिल्ली-मुंबई-पंजाब जैसे बड़े नगरों की ओर चले जाने की मजबूरी का संकट हो या किसी तरह गाँव में रह गये युवाओं-पुरुषों का खेत, घर और जानवरों की देखभाल में बिलकुल भी हाथ न बँटाने और दिन भर दुकानों में ताश-जुआ खेलते रहने और फिर शाम को शराब पीकर घर जाने व मारपीट-उत्पात मचाने का संकट हो या फिर गाँव-समाज में आपसी ऊँच-नीच या लेन-देन को लेकर होने वाले झगड़ों का संकट हो या गाँव भर की तमाम औरतों का सुबह मुँह अँधेरे से लेकर रात तक घर-खेत में खटते-खपते रहकर भी पिटते रहने और भूखे पेट सो जाने का संकट हो या फिर कभी-कभी इन तमाम संकटों से उपजी कुंठा और हताशा में डूबकर आत्मघात तक पहुँच जाने का दर्दनाक संकट हो।

मुझे इन संकटों, संघर्षों और पीड़ाओं के हर किस्से में बार-बार पति जगदीश्वर ही घिरे नज़र आ रहे थे। मन बार-बार काँप-काँप कर मुँह को आ रहा था। चेहरा बार-बार आँसुओं की धार से तरबतर हुआ चला जा रहा था।

''वैसे यह सब सुन-सुन कर मेरा कलेजा चाक हुआ जा रहा था। क्योंकि मैं इस वक्त अपने जीवन की शायद सबसे बड़ी और सबसे भारी विपदा से गुज़र रही थी। मेरा पति गाँव से पूरे डेढ़-दो मील नीचे नदी किनारे श्मशान से लगे मन्दिर के पास पड़ा हुआ था और उसकी ठीक-ठीक अवस्था का पता नहीं चल पा रहा था। घर से वह सुबह चार जानवरों को बेचने के वास्ते बाज़ार गया था। अब पता नहीं कि वापसी में उसने इतनी शराब पी ली कि किसी तरह मन्दिर तक आकर बेसुध गिर गया या फिर पैसे होने के कारण रास्ते में उसके साथ लूटपाट की कोई घटना घट गई। मैं इसी चिंता में डूबी जा रही थी कि जाने कितना घायल हुआ है या फिर कोई अनहोनी ही न हो गई हो उनके साथ। रात आधी से अधिक बीत गई और अभी तक नदी से कोई संदेश कुशल बात लेकर ऊपर नहीं आया तो मेरी आशंका और भी गहराने लगी। मैं रोती-सिसकती व्यग्रता से पौ फटने का इंतज़ार करने लगी।

''अब पौ फटने-फटने को थी। मैं तीन-चार महिलाओं को साथ लेकर नदी को जाने की सोच ही रही थी कि घर के नीचे कुछ दूरी से कई सारी मिली-जुली आवाज़ें गूँजती हुई ऊपर की ओर आती महसूस हुईं। मैं जैसे बाघ की तरह छलाँग लगाती भीतर से बाहर आँगन में उतर आई। अपशकुन भरी डरी हुई तमाम-तमाम चिंताओं से मैं भीतर-बाहर थर-थर काँप रही थी।

''लेकिन मेरी किस्मत को तब वही देखने को मिला जिसकी आशंका मुझे गयी रात से खाये जा रही थी।

''जगदीश्वर यानी तुम्हारे बाबू की पानी से तरबतर भीगी हुई लाश जैसे ही आँगन में रखी गई, मैं एक भारी चीख के साथ उनकी छाती पर सिर देती बेहोश गिर पड़ी थी।

''लोगों ने बताया कि दरअसल जब वे जानवरों को लेकर बाज़ार जा रहे थे, हमारे पुराने देनदार बनिये ने कर्ज़ वसूली का मौका ताड़ा और कुछ पैसे खर्च कर कुछ गुंडों को उनके पीछे लगा दिया था।

''तब उन गुंडों ने बीच रास्ते जगदीश्वर को रोका। जमकर उनकी ठुकाई

करने के बाद उन्हें वापस गाँव की ओर दौड़ा दिया और चारों जानवरों को साथ हाँक ले गये। तब ज़िंदगी और दुनिया-समाज-सरकार से चौतरफ़ा बुरी तरह मार खाये हारे हुए तुम्हारे पिता जगदीश्वर जाने किस गहरी पीड़ा और उदासी में नीचे नदी किनारे खड़े श्मशान मन्दिर वाले औघड़ बाबा के पास ठहर गये थे। देर रात तक जीवन की अपनी तमाम-तमाम असफलताओं को लेकर अपने नसीब को कोसते हुए भंग, चरस और शराब में डूबते-उतराते ही रहे। फिर एकाएक बड़े घर जाने की बात कहते हुए किसी तरह वह उठे। लड़खड़ाते हुए पहले कुछ कदम घर के रास्ते पर ऊपर की ओर चढ़े। फिर एकाएक पहाड़ी के एक किनारे पर से उन्होंने अचानक ठीक नीचे बह रही गहरी नदी में सीधे छलांग लगा दी थी।

''इस तरह उनके जाने के बाद से ज़िंदगी के दांव पर अब मैं खड़ी हुई। वे तो ज़िंदगी से हार चुके थे। अपने गम में वे यह भी नहीं सोच पाये कि उनके बाद यह घर आखिर कैसे चलेगा? बीच चौराहे पर बेसहारा छोड़ गये हमें। एक ओर घर कुर्की को था। दूसरी तरफ़ अब तुम तीन छोटे-छोटे जन मेरी गोदी से चिपके हुए थे। क्या करती? अब मुझको ही खड़ा होना था। हालाँकि पहले भी ज़्यादातर सब कुछ मैंने ही सँभाला हुआ था, फिर भी जानती हो, इस दुनिया समाज में एक विधवा की ज़िंदगी बिना छत के मकान जैसी होती है।

''और सुनो, निपट जाड़ा-गर्मी-बरसात हो या अड़ोस-पड़ोस-दुनिया-समाज, जिस तरह की भी आँधी-अंधड़-ओले हों या फिर कोई विश्वासघात, सब सीधे जैसे मेरे सिर के ऊपर ही बरसते हैं। कितनी बार तो तुमको बता भी दिया है कि तुम्हारे बापू को गुज़रे अभी तीन महीने भी पूरे नहीं हुए थे, बैंक वालों ने पुलिस-पटवारी को साथ लेकर छह में से चार खेत कुर्की करा दिये।

''पुराने प्रधान ने भी वे खेत इतने झटपट खरीदे कि क्या बताऊँ। वह तो भला हो खीमानन्द जी का। भगवान उनकी सौ बरस उमर करे। उन्होंने ही लोगों से कह-कह के जैसे-तैसे कुर्की होने से बचा लिया। इधर खेत भी दो ही बचे थे। एक गधेरे किनारे का रौखड़ वाला तो दूसरा पहाड़ की ऊपरी धार से लगा। एकदम बंजर ज़मीन। कुछ भी बोओ, फ़सल में दाने आते ही भगवान जैसे हर बार रूठ जाता है। गधेरे की बाढ़ नीचे वाले खेत को चाट जाती है तो ऊपर वाले खेत में पानी के बिना बस बमुश्किल दो-चार सेर दाने उगने वाले हुए। उनमें भी आधे तो बंदर ही चट कर जाने वाले ठहरे। इधर गोठ भी एकदम सूना

हो गया था। मायके से एक रोज़ बड़े दाज्यू नई ब्यायी हुई गाय ले आये। साथ में बछिया थी। उधर बुआ ने भी बकरी के दो पाठे भिजवा दिये थे। इस तरह गौशाला फिर खड़ी हो पाई। तब कुछ गाय का दूध बेचा। कुछ लोगों के खेतों में मज़दूरी की। ऐसे कर पाला है मैंने तुम लोगों को। फिर पाँच-पाँच बरस पूरे होने पर तुम दोनों के नाम किसी तरह स्कूल में लिखवाये। पूरे पाँच पास करवाया। आगे बाहर भेजने की मेरी न हिम्मत ठहरी न माली हालत ही। दिन में भी घर पर तुम लोगों को अकेला नहीं छोड़ सकती थी। ज़माना शुरू से ही दिन-ब-दिन खराब ही होता आया है। गरीब बेटियाँ, बड़ी होते ही गाँव-समाज की नज़रें बदलने लगती हैं। हर कोई उनका अपनी तरह इस्तेमाल चाहता है। धीरे-धीरे हालात इतने बिगड़ गये कि जो छोटे-बड़े आवारा बदमाश मुझ पर नज़र गड़ा-गड़ा कर थक हार गये थे, अब तुम पर नज़रें गड़ाने लगे हैं। बस इसी डर से मैं घर, खेत, जंगल हर समय तुम लोगों को अपने साथ रखती आई हूँ। इधर यह नई मुसीबत आन पड़ी कि पहाड़ की चोटी पर सरकारी टूरिस्ट हॉस्टल बन रहा है। बदकिस्मती से रास्ते के बीच हमारा ऊपर वाला खेत भी आ रहा है। लोग-बाग बता रहे थे कि थोड़े बहुत रुपये दे दिये जाएँगे। लेकिन वह खेत भी रास्ते के नाम कुर्बान होगा ही। उधर, इन्हीं टूरिस्टों के लिए ही नीचे गधेरे को झील बनाने के लिए उसे अच्छा-खासा चौड़ा किया जा रहा है। दोनों तरफ़ से कुछ पहाड़ भी कटेगा। मतलब कि अब हम उधर घास के लिए भी नहीं जा सकते। एक तो हमारे खेत जंगल खत्म। दूसरे खुद इनसे क्या कम खतरा है हमारी इज़्ज़त को। तो इस तरह भी हमें अपनी बलि चढ़ जाना ही है। जब से इन खेतों की इस वास्ते नपाई हुई है, मैं बहुत परेशान हूँ। बचाव का कोई उपाय अपने पास है नहीं। कोई ऐसा हमारा है ही नहीं, जो कुछ मुझ गरीब की भी सुन ले। अब तू इक्कीस की हो आई है और यह अठारह की। शादी की उमर है दोनों की ही। मगर जेब में रत्ती भर पाई नहीं है कि किसी के भी हाथ पीले कर सकूँ। अब जो हालत है, इस दिहाड़ी में इतने रुपये तो मुझसे सात जनम में भी इकट्ठा होने से रहे। अब जैसा यह समाज है, मुझे तो हर दम यही डर सताता रहता है कि किसी रोज़ तुम्हारे साथ कहीं कोई अनहोनी न हो जाये। हर समय मेरी साँसें अटकी ही रहती हैं।''

माँ से अपने बाबत ऐसा सुनकर ज़ाहिर है कि दोनों बेटियों के चेहरे तनाव और शर्म से सहसा लाल हो आये। बल्कि नीचे झुक आये। ''इजा!

क्या शादी ज़रूरी है? नहीं करेंगे हम। बाकी मज़दूरी कर अभी भी तो हम अपना गुज़ारा कर ही रही हैं ना!'' बड़ी बेटी जीवंती ने धैर्य बँधाते हुए कहा।

''चुप। कुछ नहीं समझती तू अभी। ये ज़िंदगी आदमी से कब क्या न करा दे, किसी को खबर नहीं। आखिर तो तुम लोग भी हाड़-मांस के ही इंसान हो। दुनिया समाज का सब पर असर पड़ता है। देखा-देखी सबके मन में खुद भी बहुत कुछ आता है समझीं। अभी तुमने ज़िंदगी को देखा ही कितना है?'' माँ ने जैसे कुछ प्यार से मगर सख्त लहज़े से समझाया।

दोनों बेटियाँ माँ को हतप्रभ होकर देखती ही रह गईं। फिर भी छोटी बेटी ने प्रतिवाद किया, ''इजा! तूने जितना हमारी मौत के लिए सोचा इतना अगर हमारी ज़िंदगी को लेकर सोचा होता तो सचमुच कितना ज़्यादा अच्छा होता।''

''हाँ इजा, बिलकुल ठीक कह रही है यह। मेरे मन में भी एकदम यही बात है। सुन, तू एक बार फिर से सारा भला-बुरा ज़रा ठीक से सोच के तो देख। आखिर तेरी बेटियाँ हैं हम। कोई दुश्मन थोड़े ही हैं,'' कहते-कहते बड़ी बेटी का गला भर आया।

''मत रो दीदी, इजा के लिए तो सिर्फ़ बोझ हैं हम। सिर्फ़ दुर्भाग्य। वरना दुनिया-समाज में जिनके बाबू नहीं रहे, वे बेटियाँ जी थोड़े ही रही हैं। सबकी इजा ऐसा ही कर रही हैं। हमारी इजा के जैसा। क्यों इजा?'' दीदी को रुआँसा देखकर छोटी बेटी ने फिर से एक बार और अपना विनम्र प्रतिकार दर्ज किया। लेकिन कहते-कहते उसकी तो जैसे रुलाई ही फूट पड़ी।

जीवन के तमाम-तमाम रंगों से जुड़े हज़ारों-हज़ार सवालों से भरी-भरी बेटियों का सामना अब माँ को एकाएक जैसे कठिन पड़ गया। बल्कि वह न केवल सकपका गई, वहीं पर भरभरा कर सुबक-सुबक रो पड़ी।

तब अदम्य जिजीविषा से भरी इन दोनों बेटियों ने इस चुनौतीपूर्ण आसन्न संकट में भी धैर्य नहीं खोया। वे उनके प्रति इजा के प्रेम, इजा की पीड़ा और इजा की चिंता को गहराई से समझ रही थीं। उन्होंने तत्काल माँ की कमर पर घास के लिए लगी दोनों दराँत निकालीं और एक-एक कर अपनी-अपनी कमर से लगा लीं। फिर खुद पर नियंत्रण रखती हुई बहुत आदर, बहुत प्रेम और बहुत हिम्मत के साथ माँ को सँभालती हुई घर वापसी के लिए धीरे-धीरे पहाड़ उतरने लगीं।

आरोहण

रोज़ की तरह आज भी यह मुँहअँधेरे का समय है। रोज़ की तरह आज भी गाँव भर की औरतें अपने-अपने पानी के बर्तन लेकर चौपाल पर एकत्र हो रही हैं। चूँकि यह अषोज (अक्टूबर) का महीना है, खेतों पर कुछ ज़्यादा ही भारी काम होता है, इसलिए सभी महिलाओं को घर पर के सुबह-सुबह के कामों को जल्दी-जल्दी निपटा लेने की पड़ी है, ताकि उन्हें खेत के लिए किसी भी कीमत पर तनिक भी विलम्ब न हो।

जब सभी महिलाएँ एकत्र हो गईं तो वे अपनी रोज़मर्रा की स्वाभाविक तेज़ी के साथ नीचे गधेरे को जाने वाली पगडंडी पर उतर पड़ीं।

''बिमला! ज़रा सँभल कर। यहाँ पर ढलान एकदम तीखी है,'' सरू काकी ने नव विवाहिता वधू बिमला को कहा।

''जी काकी,'' बिमला ने कहा और कमर पर की दराँत को थोड़ा और कायदे से खोंस लिया।

''दराँत ठीक-ठाक रखी है ना?'' काकी ने पूछा।

''जी काकी, कल ही बाज़ार से आई है। एकदम नई।''

''ठीक है। देख, वैसे तो इतने सारे लोगों के एक साथ आने-जाने-होने पर भालू-बाघ किसी के भी पास फटकने की हिम्मत तक नहीं कर पाते, लेकिन कभी अगर कोई पीछे छूट जाये या देर-सवेर किसी भी वजह से अकेला पड़ जाये तो इनसे खतरा रहता ही रहता है। ऐसे ही आड़े वक्त के लिए अपने पास भी कुछ होना चाहिए।''

''काकी, दराँत रखने की पहले से ही आदत है मुझे। मेरा मायका भी तो ऐसा ही ठैरा। वहाँ भी होने को दो-दो नौले हैं, बड़े-बड़े। लेकिन खाली

बरसात के दिनों में भरे रहते हैं। बाकी जाड़ा-गर्मी भर तो सूखे ही पड़े रहते हैं। तब वहाँ भी सब लोग गधेरे से ही पानी लाते हैं।''

''कितना नीचे है तुम्हारे यहाँ गधेरा ?''

''नीचे उतरने पर कुछ पता ही नहीं चलता काकी। हाँ, उकाव पूरा डेढ़ मील का है। खड़ा।''

''तब तो यहाँ से थोड़ा कम ही ठैरा।''

''हाँ, यह तो है। वैसे भी आधा गाँव तो हमारा नीचे स्यारे (घाटी) में ही आकर बस गया है। खेती के चक्कर में।''

''लेकिन यहाँ ऐसा नहीं हो सकता। गधेरे पार कैसा ठस जंगल खड़ा है। पूरे पहाड़ पर बुज्जा जैसा। डर लगता है।''

''हाँ काकी, हमारे यहाँ ऐसा विकट जंगल भी नहीं है। सागौन-बांझ-देवदार तो दूर-दूर तक नहीं हैं। चारों तरफ़ बस चीड़ ही चीड़ खड़ा है।''

''तब तो खुले-खुले में घास लाने में बड़ी आसानी रहती होगी।''

''कहाँ काकी, चारों तरफ़ पिरूल फैला रहता है। फिसलने का बहुत ही डर लगा रहता है। पार साल मेरी कैंजा (मौसी) का पैर क्या फिसला, सीधे गधेरे में पहुँचकर लाश ही बनी। ऐसा सिर फूटा था उसका, खड़े पत्थर पर।''

''बहुत बुरा हुआ। लेकिन तेरी तो कैंजा ही गई। मेरी तो सगी दीदी ने प्राण गँवाये हैं। एकदम सगी दीदी ने। वह भी कोई ज्यादा उमर में थोड़े ही। बस उन्नीस-बीस की उमर में।''

''क्यों, क्या हुआ दीदी को ?''

''अरे अब क्या बताऊँ। फुर्तीली थी बहुत। कैसे-कैसे पेड़ों पर चढ़कर लकड़ी तोड़ लाने में एकदम चंट। लेकिन उस बार सलवार-कुर्ते में नहीं, साड़ी में थी वह। छह-सात महीने पहले ही शादी जो हुई थी उसकी। उस दिन भी खूब सारी लकड़ी तोड़ी थी उसने। लेकिन किस्मत की मारी आखिरी पेड़ से उतरते वक्त किसी कटी डाल के खूँट पर साड़ी उलझ गई उसकी। उसको सुलझाने के चक्कर में पता नहीं पाँव रपटा या क्या हुआ कि दन्न से नीचे गिर पड़ी। चारों खाने चित्त। पाँव से सिर तक एक-एक हड्डी चूर-चूर। अस्पताल पहुँचने से पहले ही दम तोड़ बैठी। बेचारी का चार महीने का बच्चा भी था पेट में।''

''यह तो बहुत ही बुरा हुआ काकी। सच, बहुत ही बुरा हुआ दीदी के साथ।''

''अरे-अरे, इस तरफ़ से नहीं, बगलवाली ढलान से उतर। आराम से।

हालाँकि यह भी काफ़ी तीखी है। कमबख्त प्रधान सीढ़ी भी नहीं बनवा देता।''

''तो सब लोग आपस में मिलकर बना लें।''

''यही तो कमी है लोगों में। सब अपने-अपने अलावा बाकी सबकी जिम्मेदारी समझते हैं। प्रधान से कहाँ कहते हैं। जबकि तुम देख ही रही हो, यहाँ पर मिट्टी कितनी चिकनी है। लेकिन कोई थोड़ा कायदे से गरज करे तब ना!''

''तो प्रधान से मीटिंग में क्यों नहीं कहते?''

''अरे, क्या बताऊँ तुझे भी। हर बार बरसात के दिनों में यह बात उठती है। फिर हर बार जाड़ा-गर्मी आने पर पूरी चकबंदी और पैमाइश होने की बात आने लगती है, लेकिन पूर्व प्रधान दीवान सिंह दौड़ भागकर बस रोक-राक लगवा देता है।''

''क्यों, ऐसा क्यों करता है वह?''

''वही अकेला थोड़ा ही है, और भी कई बड़े लोग शामिल हैं इसमें। दरअसल इन सबने खूब-खूब सरकारी ज़मीन घेर रखी है। सब निकल आएगी। दीवान सिंह तो कहता है कि यह पगडंडी भी उसकी मेहरबानी है गाँव पर, वरना उसकी ही ज़मीन है यह। कभी भी जोत सकता है। अब हमारी बाखली के सभी लोग कमज़ोर हैं। चुप कर जाते हैं।''

''हो जाता काकी तो कितना अच्छा रहता। सरला, गोमती, तारा, उर्मिला जैसे सब गरीबों के भी आँगन निकल आते। हमारी पूरी बाखली खिल आती।''

''अरे, तू बाखली की बात कर रही है। यहाँ जाने कितने गरीबों को उनके बसाये हुए खेत वापस मिल जाते। कितने नये निकल आते।''

''अच्छा!''

''हाँ, लेकिन यह सब इतना आसान नहीं है। कब्जायी ज़मीन कोई नहीं छोड़ता। भले ही कुछ भी हो जाये। समझी। यही नहीं, ऊपर से अमीन से लेकर तहसील तक का भ्रष्टाचार अलग। बस, इसलिए कहती हूँ कि अब कुछ नहीं हो सकता। हाँ, तू अब ज़रा चाल तेज़ कर। देख, सब लोग कितनी आगे निकल गई हैं। हमीं दो पिछड़ी रह गई हैं।''

ज्योति और भामी ने कुछ पलों के लिए अपनी चाल दौड़ती-सी बनाई और सबके साथ हो लीं। यहाँ बड़ी काकी लोगों की अपनी बातें चल रही थीं। इनकी बातों के जिक्र में गाँव की कुछ सास लोग शामिल थीं। यशोदा काकी बोल रही थीं, ''यार कुसुम, कसम से, सास तो भगवान ने तुमको दी है। पचहत्तर-

अस्सी की उम्र में भी तेरा इतना हाथ बँटाती हैं कि खेत से वापस पहुँचने पर तुझे घर-आँगन-बर्तन सब साफ़ मिलते हैं। कितना कुछ सँभालती हैं तेरी सास।''

''हाँ यार, यह बात तो एकदम ठीक है। इतना ही नहीं, वह तो खाने में भी कभी कोई नुक्स नहीं निकालतीं। खुशी-खुशी कुछ भी परोस दो, वह हँसते-हँसते सब खा लेती हैं। फिर बच्चों में मगन हो जाती हैं।''

''वैसे कहो तो मानना पड़ेगा उनको। इतने दुखों के बाद भी वह टूटी नहीं। हँसती ही रहती हैं।''

''एकदम ऐसी बात भी नहीं है। भीतर से टूटी तो बहुत हैं वह भी। पुरानी बातों के ज़रा-ज़रा से ज़िक्र पर उनकी आँखों से देखते-ही-देखते तड़-तड़-तड़-तड़ आँसुओं की धार फूट आती है। सच, मगर मानने वाली बात यह है कि वह औरों की तरह दुख को सीने से चिपटाये गाती नहीं फिरतीं। कोई ज़िक्र छिड़ा। दिल दुखा कि तत्काल उसे आँसुओं में बहाकर हल्की हो लेती हैं। फिर चाहे उनका कोई अपना निजी दर्द हो या फिर पराया। उनके लिए सब एक जस है।''

''वैसे इतनी हिम्मत उनमें कहाँ से आई होगी दीदी?''

''सोचने-समझने वाली बात तो यही है। देखती नहीं हो, कितनी मिलनसार हैं वह। अपना हो या पराया, दुख हो, सुख, सब एक भाव बाँट लेती हैं। फिर धीरज वाली इतनी हैं कि उतावलापन उनमें है ही नहीं और फिर गाँव भर की बातों के किस्से उनके पास इतने रहते हैं कि हँसते-गुदगुदाते टैम (समय) कब बीत जाता है, पता ही नहीं चलता।''

''फिर भी, कभी तो उनका दिल भी उदास हो ही आता होगा। आखिर दो-दो जवान बेटों की मौत कोई कम गम तो नहीं होता।''

''इसका गम तो पूरे गाँव को है। एक से बढ़कर एक थे दोनों बेटे।''

''क्यों, क्या हुआ उनको कुसुम?''

''अरे क्या बतायें, कितने दुख हैं इस गाँव के। खैर फ़िलहाल ताई का पहला बेटा फ़ौजी था। अभी कुछ साल पहले लड़ाई छिड़ी थी भारत-पाकिस्तान में। कारगिल में लड़ने के लिए वह भी गया था। कई दिनों तक तो कोई समाचार ही नहीं मिला। फिर एक दिन खबर आई कि गोलीबारी में वह भी शहीद हो गया है। शादी हो चुकी थी उसकी। दो बच्चे हो गये थे। ऐसा ही खराब नसीब दूसरे बेटे का भी रहा। नया-नया पत्रकार बना था वह भी। इलाके में शराब का सबसे बड़ा ठेकेदार है नेगी। गाँवों में ज़रा-ज़रा से लड़के तक शराब के नशे में

डूबे रहते थे। वह रोज़ इन लड़कों को समझाता भी और नेगी की कच्ची-पक्की शराब ठेकेदारी के खिलाफ़ खूब लिखता भी। अखबार में खबर के साथ उसका नाम ज़रूर छपता मगर गुंडों द्वारा उसे आये दिन देख लेने की धमकियाँ भी खूब मिलती रहती। तुम तो थोड़ा बहुत पढ़ी-लिखी हो। समझ ही सकती हो कि पिछली से पिछली गर्मियों में एक दिन यहाँ गाँव-शहर में कई नेता-मंत्रियों का एक साथ दौरा और सभा थी। उन्हीं में आबकारी मंत्री भी थे। इसने उनके भी खिलाफ़ अपने अखबार में खूब लम्बा-चौड़ा लेख लिखा। अखबार के सारे पेज भी एकदम काले निकाले। सुबह चारों तरफ़ अखबार बँटा और उसी दिन रात होने-होने तक गुंडों ने अखबार के दफ़्तर में इसे भी चाकू गोद-गोद कर निपटा दिया। खबर सुनकर गश खा गई थीं ताई। पूरे साल भर तक गुमसुम-सी पड़ी रहीं। फिर धीरे-धीरे उन्होंने वक्त और हालात और बड़े बेटे के दोनों छोटे-छोटे बच्चों की खातिर किसी तरह खुद को सँभाला। जब से उन्हें जीवन कुछ नहीं लगने लगा, तब से वह अपने उसी पुराने स्वभाव में आ गईं। हँसमुख स्वभाव में। दुख-दर्द को पिये-पिये होंगें पर हँसी बिखेरती रहती हैं। गाँव भर में सबके सुख-दुख की पहली भागीदार बनी रहती हैं वह। सब उनकी बराबर इज्ज़त करते हैं। प्यार करते हैं। छोटे-बड़े सब उन्हें ताई ही कहते हैं।''

''और हाँ सरू, तेरी इजा की तबियत कैसी है अब?'' काकी ने सबसे आगे-आगे चल रही सरू से पूछा।

''क्या होती है इजा की तबियत? रोज़ की ही बीमार ठहरी। बाबू को शराब और जुए से कोई फुरसत मिलने वाली नहीं ठहरी। कभी थोड़ा-बहुत वक्त घर पर बिताया भी तो इजा ने कुछ भी कहना नहीं हुआ। कहा तो गाली-गलौच थप्पड़-घूँसे-लात, सब ताबड़तोड़ एक साथ ही मिल जाने वाला हुआ। हम बीच-बचाव करते हैं लेकिन तब साथ में थोड़ा बहुत पिटाई, मतलब थप्पड़ वगैरा हमारे भी पड़ ही जाने वाले हुए।''

''सच्ची यार, मुझे तो तेरी इजा पर बड़ी दया आती है।''

''आएगी ही। किसको भला नहीं आएगी? सभी को आएगी। हमें तो और भी ज़्यादा, क्योंकि हम तो मकोट (ननिहाल) का हाल भी जानते हैं ना। कभी-कभी सोचती हूँ तो इजा की किस्मत पर मुझे रोना भी आ जाता है। सुख क्या होता है, इजा ने कभी जाना ही नहीं। जब कभी रौ में आती हैं तो कैसे-कैसे अँसुआती हुई बताती है कि कैसे उसके जन्म के ठीक तीन साल

बाद ही एक रोज़ उसकी इजा चल बसी। घास लाते वक्त जंगल में बाघ चिपट पड़ा था उस पर। गाँववालों को उसकी लाश के कुछ टुकड़े भर मिल पाये थे। बाकी सब बाघ खा गया था। नाना जी ने बाद में दूसरी शादी कर ली तो माँ को पूरा बचपन सौतिया इजा के साथ बिताना पड़ा। सौतिया इजा ने तभी से उसे घर-खेत का चौबीसों घंटे बंधुआ नौकर बनाकर रखा। जब पन्द्रह-सोलह की उमर हो गई तो अपनी ही रिश्तेदारी में सबसे निठल्ले शराबी-कबाबी के साथ उसके हाथ पीले करा दिये। इजा बताती हैं कि हालाँकि इस रिश्ते से नाना जी खुश नहीं थे, लेकिन उनकी घर में एक न चलती थी। ससुराल आई तो भी जैसे कोई बड़ा परिवार एक परमानेन्ट नौकर ही लेकर आया है। पति महोदय यानी कि बाबू का हाल यह हुआ कि वे तो शराब पीकर ही दूल्हा बनकर भी आये थे। अब तो अपने मन के राजा थे। काम-धाम कुछ करना नहीं हुआ। दिन भर दुकान में बैठकर जुआ खेलना और शाम को सब हार-हूर कर दारू के नशे में धुत्त हो घर लौटना—यही उनकी कुल दिनचर्या रही। इजा रोज़ ही सुबह मुँहअँधेरे ही उठकर पहले गागर लेकर गधेरे से पूरे तीन चक्कर पानी लाती, फिर गाय-भैंस के गोठ का गोबर साफ़ करती। चूल्हे में आँगन तक झाड़ू लगाती। सबको चाय पिला देने के बाद फिर सबके लिए सुबह और दोपहर का भोजन तैयार करती। यह सब फटाफट करने के बाद वह अपनी दरांती, रस्सी और डाली (बड़े आकार की खुली कंडिया) लेकर खेत की ओर निकल पड़ती। फिर दिन भर खेत में हलिये (हलवाहे) के साथ जुताई में साथ देती। निराई-गुड़ाई करती। फिर शाम होने-होने तक जानवरों के लिए घास के बड़े-बड़े दो गट्ठर तैयार कर घर तक ढोकर लाती। घर पहुँचते ही सुबह की तरह फिर से सबसे पहले जानवरों का चारा-पानी (सानी) तैयार करती। दूध निकालकर घर भर को चाय पिलाती। इसके बाद वह सबके लिए रात का भोजन बनाती। सबको भोजन कराती अंत में खुद खाती। तब बर्तन मलकर साफ़ करने से लेकर बिस्तर तक आने-आने में उसे रोज़ ही रात के तकरीबन ग्यारह तो बज ही जाते। यह उसकी नियमित दिनचर्या थी। इस सबके बीच हर तीन-चार दिन में एक तमाशा भी और ज़रूर ही होता। वह होता, शाम से शराब पीकर रास्ते में कहीं भी पड़े बाबू को जैसे-तैसे उठाकर घर लेकर आना। हालाँकि इस कवायद में उसे बाबू की ओर से सिर्फ़ गालियाँ ही मिलतीं। मार ही मिलती। फिर भी वह एक सुर में समूचे घर को सँभालने में जी-जान से

जुटी रहतीं। हालाँकि बाबू को गुज़रे अब चार साल हो गये हैं तो भी वह घर को सँभालने में उसी एकजुट भाव से जुटी हुई है। बेचारी की किस्मत में कभी अपने लिए भी दो पल का सुकून-दो पल का आराम लिखा ही नहीं है।''

''अरे सुन, तेरी इजा की कहानी सुनते-सुनते गधेरा आ गया है। चलो, ठीक से पानी भर लो।''

''आजकल काई बहुत फैली हुई है। फिसलना मत?'' काकी ने उसे टोकते हुए कहा।

सबने गधेरे से अपनी-अपनी गगरी पानी से भरी और सभी फिर से उसी पगडंडी पर गाँव की ओर चढ़ने लगीं। उनके बीच बातें भी परस्पर जैसे दो-दो, तीन-तीन के जोड़े-जोड़े में शुरू हो गईं। सुख-दुख भरी बातें। बल्कि सुख तिल भर तो दुख की ताड़ से लंबी और सच्ची बातें। अँसुआती हुई, सुबकती। फ़िलहाल इन दो-तीन लोगों के बीच बातों का जो तारतम्य चल रहा था वह अब भी जान का तान बना हुआ था। यशोदा काकी बोल रही थीं—''देख सरू, तू अभी इस गाँव में नई-नई बहू बनकर आई है, इसलिए तुझसे बातें करना मैं सबसे ज़रूरी समझती हूँ। वैसे तो जैसा हमारा गाँव, वैसा ही तुम्हारा गाँव भी। फिर भी बहू बनने के बाद औरत की ज़िंदगी एकदम से बदल जाती है। जब तक कोई लड़की है तब तक उसका अपने घर में किसी हद तक एक रौब भी चल ही जाता है, लेकिन बहू बनते ही उसे नये घर में जाना होता है। यहाँ उसे पूरी उमर बस सेविका के तौर पर ही गुज़ारनी होती है। कभी पत्नी बनकर तो कभी माँ बनकर तो कभी घर भर की बूढ़ी-बीमार अम्मा बनकर। यानी पहले ही दिन से उसकी हाड़-तोड़ मेहनत शुरू हो जाती है। सारे घर में सब एक मन के तो होते नहीं, फिर भी उसे सबको उनके हिसाब से खुश रखना होता है। रहा काम, उसे तो तू देख ही रही होगी। मैं यह नहीं कहती कि काम मत कर या कि कम काम किया कर। मेरे कहने का कुल मतलब यह है कि तू अपना भी बराबर ध्यान रखा करना। लेकिन जान है तो जहान है। पता है, पिछली बरसात में यहाँ कितना बुरा हुआ? आज भी जया को याद कर-करके सबकी आँखें भर आती हैं। पेट से थी वह। सातवाँ-आठवाँ चल रहा था। इसी गधेरे से पहले पानी ढोया उसने हमारे साथ। दो-दो बार। फिर दो चक्कर जंगल में घास के गट्ठर भी ढोये। फिर दिन भर खेत में गुड़ाई करके दोपहर बाद पुआल के लूटे (घास का ढेर) लगा रही थी चीड़ के पेड़ पर। लूटे लगाकर नीचे

उतरी कि एकाएक उसके पेट में दर्द उठने लगा। वह जोरों से रोने लगी। रुलाई सुनकर हम सभी अपने-अपने खेतों से काम छोड़-छोड़ भागी-भागी उसके पास आईं। उसकी बदहवास हालत देखकर हमारी समझ में कुछ नहीं आया कि उसे उठाकर घर भी ले जायें तो ले कैसे जायें। बच्चे के पैर बाहर निकल आये थे। फिर सबने मिलकर किसी तरह से उसे सहारा दिया। लेकिन उल्टा बच्चा अभी आधा ही बाहर आया था कि वह एक झटके से ऐसा छटपटाई कि हमेशा के लिए शांत हो गई। मुँह के रास्ते प्राण निकले थे। उसकी उस चीख के एहसास भर से आज भी बदन काँप जाता है हम सबका। आदमी उसका भी एकदम ऐसा ही ठहरा जैसा कि तेरा। सुबह से शाम तक शराब और जुए के अलावा कोई काम नहीं। कभी कोई ठेकेदारी मिली तो दो-चार पैसे कमा लिये वरना घर में लड़ाई-झगड़ा, दिन-रात। इसलिए कह रही हूँ, सब काम करना। घास-पानी-खेत-जंगल-जानवर। लेकिन कोई दुख पड़े तो उदास होकर खाना मत छोड़ना। ठीक है। बाकी हर सुख-दुख हमारे साथ बाँटना। ये समझ ले कि तेरी इस काकी ने इसी लोक में तीनों लोक सात जन्म देख-भुगत लिये हैं। ताई की तरह। जो दुख में भी हँसने का हौसला रख सके, समझी।''

बाकी रही-सही पूरी बात को बीना ताई ने अपनी तरह से समेट दिया, ''देख बहन कम-ज़्यादा हम सबकी कहानी भी यही है। थोड़ा आगे हो या थोड़ा पीछे। हम पहाड़ी ज़रूर हैं पर हैं हम सब दर्द भरी घाटियाँ ही। दर्द भरे कहीं अटके-कहीं बहते गधेरे हैं हम। बस धीरज रखो। कभी तो अच्छे दिन भी आएँगे। इसके अलावा मैं और कह भी क्या सकती हूँ। इन्हीं हंक-घात जैसे दुखों को लेकर मेरे घर खुद आज जागर होनी है, जबकि मैं भली-भाँति जानती हूँ कि निदान कुछ नहीं निकलना है। कुछ खर्च और कुछ दर्द ही बढ़ना है। बस कुछ दिन को जीने की तसल्ली और मिल जाएगी झूठी, बाकी तो सब रोज़ ऐसा ही दिन, ऐसी ही रात।''

बातों-बातों में चौपाल आ गया। तभी आवाज़ गरजी, ''अरे, सभी लोग सुन लो। आज सबको मेरे खेतों में मोउ (गोबर की खाद) सार छिटकना है। सभी लोग टैम (टाइम) से आ जाना भई। बाकी आलू के गुटके और दो-दो रोटी सबके लिए मैं तैयार रखूँगी, चाय भी।'' यह कमला काकी की पुकार थी। जिसे साथ की सभी छोटी-बड़ी सखियों ने 'जय हो' के ज़ोरदार अंदाज़ में स्वीकार कर लिया। जैसे उन्हें एकाएक जिंदगी की जीत का कोई समूहगान मिल गया हो। संजीवनी।

टीस

घाटियों में बादल नीचे उतर आए थे। शिखरों पर खूब-खूब बर्फ़ जम जाने से हवा भी काफ़ी शीतल हो गई थी। मंद-मंद हवा में तैरते बादल वृक्षों के साथ गलबहियाँ-अठखेलियाँ करते से लग रहे थे। शाल, शीशम-सागौन-बाँझ-बुरूंस जैसे झक्क हरे-भरे पेड़ों के ऊँचे शिखर बादलों के ऊपर झूमते हुए अतीव सुंदर लग रहे थे। किंतु सूनी सड़कों को अपनी गुनगुनाहटों की मधुरिम आवाज़ से भर-भर देने वाले उर्मि और हेमंत के बीच आज रास्ते भर गहरा मौन पसरा रहा। दरअसल इक्कीस दिवसीय यह प्रशिक्षण शिविर आज संपन्न हो गया है। ज़ाहिर है कि विदाई समारोह शुरू होने के साथ ही इन दोनों के मन भीग-भीग आये थे। पहाड़ी की एक खूबसूरत करवट आई तो वे सड़क से लगी पगडंडी के सहारे कुछ ऊपर चढ़ आए और एक घने-ऊँचे झूमते देवदार के तले सहज होकर बैठ गए।

''सुनो, तुम कल कौन-सी बस से निकलोगे?'' उर्मि की आँखों में उदासी थी।

''अभी कुछ नहीं सोचा है यार,'' कहते हुए हेमंत ने एक बार फिर से उर्मि के मासूमियत से भरे चेहरे को अपनी दोनों हथेलियों के बीच ले लिया। एक बार फिर से वह कुछ देर को उर्मि की आँखों में आँखें डाल उसे अपलक देखता रहा। फिर गहरी साँस के साथ एक गहरा बोसा उसने उर्मि के लुनाईदार होंठों पर सजा दिया।

उर्मि की आँखें भी कुछ देर के लिए एक बार फिर से पहले की तरह ही बंद रहीं। खुलीं तो उसने थोड़ा मायूसी के साथ कहा—''जाना तो होगा ही। ज्वाइनिंग तो सबको इनटाइम देनी है।''

''हाँ, सो तो है,'' हेमंत की आवाज़ भी बरबस ही भीग आई।

तत्काल संतुलन की गरज से उसने सामने ऊँचे पहाड़ों पर घाटियों के बीच उतराते-खेलते बादलों की ओर इशारा करते हुए उर्मि से कहा, ''उर्मि! अच्छा बताओ, अगर किसी पहाड़ को बादल पूरा-का-पूरा ढक ले तो उस पहाड़ के दिल में तब क्या-क्या ख़याल आते होंगे?''

हेमंत ने इस बीच उर्मि के लंबे घने बालों को उसके कंधों तक फैला दिया था।

उर्मि चिहुँकती हुई बोली—''सोचता होगा कि आज तो मैं पूरा-का-पूरा हिमालय हो गया हूँ। धवल और उन्नत।''

''लेकिन एक बात है। हिमालय कहने पर ही हिमालय याद आता है। वरना पहाड़ कहो तो फिर ऐसे ही पहाड़ याद आते हैं—शाल-शीशम-सागौन-चीड़-देवदार-बांझ-बुरांस के झक्क हरे-भरे ऊँचे पेड़ों से भरे-पूरे ऊँचे पहाड़। शीतल हवाओं का समंदर उलीचते पहाड़। क्यों?''

''सहमत हूँ। लेकिन पहाड़ और हरियाली दोनों एकदम अलग-अलग चीज़ें हैं। जैसे कि—बादल और बारिश,'' उर्मि की आवाज़ में अब तक काफ़ी ताज़गी और निखार आ गया था।

''अच्छा, अगर कुछ देर को हम भी परस्पर पहाड़ और बादल की तरह प्रेम करना चाहें तो बताओ कि तुम क्या बनना चाहोगी?'' हेमंत की चुहल भरी आँखें उर्मि के चेहरे पर टिक गईं।

''देखो, स्त्री तो बस प्रेम है, बिना शर्त। इसलिए ज़ाहिर है कि मैं हर हाल हरियाली और बारिश ही होऊँगी। अपने इन पहाड़ों के जाड़ों की गुनगुनी धूप भी। दरअसल मैं धरती और आसमान दोनों का रंग हूँ। दोनों की रंगत। इसलिए अब जो कुछ बचा, वह तुम हो। तुम यानी पुरुष। सोच सकते हो,'' वह झूमती हुई मानो खिलखिला उठी। चेहरा गुलाब की तरह खिल गया। दंतपंक्ति बिजली-सी चमक उठी। आँखें जैसे दो लहराते समुद्र, तो बालों की खुली लटें जैसे सावन-भादो के भरे-भरे घने बादल।

''तो अब बचा ही क्या है?''हेमंत को अभी भी सही उत्तर की तलाश थी।

''बचा है। बहुत कुछ बचा है अभी। जो आधार तो है किंतु जो स्वयं सरसब्ज़ नहीं हो सकता। मगरूर जो है।''

''मतलब?''

‘‘मतलब कि पुरुष खालिस पहाड़ है। मिट्टी और पत्थरों का ऊँचा सख्त ढेर। आरोही कितना ही प्यासा हो आया हो। थकान से कितना ही भर आया हो। पहाड़ तनिक भी नम्र नहीं होगा। अपनी ऊँची चोटी के साथ ऐंठा ही रहेगा। वह बादल भी होगा तो निपट आवारा। जाने कहाँ गरजे और बरसे कहाँ? क्यों?’’ उर्मि ने तिरछे नैनों के साथ मुस्कुराते हुए कहा।

‘‘यार, तुम तो पूरी फिलॉस्फर हो गई हो। मुझे नाज़ हो आता है तुम पर।’’

‘‘नहीं, मैं तो बस एक सीधा-सादा जीवन भर हूँ। जीवन का स्पंदन। नि:स्वार्थ-निष्काम। बेशर्त समर्पण। और जिसे तुम मेरा दर्शन कह रहे हो ना, वह तो स्त्री की बहुत सामान्य सी आभा है। विश्वास और सरलता की खुशबू। समझे,’’ उर्मि अब थोड़ा गंभीर हो गई थी।

‘‘नहीं उर्मि, इतना ही नहीं है। तुम चेतना भी हो, जिसके बिना जीवन अधूरा होता, महज़ कुछ वर्षों के लिए माँस पिंड की एक उम्र भर। इसके लिए ही तो कहा गया है कि—साहित्य, संगीत, कला विहीन: साक्षात् पशु पुच्छ विषाण हीन: ।’’

‘‘तो यह चेतना भी तो पूरी तरह मेरी अपनी ईजाद कहाँ है? याद है कि कल के अपने व्याख्यान में तुम्हीं तो कह रहे थे कि वस्तुत: हमारी यह चेतना हमारी आदम अवस्था से आज तक के समूचे इतिहास, दर्शन, समूचे विज्ञान और समूची संस्कृति का अविराम संघर्ष है। सतत् गतिशील।’’

अपने तर्क की स्वीकृति से हेमंत थोड़ा गर्व से भर गया। वह बात को और अधिक स्पष्ट करने लगा, ‘‘बिलकुल ठीक समझा है तुमने। वैसे बात केवल और केवल चेतना की ही नहीं, भावना की भी है। भावनाओं में भी कोमलतम भावना की। फ़ॉर एक्ज़ाम्पल, जैसे कि हमारा फ़िलवक्त का यह व्यवहार दर्शाता है कि हमारे इस विरल संयोग या कहें कि अद्भुत संगम के पीछे हमारी जो पारस्परिक भावना है, दरअसल हमारी चेतना ही उसका उत्प्रेरक है। हमारे प्रयोग और हमारी चेतना की नई भावना ही हैं हम।’’ हेमंत ने उर्मि की आँखों में आँखें डाल दीं।

‘‘सच?’’ उर्मि की आँखों में जैसे हज़ार फूल खिल आए। उसने सहज ही हेमंत के दोनों हाथों को अपनी दोनों हथेलियों के बीच ले लिया। अपनी गोद में खींच उन्हें चूम लिया।

लेकिन हेमंत को तो अभी इस ‘‘सच’’ को सप्रमाण सिद्ध करना था।

फ़िलहाल भावविभोर होकर उसने भी उर्मि की दोनों हथेलियों को बरबस ही चूम लिया।

इस गहराते प्रेम ने उन दोनों को ही एक बार फिर एकाएक झंकृत कर दिया। किंतु वे तत्क्षण सहसा उदास भी हो आए। ''सुनो, कल जब तुम चले जाओगे तो अपने भीतर गूँजता सन्नाटा मुझसे कैसे बर्दाश्त होगा? सोच-सोचकर काँपे जा रही हूँ। दिल जैसे किसी अंधे कुएँ में धीरे और धीरे नीचे और नीचे बैठता ही चला जा रहा है,'' एक गहरी और उदास साँस के साथ उर्मि ने जैसे-तैसे कहा।

''लेकिन मुझे लगता है कि शायद हम दोनों का जीवन अब ज्यादा बेहतर होकर निखर आया है। यही एहसास हम दोनों के भविष्य को गुलाबी बनाए रखेगा। जानती हो क्यों?''

''शायद इसलिए कि हम दोनों को ही अब जीने के लिए एक-एक ऐसी हूक मिल गई है जो हमारी क्रिएटिविटी को बनाए रखेगी। लेकिन ऐसी गहरी टीस को भी बर्दाश्त करना कोई आसान काम नहीं है। सच, मेरी स्थिति तो नदी से रेत पर पटक दी गई मछली जैसे हो जाएगी,'' उर्मि जैसे भीतर-ही-भीतर छटपटा उठी।

लगने को तो हेमंत को भी बराबर यही लग रहा था, लेकिन वह विदाई के इन गहराते पलों में किसी को भी कमज़ोर नहीं होने देना चाहता था। इसलिए भी वह तमाम भावुकता के बावजूद उर्मि से भविष्य में किसी भी संबंध और व्यवहार के लिए सिर्फ़ उतना ही वायदा करना चाहता था, जितना कि सहजता से निभाया जा सके। वह उर्मि के कंधों पर अपने दोनों हाथ रखता हुआ बहुत संजीदा होकर बोला—''उर्मि, मुझे लगता है कि भविष्य में भी हमें सिर्फ़ और सिर्फ़ इन्हीं प्रशिक्षण शिविरों, सेमिनारों और समारोहों में ही मिलना चाहिए। बीच की ज़िंदगी सामाजिक संदर्भ में कुछ भी क्रिएटिव करते हुए प्रतीक्षा में बिता देनी चाहिए।''

''आखिर ऐसा क्यों?'' उर्मि जैसे बेताब हो उठी।

''ऐसा इसलिए कि हम दोनों की ही अपनी-अपनी पारिवारिक ज़िम्मेदारियाँ भी हैं। उनका भी पूरी संजीदगी और शिद्दत के साथ निर्वाह करना ज़रूरी है। यानी कि न अपने और न उनके, किसी के भी साथ, किसी भी स्तर पर बेईमानी न हो तो यह निश्चय ही हम दोनों के लिए सबसे बेहतर रहेगा।''

उर्मि को जैसे किसी आग ने झपट लिया हो। उसके चेहरे पर आई उदासी जैसे हेमंत के हृदय में भी उतरने लगी। वह बात को और अधिक स्पष्ट करने लगा, ''मैं समझता हूँ कि तुम्हें सबसे पहले इस संबंध को इसकी शुरुआत से फिर से समझना होगा।''

हेमंत की इस बात पर उर्मि भीतर तक झेंप गई। भीतर तक अपराधबोध से भर गई वह। उसकी हालत उस पानी की तरह थी जो ढाल की ओर स्वतः ही बहता चला जाता है। एक गहरा द्वंद्व भी तभी उसके हृदय को मथने लगा तो क्या वह इतनी कमज़ोर है कि उसका अपना कोई स्वाभिमान नहीं! कोई स्टैंड नहीं!! फिर भी वह हेमंत के प्यार में इस हद तक डूब गई है कि फ़िलवक्त के लिए उसके लिए जैसे समूचे ब्रह्मांड का दूसरा नाम ही हेमंत है। उसने साहस किया। हेमंत के दोनों हाथों को अपनी हथेलियों के बीच थोड़ा कसकर पकड़ लिया। नीची हो आईं अपनी उदास पलकों को थोड़ा ऊपर उठाया और हेमंत की आँखों में आँखें डालती हुई बोली—''हेमंत! देखो, सब समझती हूँ मैं। लेकिन सबसे पहले मैं खुद को और बेहतर तरीके से समझना चाहती हूँ। इसलिए यह ज़रूरी भी है कि इस प्रेमकथा को मैं एक बार फ़ाइनली तुम्हारी निगाह से भी समझ लूँ। हाँ, चलो समझाओ तो।'' उर्मि और अधिक गम्भीर हो गई।

लेकिन 'तुम्हारी निगाह' की बात पर अब हेमंत झेंप गया। गहरे अपराधबोध से भर गया वह भी। उसे लगने लगा कि शायद वह कोई प्रेमी नहीं, उसका उर्मि के साथ यह प्रेम मात्र एक नाटक है और इस नाटक की आड़ में है वह भी मात्र एक व्यभिचारी ही। फिर उसे लगने लगा कि शायद यह प्रेम वस्तुतः उन दोनों के या फिर उसके अपने ही टूटे हुए दिल के लिए एक कारगर मरहम है कि उसे सौंदर्य के साथ-साथ सौम्य और समझदार साथी की भी बराबर सख्त ज़रूरत रही है। ऐसे साथी के अभाव की एक गहरी टीस है उसके भीतर। आज इस अभाव और टीस का कुछ उपाय उसे यहाँ दिखा तो उसके भीतर जलतरंग का मानो एक पूरा सैलाब उमड़ आया है। वह इस जलतरंग के सम्मान में इस कदर डूब-झूम गया कि उसे पता ही नहीं चला कि रोज़-रोज़ के व्याख्यान की यह परस्पर तीखी बहस जाने कब प्यार बनकर निजी जिंदगी का आख्यान बन गई। इस रस-इस जलतरंग-इस आभा-इस ओज को वह न चाहते हुए भी समग्रता में ग्रहण करने को जैसे आतुर हो उठा। हाँ, यह सही है कि इस रोमांच-इस औदार्य से वह भीतर तक इस कदर हिल भी गया है

कि उसके समूचे ज़ेहन में कहीं एक बार फिर से निजी ज़िंदगी के बिखराव का डर भी बढ़ गया। दरअसल यह डर भी उसे केवल अपने को लेकर नहीं है, बल्कि उर्मि को लेकर भी है कि आखिर कोई भी संवेदनशील व समझदार इन्सान अपने सबसे प्रिय को इस तरह क्यों बिखर जाने देगा? क्यों वह उसके बिखरने का कारण बने? जघन्य पाप होगा यह। मनुष्यता विरोधी। अक्षम्य अपराध।...लेकिन तब वह क्यों नहीं एक झटके से इस संबंध को अपने से झटक दे। इतना दूर हो जाए कि वह खुद में रह सके। अपनी निजी ज़मीन पर हो, भरोसा रखते हुए नित नए-नए प्रयोग करे। साधने से आखिर क्या हासिल नहीं हो जाता? 'करत-करत अभ्यास के जड़मति होत सुजान।' वह मन-ही-मन उर्मि के प्रति जितने सम्मान-जितनी गहरी भावना से भरा है, उससे कहीं अधिक गहरी टीस के साथ वह अपनी पत्नी के एकांतिक प्रेम और समर्पण को लेकर भर आया। उसके प्रति क्षमा प्रार्थी होता हुआ।

इस तरह अब वह घर को लेकर तरह-तरह से सोचने लगा।

''क्या सोचने लगे?'' उर्मि ने विचलित होकर पूछा।

''कुछ नहीं यार, बस क्या बताऊँ?'' हेमंत स्थिर बना रहा।

''फिर भी!''

''यों समझो कि बीच में एकाएक घर याद आ गया।''

अब उर्मि सचमुच में गहरे विचलित हो गई। हेमंत की तरह ही झेंप गई वह भी। एक बार फिर गहरे अपराधबोध से भर गई वह। उलझन। आँखें बरबस ही नीची हो आईं। लेकिन नज़र तभी सीधे बीच घाटी में बह रही नदी पर पड़ गई। धीरे-धीरे वह स्वयं भी नदी के बहाव में डूबती उतराती बहने लगी...

हाँ, नदी ही तो है वह। ठीक इसी की तरह वह भी तो अपने हिमशिखरों का पवित्र वरदान है। कैसे वह भी अपने आँगन में पहाड़ी नदी-सी कल-कल करती खेलती रही है। ऊँचे धवल झरने की भाँति इंद्रधनुष के सातों रंगों में डूबी बड़ी-खड़ी हुई है, फिर ज़िंदगी के कैसे-कैसे उकाव-हुलार फांदती आज इस घाटी के बीच शांत-गहरी नदी-सी धीरे-धीरे बहती सयानी हो रही है। फिर सहसा लगा नहीं, शायद अब वह नदी नहीं रह गई है। उसके हिस्से का जल किसी महानदी से कटकर अलग जा गिरा है। किसी बड़े से सूने गड्ढे या तालाब का पानी होकर रह गई है वह। कोई झील भी नहीं कि कम-से-कम प्रकृति सौंदर्य प्रेमी के वास्ते ही सही, कभी-कभी इसकी भी गाद साफ़ होती

रहे। एक कच्ची रोड इसके भी चारों तरफ़ बन जाती है। कुछ काफल-बांझ-बुरांस-देवदार के झक्क हरे-भरे पेड़ लग गये हैं। नहीं, अब इसके जीवन में ऐसा कोई पानी नहीं रहा कि कोई राहगीर दो घूँट पीकर अपनी प्यास बुझा सके।...कि जिस पर बत्तखें और सारस तैर सकें...कि सैलानी अपनी नाव खे सकें।...कि किसी को भी अपना चेहरा इसके जल में भी साफ़-साफ़ दिख सके।

वह गहरी पीड़ा से भर गई। भय, खीझ और जुगुप्सा से भर-भर आई वह। लगा जैसे उसे अब उल्टी आने ही वाली है...कि उसके गहरे जल में धीरे-धीरे आखिर कितनी सड़ांध भर आई है...कि छोटी-छोटी कामनाओं सी व्याकुल मछलियाँ जैसे एक-एक कर सब मर गई हों और उनकी जगह पर मच्छर, कीड़े-मकोड़े और केकड़े आ भरे हों।...कि जैसे धीरे-धीरे उसका समूचा व्यक्तित्व सिकुड़ता और विकृत होता चला गया है। ''छि!'' वह आत्मघृणा से एकाएक ही जैसे बिलबिला उठी।

उर्मि की इस, एकाएक 'छि' को सुनकर हेमंत भी जैसे गहरे ध्यान में से छिटककर अपने वर्तमान में आ गया।

''क्यों क्या हुआ?'' उसने उर्मि से घबराई हुई कौतूहलता से पूछा।

''क्या कहूँ कि मुझे अपने आपसे किस कदर घिन आ रही है। अपने व्यक्तित्व पर कितनी कोफ़्त हो रही है। क्या तुम्हें नहीं लगता कि मेरी सुंदरता, सौम्यता और समझदारी सब बाहरी आवरण है? अपनी ही आत्मा पर बोझ है यह ज़िंदगी। क्या इस घुटन-इस कोफ़्त से उबर पाने का कोई ईमानदार उपाय तुम सुझा सकते हो?''

हेमंत के दबे-दबे घाव पर से जैसे किसी ने पपड़ी उचेड़ दी हो। उसे लग रहा था कि जैसे उर्मि खुद को नहीं, बल्कि उसकी ज़िंदगी की किताब उलट रही है। उसका एक-एक अक्षर जैसे उसकी एक-एक सच्चाई को उघाड़ दे रहा है। वह अपने आप में इस कदर शर्मिंदा हो गया कि वह उर्मि को कोई सुझाव क्या सुझाए, उसे तो खुद ही मुँह छिपाने की कोई जगह चाहिए। वह एकाएक ही बहुत भावुक और तार्किक हो गया। उर्मि से आँखें मिला पाना उसे अब बेहद कठिन लग रहा था। फिर भी उसे फ़िलवक्त उर्मि की गोद से अधिक माकूल, अधिक सुरक्षित और कोई जगह नहीं लग रही थी और हुआ भी यही। हेमंत ने चुपचाप अपना मुख उर्मि की गोद में छिपा लिया, चुपचाप।

इधर, शर्म से लाल और आत्मग्लानि से क्षुब्ध उर्मि को भी जैसे कोई

आड़ मिल गई हो। प्रसंगवश सहज ही उसकी उँगलियाँ हेमंत के बालों को सहलाने लगीं लेकिन हकीकत यह है कि उसे लग रहा था कि जैसे वह खुद के किसी घाव को सहला रही है। खुद की पीड़ा को पीने की क्षमता जुटा रही है।

सहसा हेमंत को लगा कि उसका यह व्यवहार एक प्रेमी-एक पुरुष के लिए कतई भी शोभायमान नहीं। उसने सोचा कि अगर यह संबंध अपराध है तो वह इसका अकेला अपराधी नहीं है, बल्कि वे दोनों ही बराबर के भागीदार हैं। और अगर यह संबंध मनुष्य होने के नाते सहज-स्वाभाविक है तो निश्चय ही उन दोनों को इस भाव को सहजता से आत्मस्वीकार कर लेना चाहिए। उसने खुद से तर्क किया और पाया कि इस भावकथा को सहजता से लेने का बस एक ही उपाय है कि वह इस संबंध पर उर्मि के साथ पूरी तार्किकता से बात करे। केवल तभी दोनों के द्वंद्व का सही-सही समुचित विरेचन संभव है। आगे के सहज जीवन के लिए नया आत्मविश्वास, नया आत्मबल मिल सकता है। इसी भरपूर आत्मविश्वास के साथ उसने उर्मि की गोद से सिर उठाया तो वह हैरान रह गया। उर्मि की आँखों से आँसुओं की अजस्र धार बह रही थी।

लेकिन हेमंत घबराया नहीं। पूरे धैर्य और प्रेम के साथ उसने उर्मि के चेहरे को अपनी हथेलियों के बीच लिया और आँसुओं की धार समेत उसकी पलकों को चूम लिया।

''चलो, चाय पीते हैं यार!'' हेमंत ने उर्मि का हाथ पकड़कर उठने का उपक्रम किया।

''किसी रेस्तराँ में जाने का मन नहीं है यार। प्लीज़! तुम चाय यहीं ले आओ ना! बुरा न मानना।''

''ठीक है,'' कहते हुए हेमंत उठ खड़ा हुआ। तेज़-तेज़ कदमों से पहाड़ी की दूसरी करवट पर स्थित रेस्तराँ की ओर बढ़ गया।

उर्मि हेमंत को चाय लेने जाते हुए और वापस आते हुए अपलक देखती रही। सोचने लगी कि काश! हम दोनों की यह परस्पर मुलाकात समय से हो गई होती।

तब ज़िंदगी कितनी सुरीली आबोहवा से भरी-भरी इंद्रधनुषी होती। यह सोचते ही उसे हेमंत के प्रति एकाएक ही इतना प्यार उमड़ आया कि वह पल भर पहले की अपनी समूची पीड़ा-समूची आत्मग्लानि सब भूल गई।

हेमंत के पास पहुँचते ही उसने शरारत भरी उनींदी-सी आँखें बना कर

उसका स्वागत किया, ''आओ, मेरे बरबाद गुलिस्तां! आओ!! और फिर से यहीं बैठो। मेरे एकदम निकट कि हम दोनों इन प्यालियों में से बारी-बारी से बराबर-बराबर घूँट पीते हुए इन प्यालियों को समूचा अपने भीतर उलीच लें जैसे कि हमने एक-दूसरे को बराबर-बराबर एक-दूसरे में उलीच दिया है।''

कहाँ तो हेमंत को उर्मि के पास आते हुए अपने कदम भरपूर भारी लग रहे थे, कहाँ अब वह उर्मि के इस रोमानी व्यवहार से चौंक उठा। पल भर में उसकी भी पीड़ा, झेंप और आत्मग्लानि जैसे काफ़ूर हो गई। रोमांचित होते हुए वह बोला—''यार उर्मि! सचमुच किसी स्त्री की थाह पाना बड़ा मुश्किल है। खासतौर पर तुम जैसी क्लासिकल पर्सनालिटी की। गहराई इतनी कि समुद्र भी पनाह माँगे। ऊँचाई ऐसी कि कोई कितना भी आसमान हो जाए, तुम कुछ और ऊपर ही नज़र आती हो। एक्स्ट्रीम, बट फ़ैक्ट।''—उर्मि खिलखिलाकर हँस पड़ी। परंतु जल्द ही वह गंभीर हो गई—''बस-बस अतिशयोक्ति बंद करो। ज़रा यथार्थ पर उतर आओ। यथार्थ यह है कि हम दोनों ही ऑलरेडी शादीशुदा बाल-बच्चेदार लोग हैं। फिर भी हम दोनों के बीच आज पागलपन की हद तक प्यार है। अब प्यार है तो इसका रोमान भी ज़रूर होगा। रोमान है तो जैसा यह समाज है और जैसी कि हमारी स्थिति है, इसमें एक-न-एक दिन तो समूची ज़िंदगी के लिए दर्द उभर आएगा। अब दर्द है तो ज़रूर इसकी अपनी दास्तां भी होगी। हेमंत! दास्तां के इसी मनोविज्ञान को मैं ट्रांसपरेंट समझना चाहती हूँ। ताकि ज़िंदगी को सुरखाब के पर न लगें। ख़्वाब भी लगे तो इन्हीं पलकों के नीचे-इन्हीं कदमों के साथ-साथ ताल पर ताल चलते हुए। अब हालात और ज़िंदगी चाहे जिस करवट हो। निराला ने *शक्ति पूजा* में कहा है ना कि 'यह एक और मन रहा राम का जो न थका।' इसी जीते जी मृत्यु के पार भी देख-चल लेने वाले मन को थामो हेमंत! मुझे अपनी निगाहों से समझाओ इसे, जैसा कि अभी कुछ देर पहले तुम शुरू करने जा रहे थे।''

हेमंत अब तक काफ़ी सहज हो गया था, बल्कि उर्मि की रोमानी बातों ने उसे भी खिलती हुई मोहब्बत से लबरेज़ कर दिया था। अब मौका था कि वह अपने मन की गुत्थियों को खोले ताकि यह संबंध, यह प्रेम अपने परवान पर भी आसान बना रह सके। चाय के आखिरी घूँट के साथ ही वह बोला, ''उर्मि! क्या तुमने कभी महादेवी का यह गीत कहीं पढ़ा-सुना है कि 'धीरे-

धीरे उतर क्षितिज से आ वसंत रजनी'।''

''हाँ, लेकिन वसंत तो साफ़-साफ़ समझ आ रहा है किंतु रजनी से इसका संदर्भ ज़रा खोलकर बताओ,'' उर्मि ने आँखें फैलाते हुए कहा।

''देखो, वसंत रंगों का उत्सव है। रंग दिन के उजाले में ही दिखाई देते हैं, किंतु उन रंगदार फूलों की महक रात में भी वातावरण को सुगंध से भरपूर सुरमई बनाए रखती है। मेरे मन में भी तुम्हारे प्रति ठीक यही ख़याल है। अँधेरे के बीच एक अचीन्हे उजाले का आत्मीय उत्सव।''

''कुछ समझीं,'' कहते हुए हेमंत ने उर्मि के झुके चेहरे को थोड़ा ऊपर उठाया। उसकी रतनारी आँखों से अपनी आँखें मिलाईं और गीत की उस पंक्ति को रचनाकार की भाँति गाने लगा, ''धीरे-धीरे क्षितिज से आ वसंत रजनी... ।''

''देखो, तुम्हारी यह गूढ़ दार्शनिकता मुझे चकरा देने के अलावा और किसी काम की नहीं हेमंत! प्लीज़! तुम बिना किसी अतिरिक्त बिंब, प्रतीक और संदर्भ के मुझे हमारे इस संबंध को प्रशिक्षण प्रारंभ होने के दिन की पहली मुलाकात से आज अब तक के एक-एक अनुभव को सीधे-सीधे समझाओ। एकदम अभिधा में। प्लीज़!'' उर्मि ने बहुत ही प्रेम में डूबा हुआ आत्मीय निवेदन किया।

''देखो, जहाँ तक प्रथम मुलाकात की बात है तो वह ज़्यादा-से-ज़्यादा किसी के प्रति किसीं भी कारण विशेष से आकर्षण मात्र हो सकता है, बस। वैसे भी महत्त्वपूर्ण यह नहीं है कि ज़िंदगी में कितने लोगों से हमारा परिचय होता है, बल्कि महत्त्वपूर्ण यह है कि उनमें से कितनों के साथ हमारे संबंध आत्मीय बन पाते हैं। हम उसके प्रति धरती-आकाश बन जाते हैं कि तब ब्रह्मांड में हमें सिर्फ़ वही एक शख़्स सबसे जुदा, सबसे प्यारा-सबसे नया ही नहीं लगता, बल्कि युगों-युगों तक चिरनवीन प्रतीत होता है।''

उर्मि को जैसे अब थकान और खीझ होने लगी। वह हेमंत को रोकती हुई बोली—''अरे यार! तुम फिर कहाँ इस युग दर्शन की सैर करने लगे। मैं बात इसी माह की सात तारीख की कर रही हूँ, जब हमारा यह इक्कीस दिवसीय प्रशिक्षण शुरू हुआ। इतना मुझे खूब याद है कि प्रशिक्षण शिविर में तुम दोपहर बाद पहुँचे थे। बल्कि जिस वक्त तुमने लेक्चर थियेटर में प्रवेश किया, मंच पर मैं ही थी। और हाँ, इतना और याद दिला दूँ कि मेरे व्याख्यान

के बाद सवाल-जवाब के सत्र में हम दोनों के बीच तर्क-वितर्क की खासी भिड़ंत हो गई थी।''

''अरे हाँ, याद आया, तुम सांस्कृतिक जीवन मूल्यों पर बात रखती हुई कर्मों के संचय को प्रारब्ध करार दे रही थीं। जीवन शैली को अंतिम संस्कृति कह रही थीं, जबकि मैं संस्कृति की पृष्ठभूमि के पेंचोखम खोल रहा था। कि किसी भी व्यक्ति या समाज की संस्कृति का मूलत: निर्धारक तत्व राजनीति ही है। बस इसी की व्याख्या जरा आगे बढ़ गई थी, क्यों?'' हेमंत गौरव से भर गया था लेकिन उर्मि भी कम नहीं थी। हेमंत के दोनों कंधों को पकड़ती हुई वह बोली—

''अरे भई, यह चूँकि तुम एक कल्चरल और पॉलीटिकल एक्टीविस्ट भी हो इसीलिए इतना तर्क-कुतर्क कर रहे थे। फिर दूसरी बात, तुम्हारी भाषा इतनी प्रांजल और सारगर्भित थी कि ईमानदारी से कहूँ तो मैं तुम्हारे आगे डिगने लगी थी, लेकिन मैंने भी अध्ययन-मनन-चिंतन के कुछ कम अस्त्र-शस्त्र नहीं बटोर रखे थे। सो मेरा चक्रव्यूह तोड़ने में तुम्हें भी अच्छी-खासी नानी याद आ गई थी क्यों?''

''तो बताओ कि मैं सही कह रहा था कि नहीं कि राजनीति से कुछ भी मुक्त नहीं होता,'' हेमंत ने अपनी बात की पुष्टि करनी चाही।

''तो क्या प्रेम भी राजनीति की गिरफ़्त में होता है?''

''देखो, राजनीति केवल पार्टी पॉलीटिक्स ही नहीं होती। इसका अपना एक मनोविज्ञान होता है जिसका हमारी चेतना यानी हमारी दिशा-दशा और विज़न से गहरा रिश्ता होता है।'' हेमंत की बढ़ती तार्किक शृंखला को उर्मि ने जैसे विराम दिया—

''खैर मैं फिर किसी बहस में नहीं उलझना चाहती। मैं सिर्फ़ यह जानती हूँ कि मुझ पर तुम्हारी लंबी-चौड़ी पर्सनालिटी, गहन दार्शनिक बौद्धिकता और प्रतिबद्ध कवि होने का गहरा असर पड़ा। फिर तो दिन-ब-दिन की तुमसे बात-बात पर इतिहास, संस्कृति, साहित्य और समाज को लेकर जब-तब होती बहस से तो सच हारते जाने के बावजूद मैं तुम्हारी दीवानी होती चली गई। ठहरो, इसमें एक ज़रूरी संशोधन अभी होना है बल्कि जुड़ना है कि इस निपट दीवानेपन में मैं अकेली ही नहीं थी एकतरफ़ा, बल्कि तुम्हारी खुद की

भी इस सब में गहरी भूमिका रही है। बोलो सच है कि नहीं?''

''हाँ, यह सच है। लेकिन आधा-अधूरा सच, बल्कि मेरा नज़रिया थोड़ा भिन्न है। दरअसल मैं तुम्हारी कमनीयता, तुम्हारी तार्किक बौद्धिकता यानी तुम्हारे व्यापक अध्ययन और संप्रेषण से प्रभावित ज़रूर था लेकिन प्यार तो तुमसे किसी और वजह से ही हुआ।''

उर्मि आपाद उत्सुक हो उठी। धुकधुकी बढ़ आई थी—''तो क्या थी वह वजह? देखो सच-सच बताना!''

''वह थी तुममें इन्सानियत भरी गहन संवेदना में संपृक्त तुम्हारी सदाशयता और सामूहिकता की अविराम पक्षधरता। कुछ समझीं?''

''ज़रा कोई अनुभव-कोई उदाहरण देकर समझाओ तो!''

''तो सुनो, अनुभव और अंदाज़ नंबर एक—बात प्रशिक्षण प्रारंभ होने के पाँचवें-छठे दिन की है। हम पाँच-छह लोग शाम के समय ऊपर माल रोड पर घूमते हुए कुछ अधिक ही आगे तक बढ़ आए थे। जंगल शुरू हो चुका था। तेज़ हवाओं के झोंकों के बीच चीड़ के पेड़ ऐसे झूम रहे थे मानो उनका कोई उत्सव हो रहा हो। जंगल में ऊपर-नीचे चारों तरफ़ हवाएँ चीड़ से मिलकर सीटियाँ-सी बजा रही थीं। मैं कोई बहुत मस्त प्रेम गीत गा रहा था। तभी एक मोड़ के पास सड़क से थोड़ा नीचे ढाल पर चीड़ के एक अधसूखे जटिल पेड़ के नीचे लगभग तीन-चार साल का एक बच्चा नज़र आसमान की ओर गड़ाए हुए दहाड़ मार-मार कर बहुत की कारुणिक आवाज़ में ज़ार-ज़ार रो रहा था। दरअसल उसकी माँ उस पेड़ के ऊपर चढ़ी हुई सूखी टहनियाँ काट रही थी, चूल्हे की आग की खातिर। हम सभी लोग इतने सीधे खड़े ऊँचे और जटिल पेड़ की शाख पर बहुत ऊपर तक चढ़कर टहनियाँ काटती उस महिला को देख-देखकर जितना खौफ़ खा जा रहे थे, उतना ही उस रोते हुए बच्चे पर तरस खा रहे थे। अब चूँकि यह कठोर दृश्य पहाड़ी जीवन-शैली का एक आम दृश्य था रोज़मर्रा का, इसलिए हम सभी सड़क पर शीतल हवा और जंगल की खूबसूरती का आनंद लेते हुए धीमे और धीमे आगे और आगे की ओर बढ़े जा रहे थे।

''सभी साथियों का ध्यान मेरे दर्द भरे प्रेमगीत में डूबा हुआ था कि सहसा तुमने अपनी सैंडिल सड़क के किनारे उतारी। साड़ी को थोड़ा सँभालती हुई तुम तेज़ी से ढाल को उतर गईं। वह बच्चा तुम्हें अपने इतने पास इस तरह

एकाएक पाकर शायद कुछ घबरा गया था। उसने और ज़ोर-ज़ोर से रोना शुरू कर दिया, लेकिन तुमने जैसे-तैसे उसे चुप करा लिया। पर्स में से एक चॉकलेट निकालकर उस बच्चे को दी।

''बच्चा कुछ चुप हुआ तो तुमने ढलान पर वहीं बगल में फूटी पानी की सीर में से कुछ अंजुरी पानी बटोरा और उस बच्चे का मुँह धो दिया। पर्स से तौलिए जैसा एक छोटा रूमाल निकालकर बच्चे का मुँह पोंछा। उसके बाल सहलाए। पर्स से एक और चॉकलेट निकालकर उस बच्चे को थमाई और उसके दोनों गालों को कसकर चूमकर तेज़ी से ऊपर चढ़ आईं, सड़क पर। हम फिर चलने लगे, लेकिन मेरे लिए इस दृश्य ने यह सिद्ध कर दिया था कि बात-बात पर तमाम-तमाम बौद्धिक तर्क करने वाली स्त्री के भीतर प्यार का एक छलछलाता समुद्र भी है जो अपनी सामाजिक और सामूहिकता, बल्कि कहें कि मनुष्यता में बरबस झलकता दिखाई देता है। मैंने दिल से तुम्हें धन्यवाद कहा लेकिन ऐसे अनेक दृश्य तुम्हारे व्यवहार में जब-तब दिख जाने पर लगने लगा कि तुम्हारा व्यक्तित्व सचमुच मेरे बहुत निकट है। इस निकटता की लगातार बढ़ती हुई पेंगें आगे बढ़कर कुछ दिनों में शायद धीरे-धीरे प्यार का रूप लेने लगीं। लेकिन यह पहला दृश्य था, जब मैंने बिना स्पर्श के तुम्हें अपने बाहुपाश में ले लिया था।''

''थैंक्स। चलो तुमने इतना समझा तो सही कि अपने भी इतने निकट पा लिया हमें।''

''उर्मि! सच तुम्हारे व्यक्तित्व में बहुत कुछ सुंदर है। टेक योरसेल्फ़ सीरियसली।''

''अगेन थैंक्स। लेकिन तुम सचमुच बहुत भोले हो हेमंत।''

''मतलब ?''

''मतलब यह कि कुछ देर पहले तुमने कहा था ना, किसी स्त्री की थाह पाना मुश्किल काम है। मैं स्वीकारती हूँ हेमंत कि अंततः यही हमारा भी सच है। तुम इसे अभी तक समझ नहीं पाए। इसलिए कहती हूँ कि तुम एकदम भोले हो। नासमझ। नादान।''

''यार उर्मि! तुम तो प्रेम में भी जैसे तलवार लेकर बैठी हो।''

''हाँ, हेमंत! अब जाकर तुम छिपे हुए एक और सत्य के नज़दीक आ सके हो। लेकिन तलवार मेरे नहीं, किसी और के हाथों में सजी है हेमंत! मैं तो

स्वयं ही भयभीत हूँ आतंकित। वह भी खुद को नहीं, बल्कि तुमको लेकर।''

सुनकर हेमंत की तो जैसे घिग्गी बँध आई। मन एकाएक ही अचकचा गया। डरी हुई आँखों से उर्मि को देखते हुए जैसे-तैसे पूछा—''मतलब?''

उर्मि जैसे बात की परतें खोलती हुई समझाने सी लगी—''यार, पता नहीं यह प्रेम इतना स्वार्थी, इतना क्रूर और घातक क्यों होता है? अपनी पूर्णता तक पहुँचने के लिए किसी भी हद तक सहज ही चला जाता है। कभी-कभी तो पति-पत्नी के तलाक से लेकर अपने ही बीच हत्या-आत्महत्या तक।''

हेमंत की बेचैनी और बढ़ गई थी—''उर्मि, प्लीज़ पहेली न बुझाओ। ज़रा साफ़-साफ़ कहो। और हाँ, ज़रा धैर्य रखते हुए।''

''कोई पहेली नहीं, यह हकीकत है हेमंत कि इस प्रेम में मैं जितना गहरे डूब चुकी हूँ, लग रहा है कि इससे ताउम्र उबर पाना अब मुश्किल ही है। ऐसे में अगर कभी किसी प्रसंगवश चूक से या कभी अपनी बेचैनी में ही नींद की बड़बड़ाहट में भी तुम्हारा नाम अगर मुख से निकल गया तो पक्का समझो कि तब हम दोनों की ही खैर नहीं। खाप पंचायत का सदस्य है मेरा पति। मृत्युदंड घोषित करने में तनिक भी देर नहीं लगाएगा।''

''उर्मि!'' हेमंत पैर के नाखून से लेकर सिर की चोटी तक एकाएक ही थर-थर काँप उठा। पल भर में उसकी आँखों के आगे पत्नी, बच्चे, नौकरी और समाज जैसे सबके सब उसके चारों तरफ़ सवाल बनकर खड़े हो गए। इन चीखते सवालों के चक्रव्यूह के बीच उसकी अजीब-सी स्थिति हो आई। दिल बैठने लगा तो साँस धौंकनी पर धौंकनी हुई जा रही थी। देखते-ही-देखते उसका समूचा बदन पसीने से जैसे तरबतर हो गया। उसे ठीक-ठीक कुछ भी सुनाई नहीं दे रहा था।

कभी उर्मि उसे अपनी साक्षात् मौत दिखाई दे रही थी तो कभी अपने समूचे वजूद के साथ उसे पोर-पोर रोम-रोम आकंठ अटूट प्यार करने वाली। मृत्यु के पार जाकर भी प्रेम के नए प्रतिमान गढ़ने वाली। अप्रतिम प्रियतमा। उसने स्थिति को सँभालने की कोशिश की। लेकिन उसकी आँखें जैसे उर्मि के चेहरे पर गड़ गईं।

अब तक उर्मि का चेहरा भी जैसे सपाट हो गया था। एकदम सूखा हुआ। होंठ कँपकँपा रहे थे तो आँखें सुर्ख लाल हो आई थीं।

हेमंत घबरा गया। वह उर्मि से अब क्या कहे, कुछ समझ नहीं पा रहा

था। किंकर्तव्यविमूढ़। किंतु तभी सहसा उर्मि ने अपने दोनों हाथ उठाए। हेमंत के कंधों को कसकर पकड़ा और बदहवास-सी उसे झिंझोड़ने लगी।

इससे पहले कि हेमंत उर्मि की मन:स्थिति को कुछ ठीक से समझता उससे पहले वह हेमंत की गोद में सिर रख फफक-फफककर रोने लगी।

हेमंत अभी तक अपने द्वंद्व और भय से उबर नहीं पाया था। अभी भी किंकर्तव्यविमूढ़। इतना भी साहस नहीं रह गया था कि रोती हुई उर्मि का सिर या पीठ सहलाकर उसे चुप कराने की कोशिश कर सके।

तभी उर्मि ने अपना सिर उठाया और हेमंत की फटी-फटी सी आँखों को अपार प्रेम और करुणा से देखती हुई बोली—''हेमंत! मुझे माफ़ कर दो प्लीज़!!'' और किसी वृक्ष से टूटी हुई शाखा सी उसके सीने पर पसर गई।

हेमंत को अब जाकर कुछ साँस आ पाई। उसमें कुछ धैर्य, कुछ स्थिरता और अपार प्रेम फिर भर आया। उसने जैसे कुछ साहस बटोरा। उर्मि को अपने बाहुपाश में लेते हुए उसे धीरज बँधाने लगा।

सहसा उर्मि को अपने सिर और गले पर कुछ गीली बूँदें-सी महसूस हुईं। उसने सिर उठाया। देखा कि हेमंत की आँखों से भी आँसुओं की अजस्र धार फूटी पड़ी है। उसका हृदय जैसे एक बार फिर अगाध प्रेम और उन्माद से भर आया। उसने हेमंत के चेहरे को अपनी हथेलियों के बीच लिया और बदहवास-सी उसके गाल-माथा-होंठ-पलकें सब चूमने लगी। थक जाने की हद तक। फिर उसने बरबस ही अपना चेहरा हेमंत की गोद में धँसा दिया। चुपचाप, एकदम शांत।

हेमंत हालाँकि पहले से काफ़ी सहज हो गया था। फिर भी वह क्या कहे, इस बात को लेकर अभी तक किंकर्तव्यविमूढ़ ही था। वह बस चुपचाप उर्मि के बालों को सहलाता रहा, देर तक।

''सुनो, चाय नहीं पियोगे?'' उर्मि ने अपना सिर उठाकर हेमंत से कहा।

''ले आता हूँ,'' कहते हुए हेमंत उठ खड़ा हुआ।

''उर्मि! चलो पहले मुँह धो लेते हैं और हाँ, ज़रा अपनी बिखरी हुई लटों को भी फिर से सँभाल लो प्लीज़!'' हेमंत ने कहा।

उर्मि उठ खड़ी हुई। दोनों बगल में ही खिलखिलाकर बह रहे झरने में जाकर मुँह छपछपाए, पोंछे। वापस आकर बैठे और शांत चित चाय डिप करने लगे। उर्मि चिंताकुल हो आई थी। गहरे द्वंद्व से निकल उसने चुप्पी को तोड़ते

हुए जिज्ञासा प्रकट की—''हेमंत! सुनो, आखिर हमारा भविष्य क्या है?''

''जो इस चाय की पत्ती का है,'' हेमंत के पास जैसे रेडीमेड उत्तर था।

''मतलब कि क्या इस संबंध को अब यहीं समाप्त समझा जाए?''

''मैंने यह तो नहीं कहा। अच्छा, ज़रा पल भर को गौर से सामने का यह प्राकृतिक दृश्य देखो। बता सकती हो कि बरसात में पहाड़ों पर बादल इतने नीचे क्यों उतर आते हैं कि अक्सर हम खुद को इसके ऊपर पाते हैं।''

''अब यह तो मुझे नहीं पता, पर लगता बहुत सुंदर है।''

''बस। अब इसी सुंदरता में खुद को ज़रा रूपांतरित करके देखो तो!''

''कैसे?''

''जैसे कि अभी यह बादल-फिर-बारिश-फिर नदी-फिर समुद्र-फिर भाप और फिर यही बादल। बरसात के इन दिनों में घाटियों के बीच यों उतरता हुआ, किंतु जिसे गरमी पाते ही फिर पानी हो जाना है।''

''तो क्या हमें भी पानी जैसा ही हो जाना चाहिए?'' उर्मि हेमंत को फटी-फटी आँखों से देखती हुई बोली।

''डेफ़ीनेटली। सतत् गतिशील और ट्रांसपरेंट। जो प्यास बुझाता है, किंतु जो बाढ़ और बिजली का कारक भी है।''

''ओह हेमंत! तुम जीने नहीं दोगे।''

''इनकरेक्ट बट ग्रेट फ़ैक्ट। बोझ समझेंगे तो निश्चय ही यह जीवन दारूण और दुश्कर हो जाएगा। अपना ही वनज समझेंगे, ज़िम्मेदारी, तो नो डाउट इसे भी खुशी-खुशी उठाकर आगे और आगे बढ़ते चला जा सकता है।''

''आखिर किधर?''

''जिधर दर्शन है। क्योंकि उसमें कभी भी पूर्णविराम नहीं आता। हर नया अध्याय जैसे एक अल्पविराम भर होता है। देखो, सच्चे अर्थों में यही ज़िंदगी है। यही प्रेम भी, क्योंकि प्रेम भी सदैव रूपांतरित होता रहता है, इसलिए उसमें भी कभी पूर्णविराम नहीं आता, जबकि ज़िंदगी की एक सीमा है। हाँ, अगर जीतेजी इस निजी सीमा के पार की भी कुछ जुगत कर सको, सही अर्थों में सामाजिक हो सको तो उम्र भी क्या है? एक अल्पविराम भर!...बस।''

''आखिर कैसी जुगत?''

''मतलब कि कुछ नई ज़िम्मेदारियाँ, यानी कि जिस आबोहवा में हम जी रहे हैं, उसके प्रति।'' हेमंत में फिर तर्क का गौरव उभर आया था।

''लेकिन जो निजी ज़िम्मेदारियाँ अभी हम पर हैं, मसलन हमारे घर-परिवार। आखिर उनके प्रति भी तो कुछ नैतिकता-कुछ प्रतिबद्धता है। और उस पर यह हमारा प्रेम भी तो एक नई...'' बोलते-बोलते उर्मि एकाएक चुप हो गई।

लेकिन उर्मि के इस अधूरे कथन में छिपे पूरे अर्थ ने हेमंत को भी जैसे झंकृत कर दिया। अनायास ही दोनों की निगाहें एकाएक आमने-सामने हो आईं और उनके ज़ेहन में अपने-अपने घर-बार तैर आए। तब एक बार फिर दोनों के बीच जैसे एक गहरा मौन पसर आया।

इधर सूरज भी पहाड़ी के पार डूबा ही जा रहा था। सहसा उर्मि ने कलाई पर बँधी अपनी घड़ी हेमंत को दिखाई। वापसी का समय होने पर हेमंत ने सिर हिलाकर अपनी हामी दी।

उठने से पूर्व सहसा दोनों को एक साथ ही एक लंबी साँस आई। जैसे दोनों ने फिर एक साथ बहुत कुछ जज़्ब किया-बहुत कुछ उलीचा हो।

घाटी में बादल भी अब तक बहुत नीचे उतर आये थे। इतना कि मानो अब वे किसी आसमान में नहीं, बल्कि इन झुकी भारी पलकों के मौन पर उतर कर तैर रहे हों। बस कभी-कभी गुमसुम-गुमसुम बरस ले रहे थे। कुछ मीठे, कुछ खट्टे और कुछ नमकीन से...जीवन का स्वाद बताते हुए...।

उजाड़ घर

अचानक तेज़ आँधी आ जाने से देखते-ही-देखते सारा गाँव धूल के भयानक बवंडर में उलझ गया। आदमी हो या जानवर, चारों तरफ़ कोहराम मच गया। खेतों और जंगल को गये लोगबाग और जानवर ज्यों-ज्यों एक-एक कर घर पहुँचते, घर के लोगों को गहरी राहत मिलती जाती। लगभग तीन-चार घंटे के बाद जब किसी तरह तूफ़ान ने थमना शुरू किया तो आसमान में उड़ते तमाम गर्द-गुबार ने भी धीरे-धीरे ज़मीन पर बैठना शुरू कर दिया। जनजीवन में राहत महसूस होने लगी। खुले वातावरण में लोगबाग पुन: अपना बिखरा कारोबार सँभालने लगे। धीरे-धीरे सब कुछ पहले-सा सामान्य होने लगा।

''अम्मा, ज़रा बाहर आकर देख! सारा छप्पर कैसा हो गया है, लाल-लाल!'' आँगन में खड़ी छप्पर निहारती लाली ने भीतर बैठी अम्मा को पुकारा।

अम्मा घबराई हुई बाहर आई। सारे छप्पर पर ईंट के भट्टे की लाल मिट्टी आकर पसर गई थी।

''चलो ठीक ही है। सरकारी पटवारी को तो हमारे लिए कभी फुरसत मिल नहीं पाती। हमारे पास भी इतना टका-धेला है नहीं कि समझदारी कर अपना छप्पर खुद ही संभार लें। भला हो आँधी-अंधड़ का। बिछावन कर गया।'' एक कान की तरफ़ से टूटे चश्मे की कमानी को ऊन की डोरी से कसती हुई अम्मा बोली।

अम्मा का तर्क सुनकर आस-पास खड़े सभी लोग हँस दिये। अम्मा का पोपला मुँह भी साथ-साथ हँसते हुए अंदर-बाहर होने लगा।

''क्या कमाल की बात कह देती है तू भी अम्मा! जवाब नहीं,'' किसी

ने कहा। सब लोग फिर से हँस पड़े।

''अरे, अम्मा तो बात ही कमाल की करती है। यहाँ तो लोगों की चाल भी कमाल करती है।''—हमेशा की तरह लाली के बाहर आते ही आस-पास के मनचले लड़कों का झुंड माधुली ताई के आँगन से लगे चबूतरे पर आकर बैठ गया।

फिर तो कई-कई मुख एक साथ खुल उठे।

''अरे यार, कमर तो देखो, कैसी बल खा रही है बैठे-बैठे।'' बर्तन माँजती लाली पर फिर किसी ने छींटाकशी की।

''अमाँ उस्ताद! साँप-सी लोट रही है ससुरी।''

''चुप घोंचू कहीं का। सीधे क्यों नहीं कहता कि नागिन तान में है।''

''अबे, नागिनों की मुंडियाँ तो मैं पलभर में ही कुचल देता हूँ।''

''आज ही खेत में कैसी पछाड़ खिलाई रामवती को। बहुत फुफकारती थी साली,'' गाँव के मुखिया लंबरदार का लड़का था यह। गाँव के सभी लड़कों का धनाढ्य सरदार। गुंडा चंदू।

''मगर उस्ताद! इसे मारना मत। नाजुक चीज़ है।''

''अबे सब आता है मुझे। पहले तो मलाशूंगा। मानी तो ठीक, नहीं तो भुगतेगी। और अगर मर ही गई तो दो लट्टू और पेल दूंगा ससुरी पै,'' कमीज़ की बाँहें समेटते हुए लंबरदार का लड़का बोला।

''चलत मुसाफ़िर मोह लियो रे पिंजड़े वाली मुनिया।'' एक और लड़के ने दल का बल बढ़ाया।

''लो उस्ताद, सुर्ती फाँको।'' विष्णु ने हथेली में अब तक घोटी सुर्ती चंदू उस्ताद को बढ़ाई।

''उस्ताद तो बस पत्तियाँ ही मल-मल के खाएगा। बात तो तब है जब हुस्न का शरबत पीकर दिखाये!'' रमुआ चंदू उस्ताद को उकसाने लगा।

''मगर जब उस्ताद में दम हो तब ना!'' अलोपी ने आग में घी का काम किया।

चंदू उस्ताद ने उकसावे वाले इन तंज़ों से स्वयं को अपमानित-सा महसूस किया। अब तो जैसे उसके लिए कुछ कर गुज़रने की चुनौती पेश आ गई। उसने सामने पड़ी दारू की बोतल झट-से उठाई और बिना पानी मिलाये सीधे आधी बोतल अपने गले में उतार दी। फिर धीरे-धीरे वह माधुली अम्मा के आँगन में उतरने लगा।

चंदू को आँगन की ओर आता देख बर्तन माँज रही लाली अधूरे काम में से ही झट से उठी और दौड़ती हुई भीतर आकर अम्मा से चिपट-सी गई ''अम्मा देख, ये कमीने छोकरे आज फिर आँगन में आ धमके हैं।''

अम्मा ने नाक-कान पर टिके चश्मे को ठीक से बिठाया और द्वार पर आकर रोज़ की ही तरह फिर से गालियाँ बकना शुरू कर दिया, ''बद्तमीज़ हरामज़ादो! यही सिखाया है तुम्हें तुम्हारे माँ-बाप ने। जाकर अपनी माँ-बहनों को छेड़ो।''

''ऐ बुढ़िया! चुप हो जा। नहीं तो यहीं ज़बान खींच लूँगा,'' लंबरदार का बेटा चंदू उस्ताद एकाएक अम्मा पर झल्लाया।

''बुढ़िया कुछ ज्यादा ही किचर-पिचर करे है,'' लड़कों के झुंड में से कोई बोला।

''ऐ बुढ़िया, क्या बकरी की तरह मैं-मैं कर रही है। चुपचाप अंदर चली जा। वरना समझ ले अगर उस्ताद को गुस्सा आ गया तो,'' लड़कों के बीच से विनोद बोला।

''बड़ा आया उस्ताद का बच्चा। यह उसी कमीने लंबरदार का लौंडा तो है जिसने मेरा बड़ा बेटा मरवाया, बहू मारी। अब नीच हम पर आँख गड़ाये है। अरे इस कमीने का तो कभी भी भला नहीं होगा। आखिर भगवान भी तो कोई चीज़ है। ज़रा तो उसका खौफ़ खाओ नासपीटो...!''

माधुली अम्मा बराबर धारा प्रवाह बोले जा रही थी। इतनी खरी-खोटी से चंदू उस्ताद का गुस्सा अब फटने को आ गया। वह तेज़ी से आगे बढ़ा और अम्मा की ठुड्डी पकड़कर बोला, ''देख ले, अब आगे ज़रा कुछ भी बोला तो अभी के अभी यहीं ज़मीन में ज़िंदा गाड़ दूँगा। समझी।''

माधुली अम्मा का गुस्सा सातवें आसमान पर पहुँच गया, ''कमीने, जाकर अपनी अम्मा को गाड़। शराबी।''

''तो सीधी तरह नहीं मानेगी तू,'' कहते हुए चंदू ने कसकर एक थप्पड़ अम्मा के मुँह पर जड़ ही दिया।

माधुली अम्मा तीन कदम पीछे खड़ी दीवार से जा टकरायी। वह रोती हुई इन लड़कों को और भी गालियाँ देने लगी।

चंदू उस्ताद का जी कर रहा था कि वह माधुली अम्मा को कसकर एक लात भी जड़ दे। लेकिन तभी खेत से घास के गट्ठर भरी हुई बैलगाड़ी

पर विष्णु चाचा वहाँ पर पहुँच गये। उन्होंने गाड़ी वहीं रोकी और इन आवारा लड़कों के झुंड को डाँट-डपट कर खदेड़ दिया। लेकिन थोड़ी देर बाद मनचले लड़कों का ये झुंड पुनः पुलिया पर आकर बैठ गया।

बढ़ती शाम के साथ-साथ बादलों से आसमान का रंग गहरा गया और बारिश की तेज़ बौछारों ने वातावरण को और भी भयभीत बना दिया। लोग अपना कारोबार पुनः सँभालने लगे। लेकिन मनचले लड़कों के झुंड को न लोगों की परवाह थी न बारिश की। वे पुलिया पर बैठे अपनी दारू-भुजिया में मगन थे।

''लाली, मैंने बिना लाल किये तो तुझे छोड़ना नहीं है।''

''और बुढ़िया अम्मा, तू तो अब दिन पूरे ही समझ।''

''अच्छा लाली डियर! फ़िलहाल टा-टा!'' जाते-जाते भी मनचलों में से एक राजेश ने फिकरा कसते हुए अपने सर्वाधिक पढ़े यानी आठवीं ़फेल होने का सबूत दे ही दिया।

बारिश ने ज़ोर पकड़ लिया। दिशाएँ अँधेरे में डूबने लगीं। माधुली अम्मा कराहती हुई देर तक लाली से अपने दुखते कूबड़ पर मालिश करवाती रही। दरअसल दीवार पर ज़ोर से टकरा जाने के कारण माधुली अम्मा का कूबड़ भीतर तक दुख गया था। कराहते हुए उसकी आँखों में लंबरदार की काली करतूतें एक-एक कर तैर गईं—

उस दिन गाँव में क्षेत्र के नेताजी का दौरा होना था। इसलिए रास्तों की स़फाई का काम अम्मा के बेटे करमू को सौंपा गया था। करमू बेचारा पौ ़फटते ही काम पर चला जाता। फिर भी लंबरदार के आदेश पर उसे इन पाँच दिनों में कभी भी रात के आठ बजे से पहले छुट्टी नहीं मिली जबकि दिहाड़ी देने के नाम पर उसे अगले रोज़ के लिए कहकर बराबर टाला जाता रहा। पाँचवें रोज़ सायं जब उसने लंबरदार से दिहाड़ी का निवेदन किया तो उसने उसे बुरी तरह झिड़क दिया, ''दिहाड़ी उन नेताजी से लेना जो यहाँ आएँगे। जिनकी अगवानी के लिए मैं और तुम बराबर लगे हैं। चल, दो दिन की दिहाड़ी मैं अपनी जेब से दिये दे रहा हूँ। बाकी तीन दिन भूल जा और ़फालतू टाइम बरबाद न करके कोई नया काम पकड़ ले। समझा। हाँ, दोबारा यहाँ मत आना दिमाग खराब करने। चल जा अब।'' लंबरदार ने अपनी मूँछों पर हल्का-सा ताव दिया। करमू बेचारा मन मसोस कर नम आँखें लिये घर वापस आ गया।

अगले दिन गाँव में नेताजी का दौरा और भाषण था। करमू को आगंतुकों के भोजन के लिए सुबह से ही आलू-पूरी बनाने पर जोत दिया गया।

खैर, आखिर थोड़ी देर से ही सही, नेताजी आये। गाँव का दौरा किया फिर खूब भाषण हुए। भोजन के बाद वह कार से धूल उड़ाते हुए वापस हो लिये।

शाम को सारा सामान लंबरदार के घर पहुँचा देने के बाद जब करमू ने उससे अपनी शेष दिहाड़ी की बाबत कहा तो वह फिर झल्ला उठा, ''अबे मूरख, मेरे पास कहाँ धरे हैं पैसे! जितना आया नहीं था, उससे दोगुना तो खर्च हो गया है और वह भी सब मेरा ही लगा है। समझा। अब जा, मेरा मूड और खराब मत कर। गधा कहीं का। सूअर। चला आता है मुँह उठाये।''

करमू लंबरदार के व्यवहार से हतप्रभ हो गया। उसकी भाषा, हावभाव व आक्रोश से करमू घबरा गया। चुपचाप पुनः नम आँखों से उदास मन से घर लौट आया।

तीसरे दिन नेताजी का दौरा बगलवाले गाँव में होना था। करमू भी अपना दुःख-दर्द लेकर उस रोज़ वहाँ पहुँच गया।

दोपहर का समय था। नेताजी मंच पर जमकर भाषण दे रहे थे। वह भीड़ में से जगह बनाता हुआ किसी तरह मंच तक पहुँचा ही था कि तभी मंच पर ही विराजमान लंबरदार की उस पर निगाह पड़ गई। लंबरदार सारा माजरा पलभर में समझ गया। उसने पास खड़े सिपाहियों को भीड़ चीरते आते करमू को कोई असामाजिक तत्व बताकर उसे ठोक-पीट कर तत्काल जनसभा से बाहर करने या फिर गिरफ़्तार कर लेने को कहा। तत्काल दो सिपाही करमू के पास पहुँच गये। फिर तो उस पर इस कदर लातें और लाठियाँ टूटीं कि वह वहीं अधमरा होकर गिर पड़ा। तब गाँव के उसके पड़ोसी उसे किसी तरह उठाकर घर ले आये।

रात बीतते-बीतते तक करमू की इहलीला तो खत्म हो चुकी थी।

किंतु घर को तो फिर भी जैसे-तैसे चलना ही था। सो उसकी पत्नी कल्लो ने लोगों के खेतों और घरों पर दिहाड़ी पर काम करना शुरू कर दिया।

वह जून का महीना था जब एक रोज़ दोपहर में आसमान आग उगल रहा था। कल्लो गाँव के एक दूर के खेत में निराई-गुड़ाई का काम कर रही थी। उसी तरफ़ से बाज़ार को भी रास्ता जाता था।

लंबरदार उस समय अपने दो कारिंदों के साथ बाज़ार से वापस गाँव की

ओर लौट रहा था। सहसा लंबरदार की कुटिल निगाह खेत पर अकेली काम कर रही कल्लो पर पड़ी। उसने मौका ताड़ा और अपने कारिंदों की मदद से झट से कल्लो का मुँह बंद कर उसे वहीं खड़ी झाड़ी में धर दबोचा।

मुँह बंद कल्लो पीड़ा से छटपटाती रह गई। किंतु यह बदसलूकी यहीं नहीं थमी। लंबरदार निपट कर झाड़ी से बाहर आया ही कि अब उसके कारिंदे झाड़ी की ओर बढ़ने लगे।

कल्लो की आँखों के आगे मानो अँधेरा-सा छा गया। बदहवास-सी वह किसी तरह एक झटके में खुद को सँभाल और झाड़ी के पल्लीपार की तरफ़ चिल्लाती भागने लगी। बीच में कुआँ पड़ता था। इन राक्षसों से किसी भी तरह बच लेने की ताबड़तोड़ जुगत में उसने एकाएक कुएँ में छलाँग लगा दी।

लंबरदार और उसके कारिंदे गाँव लौट आये। कल्लो की लाश गाँव में काफ़ी शोर-शराबे के बाद देर सायं ही निकल सकी। हाँ, कुआँ तब से डायन के घर जैसा डरावना और अशुभ माना जाने लगा।

एक रोज़ लंबरदार ने चार मज़दूरों द्वारा इस कुएँ को कूड़े और मिट्टी से पटवा दिया।

दुखी माधुली अम्मा कुछ दिनों बाद अपनी पोती लाली और पोते पदमू को लेकर बगल के गाँव में स्थित अपनी बहन के पास चली आईं। पास में बचे-खुचे कुछ रुपयों और कुछ उधारकर अम्मा ने उसी गाँव में एक किनारे अपनी एक निजी बसावट कर ली।

इस नई बसावट में कुछ दिन तो शांतिपूर्वक गुज़रे किंतु गाँव-समाज तो यहाँ का भी वैसा ही था। बहुत जल्द पुरानी समस्याएँ यहाँ भी फिर नये सिरे से आ खड़ी हुईं।

दरअसल इस गाँव का प्रधान भी उस गाँव के लंबरदार जैसा ही था। मनचले लड़कों का झुंड यहाँ भी वैसा ही था। और लाली की अभी तक शादी नहीं हो पाई थी। इसलिए परिणाम यहाँ भी पुराने गाँव जैसे ही आने लगे। बल्कि आज तो हद ही हो गई। बारिश थम चुकी थी। वातावरण में चारों तरफ़ शाम का हल्का अँधेरा घिर आया था। सहसा बाहर आँगन में किसी के चलने की आवाज़ आई। माधुली अम्मा और लाली दोनों की कराहें एकाएक थम गई। साँसें एक बार फिर से धौंकनी-सी चलने लगीं। किंतु गनीमत थी कि यह पदमू था। लाली का सत्रह वर्षीय भाई। काम पर से घर लौटा था।

''अम्मा! आज पगार मिली। ये देख, मैं तेरे लिए नई धोती लेकर आया हूँ। अब मत पहनना उस चीथड़ी धोती को। हाँ, लाली के लिए भी एक अच्छा-सा सूट लाया हूँ। खद्दर का,'' पदमू ने झोले से दोनों के वस्त्र निकाले।

पदमू की समझदारी और प्यार देखकर अम्मा की रुलाई फूट पड़ी। लाली भी रोने लगी। बातों-बातों में लाली ने पदमू को आज शाम का सारा वाकया कह सुनाया।

पदमू दुख और क्रोध से भर गया, ''नहीं अम्मा, ऐसा नहीं चलेगा। रोज़-ब-रोज़ का यह अत्याचार आखिर कब तक सहेंगे हम लोग? वे तो अभी भी पुलिया पर ही बैठे हैं। मैं उनसे निवेदन कर आता हूँ कि हमारे छप्पर-आँगन की ओर कंकड़-पत्थर न फेंकें। हमारा दरवाज़ा न खटखटायें। यह छेड़खानी- यह बदतमीज़ी ठीक नहीं। आखिर कुछ तो इन्सानियत होती है।'' पदमू घर से बाहर निकल गया।

किंतु लड़कों की मार से खुद इतना घायल हो गया था कि ठीक से खड़ा तक नहीं हो पा रहा था।

मनचले लड़कों का झुंड तो जैसे अब पूरी तरह आज़ाद हो आया था।

रही झोपड़ी में पदमू का इंतज़ार करती रुआँसी माधुली अम्मा और लाली, उन पर तो जैसे अब कयामत ही टूटने वाली थी। एक सीधे-सादे अच्छे भले घर को फिर से उजाड़ने को आतुर!

दुश्मन

घर आने को लेकर उसके मन में हमेशा उधेड़बुन मची रहती है। लेकिन अबकी बार उसने जैसे तय कर लिया है कि इन तीन दिनों की छुट्टी का वह कुछ ऐसा सदुपयोग करेगा कि ड्यूटी पर वापसी से पहले वह इसका कोई-न-कोई निदान निकाल कर ही रहेगा। या तो पिताजी को अपने साथ आने को कहेगा या फिर...। हालाँकि ऐसा सोचते हुए वह पिता के माँ के प्रति प्रेम और परिवार के प्रति ज़िम्मेदारी को याद कर स्वयं को ऐसा सोचने के लिए कोसने लगा। दोपहर के तीन बजने को हैं और बस हल्द्वानी बस अड्डे पर पहुँच चुकी है। बस का यह आखिरी पड़ाव है। सभी यात्री बस से उतर रहे हैं। वह भी अपनी अटैची उठाकर नीचे उतर आया है।

बस से उतरने के बाद वह तत्काल एक रिक्शा पकड़ता है। रास्ते में पड़ने वाली फलमंडी से तीन-चार किलो कोई भी मौसमी फल खरीदता है। पास ही स्थित रेस्टोरेन्ट से कुछ मिठाई भी खरीदता है। लेकिन अबकी बार उसका उत्साह जैसे थोड़ा ठहर-सा गया है। वह बस अड्डे में एक किनारे स्थित टी-स्टाल की ओर बढ़ गया। रिक्शे से उतरकर उसने अटैची एक किनारे रख दी। चाय वह ज़्यादा पीता है। इसलिए उसने एक साथ ही दो कप चाय बनाने को कहा और नल पर आकर पानी से मुँह छपछपाने लगा है।

चाय-बिस्कुट लेने के बाद उसमें जैसे एक नई ऊष्मा-नई ताज़गी आ गई है। उसे लगा कि अब वह कुछ बेहतर विचार कर सकता है। वह पुनः अपनी उधेड़बुन का एक-एक रेशा खोलने में जुट गया। लेकिन एक दिक्कत उसे अपने हर तर्क पर भारी पड़ती महसूस हो रही थी किंतु जिससे वह आज

हार मानने को तैयार नहीं था। सिरदर्द हो जाने तक वह इसी निष्कर्ष पर पहुँच पाया कि हो-न-हो इस दुनिया में ही ज़रूर कोई खोट है। चूँकि यह खोट कोई प्राकृतिक नहीं है। इसलिए वह इस समूची दुनिया के सामाजिक, आर्थिक, राजनीतिक व सांस्कृतिक ढर्रे की पड़ताल में जुट गया। निष्कर्ष फिर वही जो कि वह नहीं चाहता था। उसे यह मान लेने में पीड़ा होने लगी कि एक व्यक्ति दूसरे व्यक्ति के लिए यहाँ महज़ एक सम्पत्ति-एक अधिकार बन कर रह गया है। इस उधेड़बुन में अंततः वह जैसे खुद से खीझ आया। मन हुआ कि वह घर ही न जाए। फिर उसने खुद के एक ठीक-ठाक पढ़े-लिखे और सभ्य-शिष्ट होने पर भरोसा किया और इन तीन दिनों की छुट्टी पर घर आने के निर्णय को उचित ठहराया। किंतु यह क्या कि एकाएक वह बहुत भावुक हो गया और देर तक अपनी दिवंगत माँ की याद में सुबक-सुबक कर रोता रहा। किसी तरह जब शांत हुआ तो उसने एक बार पुनः नल के समीप जाकर पानी से मुँह खूब छपछपा लिया। रूमाल से थोड़ा सख्ती से रगड़ कर खुद को सहज कर लिया।

दरअसल घर के लिए रिक्शे पर बैठते ही उसका दिल इस बार भी एकबारगी को फिर से बैठने को हो आया। उसे वे पिछले तमाम अपमान एक-एक कर याद आने लगे जो उसने ऐसी ही छुट्टियों में घर आने पर झेले थे। हर बार ही बहुत शर्मिन्दगी और तनावपूर्ण स्थितियों से गुज़रना पड़ा था उसे।

उसे याद आया कि किस तरह वह हर बार फिर कभी घर वापस न लौटने की कसम खाकर निकलता है किंतु हर बार ही उसे पिता के प्रति गहरा प्रेम और दयाभाव ऐसा करने से रोकता रहा है। बस इसलिए इस बार उसने पूरी तरह फ़ैसलाकुन हो ही लेने का सोचा है कि या तो पिताजी दिल मज़बूत कर उसके साथ चले आयें या किसी भी तरह से घर को उसके लिए भी घर जैसा बनायें या फिर अब से उसके प्रति किसी प्रकार लाड़ और वात्सल्य न दर्शायें। पूरी तरह दुनियादार बनकर उसे भूल जायें और यहीं रहें। हर तरह से अपना ख़याल रखें और स्वस्थ बने रहें। बस। लेकिन अगले ही पल उसे पिताजी के प्यार-दुलार और मिलने की तीव्र उत्कंठा से भरे पत्र याद आ जाते हैं। लगभग हर पत्र में उनकी यह बात और विश्वास याद आ जाता है

कि अंतत: घृणा की नहीं, प्रेम की ही जीत होती है। बल्कि पिछले दो-तीन पत्रों में तो उन्होंने बड़े वज़न के साथ विश्वास दिलाया है कि अब तुम्हारी माँ (सौतेली) के व्यवहार में काफ़ी परिवर्तन आ गया है। अब वह अपने सगों के अलावा अन्य बच्चों के प्रति भी काफ़ी उदारता और प्रेम के साथ पेश आती है। पिछले पत्र में उन्होंने उदाहरण भी दर्ज किया था कि अब योगेश का मित्र भी हमारे घर पर दस-दस पन्द्रह-पन्द्रह दिनों तक रुक लेता है। फिर तुम तो मेरे अपने सगे हो। इसलिए तुम्हें अच्छी उम्मीद और अपनत्व बराबर बनाये रखना चाहिए। आखिर संसार में परिवार किसी के लिए भी प्रथम सुखद और आधिकारिक शरण स्थली होता है, इत्यादि-इत्यादि।

अब ऐसी बातों से भला किसके मन में परम घर, परिवार और समाज के प्रति विश्वास की लहरें न दौड़ पड़ें। उसके साथ भी ऐसा ही हुआ। उसकी उम्मीद दिन-प्रतिदिन बलवती होती चली गई कि संभवत: इस बार उसे घर में सचमुच का गहरा स्नेह मिलेगा। आखिर योगेश के मित्र से तो वह इस घर का अपना कहीं अधिक सगा सदस्य है। पूर्ण और विशुद्ध पारिवारिक सदस्य। वह भी केवल कहने भर को सगा नहीं, बल्कि ताउम्र को एक विश्वसनीय ज़िम्मेदारी निर्वहन करने वाला संवेदनशील पारिवारिक सदस्य। परिवार के बच्चों के बीच सबसे बड़ा भाई। माता-पिता का सबसे बड़ा बेटा।—यही सब सोचते हुए वह पुन: मिष्ठान भंडार तक पहुँच गया। उसे लेनी तो केवल मिठाई थी। लेकिन मन में उठ रहे नये उत्साह से उसका मन पहले एक कप गर्मागरम चाय पी लेने का भी होने लगा।

चाय पी लेने के बाद उसका मन एक अदद पान को लहक गया। बगल में ही स्थित पान की दुकान से उसने पान का एक बीड़ा भी ले लिया। वहीं दुकान में लगे आईने में उसने खुद को निहारा, कंघी निकाल कर बालों को थोड़ा करीने से बनाया। गौर किया कि अब उसका मुख काफ़ी प्रसन्नचित दिखायी दे रहा है। उसे अच्छा लगा।

यहाँ से दूसरा रिक्शा कर लेने के लिए वह रिक्शा स्टैंड की ओर बढ़ ही था कि सहसा उसकी निगाह छोटे भाई योगेश पर पड़ी। वह खुशी से जैसे उछल पड़ा। उसने ज़ोर से योगेश को पुकारा। उसे देखते ही योगेश के चेहरे की रौनक भी सहसा खिल आई। दोनों ने मिलकर एक-दूसरे को गले लगा लिया।

वातावरण में जून की दोपहर आग उगल रही थी। उसने योगेश से कहा, ''भाई, अभी धूप को कुछ और कम हो लेने देते हैं। तुम्हें भी पसीना चू रहा है। चेहरे पर थकान भी झलक रही है। ऐसा है कुछ देर यहीं रेस्टोरेंट में बैठ लेते हैं। चाय-समोसे वगैराह कुछ खा-पी लेते हैं। फिर चलते हैं आराम से।''

''अच्छा ही रहेगा। मुझे तो फ़ायदा ही है,'' योगेश ने खुशी-खुशी प्रत्युत्तर दिया।

दोनों सड़क पारकर तिवारी रेस्टोरेंट पहुँचे, बैंच पर बैठकर बातचीत कर ही रहे थे कि तभी एक अत्यंत वृद्ध स्त्री उनके पास आकर हाथ जोड़ कर खड़ी हो गई। एक काफ़ी पुरानी, मैली तथा लगभग घिस चुकी फ़ीकी-सी धोती वह पहने हुई थी। अपनी दारुण अवस्था दर्शाती हुई वह उनकी ओर मुखातिब होती है, ''बाबू जी! बेटा, बहुत गरीब हूँ मैं। भूख लगी है। खाने को कुछ नहीं है। थोड़ा दया कर दो। भगवान भला करेगा।''

उसका बचपन से ही यह स्वभाव रहा है कि वह अपंगों और भिखारियों को देखते ही दया और जिज्ञासा भाव से भर जाता है। उसने जेब में हाथ डाला। सबसे छोटा नोट पचास रुपये का था। वह नोट तुड़वाने के लिए रेस्टोरेंट के काउंटर पर जाने को उठा ही था कि भिखारिन ने तत्काल एक बार और उससे भीख के लिए गिड़गिड़ाते हुए याचना की।

उसने भीख के लिए भिखारिन के जुड़ आये दोनों हाथों को थामते हुए धैर्य रखने को कहा। भिखारिन बात समझ गई और वहीं खड़ी रही। वह काउंटर से लौटा तो अपनी स्वभाववश जिज्ञासा से पूछ बैठा, ''क्यों माता जी, बच्चे नहीं हैं क्या आपके?''

भिखारिन का गला भर आया। अँसुआती हुई बोली, ''नहीं बेटा, किस्मत की मारी हूँ। भगवान ने कोई औलाद नहीं दी मुझे। आदमी ने दस साल इंतज़ार किया ही। फिर दूसरी शादी कर ली। दो साल बाद ही सौतन ने घर से पूरी तरह बाहर कर दिया मुझे। आदमी की कुछ नहीं चली उसके आगे। तभी से मारी-मारी फिर रही हूँ। अब तो यह बात भी बहुत पुरानी हो गई है। आज पूरे अट्ठाइस साल हो गये हैं मंदिर में रहते हुए। सब किस्मत है।'' उसकी आवाज़ रुँध गई।

भिखारिन का दुख सुनकर उसकी दबी-दबी उदासी जैसे फिर उभर आई। जैसे बचाते-बचाते भी कोई फोड़ा फिर से दुख गया हो। उसने हाथ के सारे पैसे भिखारिन की ओर बढ़ा दिये और अपनी जगह पर आकर चुपचाप योगेश के साथ चाय पीने लगा।

योगेश ने उसके व्यवहार में एकाएक आये इस परिवर्तन का कारण पूछा तो उसने बहाना बना दिया—''कुछ नहीं यार, हमारा बॉस कोई ठीक आदमी नहीं है। मुझे चिंता यह हो रही है कि उसने शोरूम से बाहर निकलते-निकलते भी मुझे वापस भीतर बुलाकर अपने कुछ घरेलू काम सौंपे तो मैंने पेट खराब होने और लास्ट बस होने का बहाना लगा दिया था। साला समझ तो सब गया होगा। अब डर लग रहा है और कुछ नहीं। खैर, देखी जाएगी। तू चाय के साथ यह मिठाई भी ले।''

दरअसल मन-ही-मन एक अज्ञात भय उसमें आकर फिर बैठ गया था कि कहीं घर पहुँचकर उसे हमेशा की तरह इस बार भी फिर से ज़लील न होना पड़े। यह भय इतना गहरा गया कि एकबारगी को तो उसका मन यहीं से अपनी नौकरी पर वापस चले जाने को होने लगा। चूँकि उम्मीद का दामन वह हमेशा ही थामे रखता है और फिर पिताजी के प्रति उसके मन में अगाध प्रेम है। इसके साथ ही वह यह भी खूब जानता है कि पिताजी भी उससे उतना ही प्रेम करते हैं। इसलिए उसने किसी तरह घर पहुँचने के अपनी तरफ़ विचार को जिलाये रखा और अपने रुआँसा हो आये मन को पुरज़ोर थाम लिया।

रिक्शे में रास्ते भर योगेश और उसके बीच कोई विशेष बात नहीं हुई। बल्कि योगेश भी कुछ सहमा-सहमा सा ही रहा। घर का मोड़ आने पर दोनों रिक्शे से उतरे और चुपचाप गली की ओर बढ़ गये। लेकिन तभी पीछे से आवाज़ आई, ''बाबू जी! बाबू जी!''

उन दोनों को तत्क्षण याद आ गया कि वे रिक्शेवाले को किराया देना तो भूल ही गये हैं। उसने तत्काल जेब से दस रुपये का नोट निकाला और रिक्शेवाले की ओर बढ़ाते हुए बोला, ''माफ़ करना भई, घर आने की खुशी में मैं भूल ही गया। बेइमान मत समझना हमें। ठीक।''

''अरे बाबू जी, ऐसा मत कहिये। नहीं भी देते तो कोई बात नहीं।

आदमी ईमान का सगा होना चाहिए। बस। बाकी जिंदगी में और क्या चाहिए। पैसा तो हाथ पर चढ़ता-उतरता मैल है। लगा रहता है,'' रिक्शेवाला एकदम सहजभाव से बोला।

उसका मन अब पलभर को रिक्शेवाले के साथ बतियाने को हो आया, ''पैसा अब मैल नहीं रहा भई। अब तो पैसा ही आदमी का दीन-ईमान-इज्जत-आबरू सब कुछ हो गया है भई! इसी से सब रिश्ते हैं। इसी से दुनियादारी। बल्कि बाकी सारे सम्बन्ध तो हाथ-पैरों का मैल हो गये हैं।''

''ठीक कहते हो बाबू जी, वरना तो अल्लाह का दिया क्या नहीं है मेरे पास। मकान है। राशन की छोटी-सी दुकान भी है। लेकिन क्या कहूँ। तीन बीवियाँ हैं। दिन-रात कलह मचाये रखती हैं। बच्चे बड़े हुए तो वे भी अपनी-अपनी माँओं की तरफ़ लग लिये। एक दिन तीनों परिवारों ने मिलकर मकान-दुकान-खेत सब आपस में बाँट लिया। रहा मैं। कभी सब कुछ मैंने ही पाई-पाई कर जोड़ा था। लेकिन किस्मत का खेल कह लो या ज़माने की मार, आज सब कुछ छीनकर मुझे ही घर से बाहर कर रखा है। दिनभर रिक्शा चलाता हूँ। रात कभी बस अड्डे पर तो कभी रैन बसेरे में बिता लेता हूँ। सब किस्मत। सब अल्लाह की मर्ज़ी।''

''सही कहते हो भाई, तुम्हें कुछ-न-कुछ सम्पत्ति अपने पास ज़रूर रख लेनी थी। बुढ़ापा ठीक बीतता। बल्कि ये रिश्ते भी कुछ ठीक बने रहते।''

''सोलह आना बोल रहे हो बाबू जी! लेकिन जब किसी पर अपना कुछ बस चले, तब तो। थक-हार कर मैं तो सब अल्लाह की मर्ज़ी मानकर छोड़ आया हूँ।''

''लेकिन भाई, अब इस उमर में ऐसा कब तक चलेगा। देह में ठीक-ठाक ताकत भी तो ज़रूरी है,'' उसने रिक्शेवाले से कहा।

''अब क्या कहूँ भाई, दिल की कहूँ तो बस खुद मरा नहीं जाता। बस इसी खातिर जिंदा हूँ। वरना तो यह दुनिया नेक इन्सानों के लायक नहीं रही।'' अब रिक्शेवाला जैसे कुछ उदास हो गया था।

''अच्छा, खैर, अब चलते हैं। ध्यान रखो भाई।'' उसने रिक्शेवाले को कहा। खैर, फिर रिक्शेवाला और वे दोनों अपने-अपने रास्ते हो लिये।

थोड़ी ही देर में घर आ गया। आँगन में भूरी गाय और काली गाय दोनों

के बछड़े रस्सी से बँधे होने के बावजूद अपनी-अपनी जगह पर खूब उछल-कूद मचा रहे हैं। एक किनारे पर भूरी गाय भी बँधी हुई है। उसे सहज ही रामेश्वर की बात याद आ गई—काली गाय ब्याने के बाद बमुश्किल एक-डेढ़ महीने ही और ज़िंदा रह पाई। बहुत दिनों से बीमार चल रही थी। तब से उसका बछड़ा भी भूरी गाय का ही दूध पीता है। बल्कि वह ज्यादा पीता है। बड़ा ही शैतान है। उसने गौर किया कि इस वक्त भी भूरी गाय काली गाय के बछड़े वाले कोने की ओर देख-देख कर जोरों से रंभा रही है।

यह दृश्य देखकर उसे जितनी खुशी हुई, उतनी ही अपने को लेकर उदासी भी घिर गई कि काश उसके नसीब में भी ऐसा ही कुछ व्यवहार भरा प्रेम लिखा होता। वात्सल्य से छलछलाता प्रेम। ठीक जैसा कि वह पिताजी से पाता है।

सामने क्षितिज पर सूरज डूबता देख एक बार फिर उसके मन में घबराहट, चिंता और काली उदासी घर करने लगी। लेकिन उसे सदैव अपने प्रेम, समर्पण और पिताजी के सहयोग पर पूरा भरोसा रहता है। धैर्य रहता है। इसलिए वह रात में चाँद-तारे और देहरी से लेकर मंदिर तक सुकोमल जलने वाले दीयों-सी हिलोरें लेता उजास और उम्मीद के साथ योगेश के पीछे-पीछे घर के भीतर प्रवेश कर गया।

अंदर रसोई की ओर बढ़ रही माँ को उसने प्रसन्नता से मुस्कुराते हुए विनम्र प्रणाम किया।

माँ के हाथ आशीर्वाद की औपचारिकता तक को न उठे। पलभर में ही उसका सारा उत्साह-सारी उम्मीद हमेशा की तरह इस बार भी वहीं पर निचुड़ कर रह गई।

माँ रसोई से कुछ जूठे बर्तन उठाकर सीधे बाहर नल की ओर बढ़ गई। वह चुपचाप पास ही पड़ी चारपाई पर उदास मन से बैठ गया। योगेश ने उसे एक गिलास पानी पिलाया और ''अभी आता हूँ,'' कहते हुए बाहर निकल गया।

''ठीक है।'' उसने कहा और अपनी अटैची खोलने लगा।

अटैची में माँ के लिए साड़ी-ब्लाउज़, पिताजी के लिए गाँधी आश्रम का कुर्ता-पाजामा, योगेश के लिए एक शर्ट और पैंट तथा छुटकी के लिए

दो नन्ही फ्रॉक थीं। उसने मिठाई के डिब्बे के साथ ही यह सब सामान भी निकालकर चारपाई पर रख दिया।

थोड़ी ही देर में योगेश पड़ोस के घर से छुटकी को लेकर आ गया।

हँसती हुई आई छुटकी के हाथों में जब उसने दोनों फ्रॉक रखीं तो छुटकी की खुशी का ठिकाना नहीं रहा। वह दोनों फ्रॉक लेकर इठलाती शोर मचाती बाहर नल पर बैठी माँ के पास दौड़ी चली गई।

लेकिन यह क्या कि माँ ने फ्रॉक पर नज़र तक न डाली, बल्कि पढ़ाई को लेकर एक करारी डाँट पिला दी। छुटकी रुआँसी-सी हो गई। तिस पर भी माँ ने उसे बख़्शा नहीं, बल्कि सीधे किताब लेकर लालटेन के समीप बैठने का सख़्त आदेश दे दिया।

यह सब देख उसे गहरा झटका लगा। लेकिन वह कभी भी माँ के मुँह नहीं लगा है। वह शांतिपूर्वक योगेश से पिताजी के स्वास्थ्य के बारे में, पास-पड़ोस के हालचाल, उसकी पढ़ाई और खेती के बारे में पूछताछ करने लगा।

उस समय तक पिताजी भी अपनी झुक चुकी कमर को लाठी का सहारा देते हुए चौपाल से घर वापस आ चुके थे।

वह पिताजी को देखते ही तेज़ी से बाहर आया। आँगन में ही उसने पिताजी को चरण स्पर्श कर प्रणाम किया। पिताजी ने उसे सीने से लगा लिया।

जैसे उसे देखकर पिताजी की खुशी का कोई पारावार नहीं था। उसे पुचकारते हुए वे उसके साथ धीमे-धीमे घर के भीतर हो लिये।

तभी पीछे-पीछे माँ भी साफ़ बर्तनों को लेकर घर के भीतर धमकती हुई-सी आ गई। फिर माँ ने दन्न से बर्तनों को रसोई में पटका और पिताजी के सामने तनकर खड़ी हो कर्कश स्वर में बोली, ''सुनो जी, अब बहुत हो गया यह चाल-चलन। यह चतुराई। आज कान खोलकर सुन लो और फ़ैसला कर लो। मैं चाहती हूँ कि या तो अब इस घर में तुम दोनों बाप-बेटे ही रह लो या फिर मुझे अपनी संतानों के साथ चैन से रह लेने दो। बस।''

यह सुनकर पिताजी आग-बबूला हो गये किन्तु वह जैसे जीते जी शर्म से गड़ गया। उसने चुपचाप अपनी अटैची उठाई और दरवाजे से बाहर निकलने लगा तो पिताजी ने झटके से उसका हाथ पकड़ लिया। वह क्षणभर को रुक गया। पिताजी पहले तो माँ से कुछ सख्त लहजे में बोले, ''देखो, यह भी

यहीं रहेगा और तुम लोग भी यहीं रहोगे। परिवार है यह। सब मिलजुल कर रहेंगे।'' फिर एकाएक ही करुणार्द्र स्वर में बोले—''देख भाई, तेरे लिए भले ही सौतन की औलाद है लेकिन मैं इसे सौतेला कैसे कहूँ? मेरे लिए तो मेरा सगा खून है यह। बल्कि परिवार का सबसे सगा। सबसे बड़ा।'' कहते-कहते उनके आँसू आ गये।

उसे मौका मिल गया। उसने तत्काल पिताजी के चरण स्पर्श किए और अटैची उठाकर बाहर निकलने लगा तभी दरवाज़े के ठीक बीचोबीच योगेश उसके सामने हाथ जोड़कर खड़ा हो गया।

अब चूँकि वह उम्मीद का दामन कभी नहीं छोड़ इस वक्त यह जैसे बरबस ही कुछ और अधिक गहरी हो आई।

इस क्षमा प्रार्थना में

अंदर गया आदमी अंदर ही कहीं अटक गया। एक दूसरा ही आदमी बाहर निकला। तेज़ चाल से चलता और आँखें तरेरता हुआ। आते ही वह करमू पर फट पड़ा, ''क्यों बे! तुझे कुछ लाज-शरम है कि नहीं? कुछ धरम-ईमान तेरा है कि नहीं? जब मालूम है कि यह बड़े साब जी का पूजा का टाइम होता है फिर भी तू रोज़ सुबह-सुबह विघ्न डालने आ जाता है। जा, चौहान से मिल ले। नालायक कहीं का!'' इतना कहकर वह आदमी कुछ-कुछ मुँह बनाता हुआ, फिर उसी चाल से वापस भीतर चला गया।

किन्तु चौहान भी कहाँ कम। बल्कि मालिक से दो हाथ बढ़कर ही निकला वह। करमू को देखते ही वह भी गरज पड़ा, ''पहले ये बता, तेरी हिम्मत कैसे हुई बिना मुझसे मिले सीधे आगे बात करने की? हरामज़ादा!''

''जी, गलती हो गई साबजी! माफ़ी हो। लेकिन हुजूर, बस एक बार हमारी मजबूरी तो सुन लीजिये!'' हाथ जोड़े गिड़गिड़ाता हुआ करमू चौहान के पाँवों पर झुक गया।

चौहान तत्काल दो कदम पीछे होता हुआ फिर से उसी अंदाज़ में गुर्राया, ''हुजूर के बच्चे! अबे, कल कहा नहीं था तुझसे कि ज़रा जनसभा हो जाने दे। फिर तुम सबका हिसाब एक साथ हो जाएगा। जा, आज भर की बात और है। तब तक राम आसरे से मैदान सफ़ाई का कोई और काम पूछ ले। समझा।''

''साबजी! पाँच रोज़ हो गये। बड़ी लाचारी में हूँ।'' अभी करमू अपनी विनती पूरी कर भी न पाया था कि चौहान ने बीच में ही टोकते हुए उसे फिर घुड़की दे दी, ''देख, बहुत टेंशन है मुझे। जाके आज का काम और देख। वरना

साफ़ समझ ले, पिछली भी कोई दिहाड़ी-विहाड़ी न मिलनी तुझे! समझा।''

कड़ी फटकार से करमू का चेहरा एकदम मुर्झा गया। उसने उदास होकर कदम वापस मोड़ लिये। सहसा तभी गरड़-गरड़ की आवाज़ के साथ मुख्य द्वार का एक हिस्सा भी कुछ खुल गया।

चूँकि भीतर से न तो कोई बाहर आया और न ही उस वक्त कोई बाहर से ही भीतर आया था। ज़ाहिर था कि गेटमैन ने दरवाज़ा करमू के बाहर चले जाने के लिए ही खोला था। सो वह भारी कदमों से सिर झुकाये रुआँसा-सा निकल गया।

गेट एक बार फिर से वही गरड़-गरड़ की तीखी आवाज़ करता हुआ बंद हो गया।

करमू ने गेटमैन से राम आसरे की बाबत पूछा तो पता चला कि वह तो अलसुबह ही बीस-पच्चीस मज़दूरों को लेकर मालिक के फ़ार्म पर चला गया है। फिर दोपहर बाद उन्हीं मज़दूरों को लेकर वह जनसभा मैदान को भी जाएगा।

कुछ पल को करमू किंकर्तव्यविमूढ़-सा खड़ा रहा फिर उसने जेब से बीड़ी का बंडल निकाला। किंतु उसे वह यहीं पर खोलने का साहस नहीं कर पाया। तीस-चालीस कदम आगे बढ़ा। सड़क किनारे एक सीमेंट की बैंच बनी हुई थी। उसका मन बहुत उदास, खिन्न और कुनमुनाया हुआ था। उसने एक बीड़ी सुलगाई और उसी बैंच के एक किनारे पर बैठ गया। कुछ ही पलों में वह बीड़ी के धुएँ के छल्लों के साथ-साथ अपनी करमगति के कुहासे में भी गहरा डूबता चला गया—

पिछले सात रोज़ से प्रधान जी ने उसे शहर की मुख्य सड़क से इस गाँव तक और फिर अगले तिराहे से मज़दूरों की मलिन बस्ती के तीनों टोलों तक जाने वाले मुख्य रास्तों के झाड़-झंकाड़ की काट-छाँट व साफ़-सफ़ाई के काम पर लगा रखा था। पूरे साढ़े चार किलोमीटर लंबा रास्ता है यह। सारे काम के लिए कुल सात दिन का समय तय किया गया। शुरू में दो दिन की दिहाड़ी तो करमू को शाम को बराबर मिलती रही। लेकिन अगले दिन से टाल-मटोल शुरू हो गई। अब कह दिया है कि सारी दिहाड़ी क्षेत्र के विधायक जी की जनसभा के बाद दी जाएगी।

इस बात और वायदे पर उसे अपने पुराने कई अन्य अनुभव याद आने लगे। इसलिए उसे अब कोई भरोसा रहा नहीं है कि शेष दिनों की दिहाड़ी

पूरी इकट्ठी मिलेगी भी या नहीं। चिंता और बढ़ गई।...दरअसल पैसा न होने से घर एकदम खस्ताहाल हो गया था। माँ का दमा रोज़ बढ़ता ही जा रहा था। वह खुद भी दमे का मरीज़ था। ऊपर से परसों सायं घास का भारी गट्ठर लाते वक्त खड़ंजे पर पत्नी का पैर जाने कैसे रपटा कि वह एकाएक तगड़ा गचका ही खा बैठी। ऐसी गिरी कि दायें पैर पर की ऐड़ी की हड्डी ही टूट गई। बहन के सबर को भी धन्य ही है। दो जोड़ी कपड़ों में पूरे डेढ़ साल निकाल दिये हैं उसने। स्वेटर तो पिछले सात सालों से चल रहा है। जगह-जगह ऊन उधड़ आया है। कैसे भी अबकी बार नया स्वेटर उसके लिए लेना ही होगा। बड़ी हो गई है। रिश्ता भी करना है। गरीबी में भी कोई कम खर्चा थोड़ा ही है शादी-ब्याह में। सब कर्ज़ से ही होगा। हालत यह है कि दोनों बच्चे पिछले महीने बुआ की शादी में ननिहाल गये थे। उन्हें वापस लाने को भी कुछ तो खर्चा लगता ही है। और भी तमाम-तमाम ज़रूरतें। हाँ, छप्पर छवाना है अभी। कब से घास उधड़ रही है उसकी। सारी बरसात पानी चूकर सीधे भीतर चला आता है।...यही सब सोचते-सोचते करमू की आँखें जैसे भर-भर आईं...।

अब तक बीड़ी भी अंत तक जल कर साथ छोड़ चुकी थी। आखिरी सुट्टे के साथ ही बीड़ी बुझी तो जैसे करमू भी जागा।

हाँ, तो क्या आज भी चावल-आलू उसे उधार ही खरीदना होगा? इस चिंता के बीच ही करमू को जैसे एक तरकीब सूझ गई। वह तत्काल उठा और गेटमैन से सिफ़ारिशी निवेदन को एक बार फिर उसकी ओर मुड़ गया।

लेकिन गेटमैन ने पहले ही हड़काते हुए खुद करमू पर सवाल दाग दिया, ''क्यों भई, अब क्या रखा है यहाँ? आगे क्यों नहीं बढ़ता तू?''

''जी!...जी!! बड़े भाई साब जी, दरअसल एक विनती थी...'' करमू हाथ जोड़े लाचार भाव से आगे कुछ बोलता कि गेटमैन की उसे फिर से वही घुड़की, ''अबे, सीधे खिसक ले! वरना अभी तीनों कुत्ते खुलने ही वाले हैं। समझ ले।''

कुत्तों का ज़िक्र सुनते ही करमू की तो जैसे घिग्गी ही बँध गई। पल भर को साँस तक अटक गई उसकी। लौटी तो फिर साथ ही जड़ हो आये उसके पैरों में भी अब एकाएक ऐसी हरकत आई कि उसने सीधे दौड़ ही लगा दी। दूर जाकर जब साँस फूल गई और पैर थक गए तभी कहीं जाकर वह रुका।

वहीं पास ही मोड़ पर एक छोटी-सी पुलिया पर कुछ काम चल रहा

था। टूटी सड़क पर महीनों से हुआ पड़ा बड़ा-सा एक गड्ढा आजकल ही पाटा जा रहा था। वह पलभर को वहीं उस पुलिया पर किनारे बैठ गया। तलब को एक नई बीड़ी निकाल ली।

साँस अब थोड़ा और थम गई थी। शरीर भी थोड़ा और सामान्य हो आया था। किन्तु मन का अन्तर्द्वन्द्व अभी भी बराबर जारी था। बरबस ही अपनी किस्मत को लेकर वह बुक्का फाड़कर रो पड़ा। फिर कुछ देर बाद जब सामान्य हुआ तो सहसा उसे ध्यान आया कि घाम तेज़ी से सिर चढ़ने लगा है। अभी भी कुछ वक्त है और दौड़ कर कोई-न-कोई दिहाड़ी पकड़ी जा सकती है। दिन नागा नहीं जाएगा। उसने तत्काल गमछे से अपना चेहरा दो-तीन बार पोंछा। मानो बोझ हो आई अपनी सारी उदासी झाड़ी हो। फिर एक झटके से वह पुलिया से उठा। गड्ढा फलाँगा और तेज़ी से अपनी चाल पकड़ ली।

करमू अभी बमुश्किल तीस-चालीस कदम आगे बढ़ा ही था कि सामने के एक और मोड़ पार से उसे किसी गाड़ी के हॉर्न की तीखी लंबी आवाज़ नज़दीक आती गूँजती सुनाई दी। ऊँचे ढैंचा और घने गन्ने के खेत की वजह से गाड़ी तो दिखाई दे नहीं रही थी, किन्तु हॉर्न की तीखी गूँज तेज़ी से नज़दीक आती हुई ज़रूर महसूस हो रही थी। करमू ने पल भर को वहीं पर सड़क किनारे खड़ा हो जाना ही उचित समझा।

तेज़ गति से आती जीपनुमा यह स्कार्पियो गाड़ी एकाएक कुछ धीमी होती हुई करमू के ठीक सामने आकर रुक गई।

हालाँकि यह गाड़ी सरकारी ही थी। तो भी करमू लगभग घबरा ही उठा।

गाड़ी ड्राइवर के बगल में बैठे बी.डी.ओ. साहब जैसे एकाएक उत्साह के साथ अपने साथी से बोले—''अरे यार, यह तो अपना करमू है। करमू चौकीदार।''

फिर गर्दन को थोड़ा बाहर को करते हुए बोले, ''क्यों रे करमू! कैसा है तू?''

करमू इस पुकार से एकाएक चौंक उठा। आवाज़ उसे भी पहचानी-सी लग रही थी।

वह गाड़ी के एकदम नज़दीक आया। देखा तो अपने पूर्व परिचित बी.डी.ओ. मालवीय साब थे। करमू को यकबयक जैसे बड़ी राहत, बड़ी खुशी-सी मिली।

‘‘नमस्ते सर, नमस्ते। पायलागू!’’ करमू ने दोनों हाथ जोड़ते हुए कहा।

‘‘यहाँ कहाँ से आ रहा है रे तू? यहीं काम करता है क्या आजकल?’’ बी.डी.ओ. साहब ने पूछा।

‘‘जी साब, रहता तो उसी टोले में हूँ जिसमें आपने कृपा करके जगह दिलवा दी थी। मैं प्रधान जी के यहाँ आया था साब। कुछ बड़ी भारी मजबूरी-भारी लाचारी हो आई थी साब जी।’’

‘‘क्यों ऐसा क्या हुआ तेरे साथ? मुझे बता!’’ बी.डी.ओ. साहब ने कुछ चिंता के साथ पूछा।

करमू का गला भर आया। रुआँसा हो आया वह।

‘‘अरे कुछ तो बोल! बोल-बोल! मैं हैल्प करूँगा तेरी। बोल।’’ अब उन्होंने करमू का हौसला बढ़ाया। बी.डी.ओ. की आत्मीयता देख करमू ने खुशी में भीग आईं अपनी दोनों आँखें पोंछीं। फिर किसी प्रकार वह साहस बटोरता हुआ बोला, ‘‘साबजी, बुढ़िया माँ तो पहले से ही दमा रोगी है। हफ़्ता हो गया है दवा नहीं ला पाया। इधर, पत्नी के पाँव की हड्डी भी टूटी पड़ी है। गिर पड़ी थी। डॉक्टर प्लास्टर चढ़ाने को कह रहा है। पिछले सात रोज़ बराबर काम किया मैंने प्रधान जी के यहाँ। लेकिन अभी तक दिहाड़ी नहीं मिली है साब जी। क्या करूँ? घर दाने-दाने को मोहताज है। प्रधान जी के यहाँ जाता हूँ तो जनसभा हो जाने के बाद ही सारी दिहाड़ी इकट्ठी देने को कह देते हैं। हाथ-पैर जोड़ता हूँ तो गालियाँ-फटकार-धमकी मिलती है। बस। गरीब लाचार आदमी हूँ। आज भी रोज़ की तरह दुखी मन वापस जा रहा था घर को। आपने किरिपा कर इस टोले में रहने का ठिकाना दिलवा दिया। साब जी! भगवान आपके बच्चों का भला करे। खूब फलें-फूलें। बाकी हम तो साब जी, किस्मत ही ऐसी लेकर आये हैं। अब क्या कहूँ!’’ करमू हाथ जोड़े निरीह आँखों से उन्हें देख रहा था।

‘‘अरे, इधर आ यार! ऐसे नहीं रोते हैं। (फिर जेब से पर्स निकाल कर) ये ले, ये पकड़ सौ रुपये। और हाँ, चल, पीछे गाड़ी में बैठ जा। अभी तेरी दिहाड़ी दिलवाते हैं भाई। तूने बड़ी सेवा की है हम लोगों की।’’ बी.डी.ओ. साहब करमू के साथ पूरी सदाशयता से पेश आये।

सौ रुपये का नोट पकड़ता हुआ करमू बी.डी.ओ. साहब के इस आत्मीय व्यवहार पर थोड़ा चौंका भी कि बदले नहीं हैं साहब। उसे बी.डी.ओ. साहब पर गर्व हो आया।

''अरे श्रीवास्तव जी! भाई, ज़रा इस करमू को भी गाड़ी में लो भई। बीच में नीचे ही बैठ लेगा। इसका काम करना बहुत ज़रूरी है मेरे लिए,'' बी.डी.ओ. साहब ने अपने सहायक से कहा।

जीप में पीछे बैठे ब्लॉक दफ़्तर के अकाउंटेंट श्रीवास्तव ने तत्काल गाड़ी का पिछला दरवाज़ा खोला और करमू को भीतर बुला लिया।

सहमा हुआ करमू इष्टदेव को याद करता हुआ जीप में चढ़ गया। चुपचाप सिमट कर घुटने सिकोड़ कर नीचे ही बैठ गया।

'' श्रीवास्तव जी! यह करमू बेचारा गरीब मज़दूर ज़रूर है। मगर है बड़ा मेहनती, ईमानदार और अपने स्वाभिमान का एकदम पक्का आदमी। यों समझो कि एकदम खांटी मज़दूर है। खरा आदमी।'' बी.डी.ओ. साहब साथ बैठे अपने कार्यालय सहायकों को करमू की बाबत बताने लगे।

''तो आपसे कहाँ टकरा गया सर यह आदमी?'' श्रीवास्तव ने जिज्ञासा ज़ाहिर की।

''अरे भाई, गाँव में मेरे बड़े भाई रहते हैं। तीन-तीन फ़ार्म हाउस हैं। लंबी-चौड़ी ज़मीन है। मुझे नौकरी की धुन थी। बी.डी.ओ. बनते ही उन लोगों ने कहा कि सरकार की फ्री गोबर गैस प्लांट लगाकर देने की योजना चली है। यहाँ के बी.डी.ओ. से बात करो। सो करवाया फिर मैंने। चार प्लांट लगवाये। यह करमू हमें तभी मिला। पूरे सात महीने इसने सबसे बड़े भाई साहब के यहाँ काम किया। फिर पूरे डेढ़ साल तक मंझले भाई साहब के फ़ार्म पर चौकीदारी का काम किया है। वहीं रहता था यह झाले पर। पूरा परिवार लेकर। बाद में जब मेरा ट्रांसफ़र इधर हो गया। इसी बीच सरकार का आदेश आया कि गाँव किनारे की खाली सरकारी ज़मीन पर हरिजन टोले बसा दिये जाएँ। अब हालाँकि यहाँ भी ग्राम प्रधान, पटवारी, ब्लॉक प्रमुख और कई बड़े लंबरदार लोगों ने मिलकर इस मामले में खूब गड़बड़ की। कई-कई बवाल किये। बड़े काश्तकार-लंबरदार तो कब्ज़ाई ज़मीन छोड़ने को ही राज़ी नहीं थे। लेकिन कुल मिलाकर कुछ अच्छे अधिकारी और खुद डी.एम. साहब भी आगे बढ़े। तब जाकर बेचारे कुछ गरीब हरिजनों का भला हो पाया है। इसने भी मुझसे विनती की थी। सो मैंने व्यवहार को देखते हुए इसके लिए भी यहाँ एक टोले में रहने-बसने की व्यवस्था करवा दी। अब अगले मार्च में इन सबके नाम पक्के पट्टे और पक्के राशन कार्ड भी तैयार हो जाएँगे। थोड़ा कायदे से

ये लोग भी रह लेंगे। गरीब मज़दूर हैं। क्यों भाई?''

''जी सर! यह तो सचमुच आपने बड़े ही पुण्य का काम किया है सर,'' श्रीवास्तव ने सद्भावना प्रकट करते हुए कहा।

''जी सर! जी सर!'' एकाउंटेंट श्रीवास्तव के पीछे बैठे हुए बाकी सहायकों ने भी साहब को बाख़ुशी सराहा।

''अब भाई, आप लोग जानते ही हैं। मैं हूँ थोड़ा सूफ़ी टाइप आदमी। गड़बड़ करता नहीं। मगर ये साला हमारा सिस्टम ही कुछ ऐसा हो गया है कि क्या बतायें। कभी-कभी तो नौकरी भी मुझे ससुरी बवाल ही लगती है। लेकिन अब करनी तो है ही। निभा रहे हैं।''

''बिलकुल सही कह रहे हैं सर जी! मेरा अपना बेटा भी तो एम.टैक. हो गया है। मगर प्राइवेट सेक्टर में ही जाने को कह रहा है,'' अकाउंटेंट श्रीवास्तव बोला।

''अरे भई श्रीवास्तव, बात एक ही है। जैसे यहाँ के नेता-अफ़सर-लंबरदार -प्रधान, वैसे ही उद्योगों के ये सभी पूँजीपति लोग। चारों तरफ़ बेईमानी- भ्रष्टाचारी। मज़दूर बेचारा हर तरफ़ का मारा है। हम जैसे लोग तो अनफिट हैं यहाँ। एकदम मिसफ़िट। अब देखो, चुनाव आ गया है। ऊपर से सख्त आदेश हैं कि अपने-अपने ब्लॉक के एक-एक ग्राम प्रधान से मिलकर सारी व्यवस्था दुरुस्त करने को कहो। अब हम लोगों की तो दिन-रात एक है जब तक कि चुनाव सम्पन्न हो नहीं जाता। उसके बाद फिर सब जस का तस। पौ बारह तो बस इन्हीं सब लोगों की है। नेता, पूँजीपति, ठेकेदार, माफ़िया, प्रधान, प्रमुख और बड़े अधिकारी वगैराह। देश-समाज के प्रति इनमें से कितनों की निष्ठा बची है?'' बी.डी.ओ. साहब ने अपना चश्मा साफ़ करते हुए कहा।

''जी सर जी!'' श्रीवास्तव ने अब तक बी.डी.ओ. साहब के लिए तीसरी सिगरेट निकाल दी थी।

इस बीच गाड़ी भी कच्चा रास्ता पार करती हुई ग्राम प्रधान के मुख्य द्वार पर पहुँच गई।

ग्राम प्रधान के सभी कारिंदे और गेटमैन सरकारी गाड़ी खूब पहचानते हैं। सो बिना पूछताछ तत्काल फाटक खोल दिया गया। गाड़ी अंदर पहुँची और बड़े से अहाते में समीप ही एक किनारे खड़ी कर दी गई।

बी.डी.ओ. साहब के साथ ही सभी लोग गाड़ी से उतर गये।

‘‘करमू! भाई, तू यहीं रुक। हम बात कर लेंगे। ठीक,’’ बी.डी.ओ. साहब ने करमू से कहा।

करमू घंटा भर पहले ही यहाँ से बुरी तरह फटकार खाकर रुआँसा लौटा है और फिर अब दोबारा यहाँ आना वह भी बी.डी. ओ. साहब के साथ। उसे डर लगने लगा कि कहीं प्रधान लंबरदार उससे उखड़ न जाये। फिर भी उसे लगा कि बी.डी.ओ. साहब अपने हैं। खुद लिवा लाये हैं। सो मन के किसी कोने में थोड़ा-सा विश्वास तो बँधा ही है कि भला ही होगा।

‘‘जी साब! जी साब!’’ करमू ने कहा और विनम्र भाव से वह वहीं गाड़ी के पिछली तरफ़ आकर सहमते हुए चुपचाप खड़ा हो गया।

बी.डी.ओ. साहब को अंदर बैठक कक्ष में गये अभी दस मिनट भी नहीं हुए थे कि तभी एक मोटरसाइकिल धड़धड़ाती हुई गेट से भीतर प्रविष्ट हुई। ग्राम प्रधान खुद थे। उन्हें देखते ही करमू मारे डर के गाड़ी के एकदम ओट हो लिया।

लेकिन थोड़ी ही देर में ग्राम प्रधान खुद अपने मुनीम चौहान को लेकर बैठक कक्ष से वापस बाहर अहाते में निकल आये। उनके साथ ब्लॉक कार्यालय के सहायक क्लर्क शर्मा जी व श्रीवास्तव जी भी थे। तीनों तेज़ी से बढ़ते हुए बी.डी.ओ. साहब की गाड़ी की ओर देखने लगे। वहाँ कोई न दिखा तो ग्राम प्रधान ने बड़े प्यार से एक ऊँची आवाज़ लगायी—‘‘अरे, करमू बेटा! भई कहाँ बैठा है रे तू? ज़रा इधर तो आ!’’

थर-थर काँपता करमू भगवान को जपता गाड़ी की ओट से हटकर सामने आ गया। हाथ जोड़े। भीतर तक थर-थर घबराया हुआ।

करमू को देखते ही हालाँकि ग्राम प्रधान एक बार फिर से भीतर-ही-भीतर आग बबूला हो आया था कि साला दो कौड़ी का मज़दूर अब बी.डी.ओ. को लेकर आ धमका है। हिम्मत तो देखो हरामज़ादे की। किंतु मौके की नज़ाकत देख उसने अपना दाँव पलटना ही ठीक समझा। बड़े प्यार से वह करमू की ओर मुखातिब हुआ, ‘‘अरे बेटा करमू, इधर आ! इधर। बेटा! मेहनत की है तूने! इतना भोला, इतना संकोची होना भी ठीक नहीं। रोज़ शाम को पाँच से सात बजे के बीच तेरा इंतज़ार रहता है कि आकर दिहाड़ी ले जाये। परिवार पाले-पोसे। कहाँ मर गया था तू अब तक? चल कोई बात नहीं। जा, अब

चौहान से अपना हिसाब ले ले! लिफ़ाफ़ा पहले से ही तैयार रखा है तेरा।''

एक किनारे खड़ा चौहान प्रधान जी की बात में अपने लिए आदेश तत्काल समझ गया। उधर, करमू भी प्रधान के इस व्यवहार पर चौंक गया था। वह बी.डी.ओ. साहब के प्रति धनभाग मनाता गद्गद भाव से सहमता-चहकता हुआ चुपचाप चौहान के पीछे-पीछे चल दिया।

चौहान ने गेट से लगे एक छोटे से ऑफ़िस के भीतर करमू को बुलाया। एक रजिस्टर में उसका अँगूठा लगवाया। फिर मेज़ की दराज़ में से एक पीला लिफ़ाफ़ा निकाला। उसे करमू की जेब में डाला और फिर उसे खुशी-खुशी तत्काल गेट के बाहर चले जाने को कह दिया।

लेकिन करमू सीधे-सीधे गेट के बाहर नहीं चला आया। बल्कि पहले वह गाड़ी के पास खड़े ब्लॉक कार्यालय कर्मचारी शर्मा के प्रति आभार जताने को उनकी ओर चला आया।

करमू के चेहरे पर संतोष देखकर इस कर्मचारी शर्मा को भी जैसे बड़ी राहत मिली। वह खुद करमू को गेट के बाहर तक छोड़ने आते हुए उसे समझाने लगा, ''देख करमू! यह महज़ संयोग है कि भाग्य से तू आज साहब से टकरा गया। मगर साहब की पोस्टिंग यहाँ मुश्किल से सिर्फ़ दो महीने और है। चुनाव होने तक। सारे प्रधान-लंबरदार-विधायक बहुत ख़फ़ा हैं इनसे। ईमानदार आदमी जो हैं। चुनाव बाद इनका ट्रांसफ़र एकदम तय है। तुम्हारे तीनों टोलों के पट्टे अभी कच्ची बसासत के हैं। पक्के पट्टे मार्च में बनेंगे। इसलिए प्रधान और लंबरदार वगैराह किसी से भी बिगाड़ मत करना। दो दिन भी रहना मुश्किल कर देंगे। मैं जानता हूँ कितनी हरामी कौम हैं ये सब नेता-सरमायेदार लोग। देखो, धीरे-धीरे सब काम होंगे। कुछ लोग भले भी होते हैं। बस सब्र और समझदारी से काम लो। ठीक है।''

''जी साब जी!'' करमू विनीत भाव से बोला।

''ठीक है। अब घर जा। माँ-पत्नी का उपचार करा। राशन ला। साहब को अभी कई गाँवों का दौरा करना है। ठीक।''

''ठीक साब जी! अच्छा प्रणाम,'' करमू कर्मचारी शर्मा के पैरों पर झुक आया।

''ठीक है। नमस्ते।'' कर्मचारी शर्मा वापस भीतर की ओर मुड़ गया।

किंतु घर पहुँचने पर जब करमू ने कमीज़ की जेब से लिफ़ाफ़ा निकालकर खोला तो सन्न रह गया। रुपये आधे ही थे। यानी पाँच रोज़ बराबर काम के बावजूद उसे कुल ढाई दिन की ही दिहाड़ी पकड़ा दी गई थी। उसे प्रधान के काइयांपन पर घोर आश्चर्य हो रहा था कि बी.डी.ओ. साहब के होते हुए भी ऐसा! वह क्षोभ और क्रोध से भीतर तक भर गया। खुद के भोलेपन पर भी उसे खीझ आ रही थी कि लिफ़ाफ़ा मिलते ही उसने इसे वहीं खोलकर रुपये गिने क्यों नहीं। मन हुआ कि वह दौड़ कर यह लिफ़ाफ़ा फिर से बी.डी.ओ. साहब को दिखा आये। या फिर पूरी ताकत से इसे ग्राम प्रधान के मुँह पर ही पटक आये। मगर वह जानता है कि बी.डी.ओ. अब जाने कब मिलें और प्रधान के यहाँ जाता है तो उसकी कैसी खैर-ख्वाह होगी। अंततः हार मान कर वह चारपाई पर बैठा-बैठा मुँह पर अंगोछा लगाकर सुबक-सुबक कर रो पड़ा।

इस बीच लाली रसोई से पानी का गिलास ले आई थी। पिता को सुबकते देखा तो वह सकपका गई। उसने करमू के कंधे पर हाथ रख थोड़ा घबराते हुए पूछा, ''क्या हुआ बाबू तुमको ? क्या हुआ ?''

करमू ने अपनी छलक आईं आँखों को गमछे से पोंछा। लाली के हाथ से पानी भरा गिलास लिया। फिर उदासी को जज़्ब करते हुए बोला, ''कुछ नहीं बेटा! कुछ खास नहीं। रोज़ की ही बात है। चल, तू जल्दी से दो रोटी लगा दे। नया काम पकड़ना है।''

''रोटी तो तैयार है। लेकिन पहले बात तो बताओ!'' लाली ने खाली हो चुका गिलास वापस अपने हाथ में ले लिया।

''बेटा, परेशान मत हो। ले तू यह लिफ़ाफ़ा सँभाल और रोटी लगा। मैं मुँह-हाथ धोता हूँ,'' करमू ने जेब से मुड़ा-तुड़ा लिफ़ाफ़ा निकाल लाली को थमा दिया और उठकर आँगन किनारे नल की ओर बढ़ गया।

लाली ने भीतर जाने पर अम्मा और माँ को बाबू करमू के रुआँसेपन के बारे में शायद कुछ बताया। अब माँ का तो पैर टूटा होने से सूज कर बुरी तरह दुख रहा था। सो वह तो बाहर आ नहीं सकी। अम्मा ज़रूर अपनी लाठी के सहारे धीमे-धीमे आकर करमू के एकदम निकट बैठ गई।

करमू दो पहुँके आलुओं के साथ घिस-घिस लगाकर जल्दी-जल्दी अपनी रोटी खा रहा था। हर तीन-चार कौर पर पानी पीता जा रहा था।

लाली इस बीच रसोई से चाय के दो अधभरे गिलास ले आई थी।

कुल्ला कर चुकने के बाद करमू ने चाय का गिलास उठा लिया। तब अम्मा ने बहुत चिंता मगर उतने ही स्नेह के साथ उससे पूछा, ''बेटा करमू! का भवा ? काऊ से झगड़ा-टंटा तो नहीं हो गया ?''

''नहीं अम्मा, ऐसा तो कुछ भी नहीं है। बस ये ज़मींदार-लंबरदार-परधान होते हैं ना! सब साले खानदानी बेईमान होते हैं। पूरे पाँच रोज़ काम किया। दिहाड़ी आधी ही मिली। कुछ कहो तो उल्टा मार-पीट की धमकी। बस इसी खातिर गरीबी और मजबूरी की इस फूटी किस्मत पर कभी-कभी रोना आ जाता है। मगर एक खुशी की भी बात है अम्मा!'' करमू ने बड़े प्रेम से एक गहरी साँस लेते हुए अम्मा के कंधों पर अपने हाथ धर दिये।

''का है ?'' अम्मा खुशी सुनने को जैसे बरसों की व्यग्र थी।

''अम्मा, आज हिम्मतपुर वाले पुराने बी.डी.ओ. साहब मिल गये थे। आजकल इसी इलाके को देख रहे हैं। ये इतनी दिहाड़ी भी उनकी ही मेहरबानी से मिल पाई। और सुन, वे बता रहे थे कि अगले मार्च में इन टोले वालों को भी स्थायी निवास का पक्का पट्टा मिल जाएगा। सबकी भटकन बच जाएगी। डर-चिंता बच जाएगी। पक्का ठिकाना हो जाएगा। ठीक है। अब तू खुश रह। मैं काम पर निकलता हूँ। आज आधी दिहाड़ी ही सही।'' करमू उठने को हुआ ही कि अम्मा ने लाड़ से उसका माथा चूम लिया।

''भगवान सब भली करे बेटा! सबका भला करे,'' अम्मा ने कहा।

करमू गमछा उठाकर काम को सीधे आँगन पार निकल गया।

खैर, अगले रोज़ केवल करमू को ही नहीं, टोले के बहुतेरे मज़दूरों को काम की तनिक भी दिक्कत न हुई। कारण वही था। अगले हफ़्ते होने वाले चुनाव। इसी सिलसिले में आने वाले कल इस इलाके में भी क्षेत्र के विधायक की जनसभा होनी थी। सो आज तीनों टोलों के बाद पड़ने वाले नाला पार के बड़े मैदान का सारा झाड़-झंकाड़ काट कर-रोड़ा-उपले-गंदगी सब उठाकर पूरा साफ़ होना था। वैसे भी इसमें मज़दूरों के हित की सबसे बड़ी बात यह थी कि यह मैदान बगल वाले गाँव में आता है। काम के लिए वहीं के प्रधान का बुलावा आया था। सभी मज़दूर जानते हैं कि वह प्रधान यहाँ के प्रधान और लंबरदार दोनों से तब भी थोड़ा नेक आदमी है। कम-से-कम इतना बदमाश और हरामखोर तो नहीं ही है। ठेकेदार भी उसी का है। ट्रॉली लेकर आया है।

बड़ा काम है। सो साठ-पैंसठ औरत-आदमी मज़दूर उसकी छंटनी के हिसाब से खुशी-खुशी उसके साथ चले गये।

मगर यह क्या ? तमाम-तमाम वायदों के बावजूद शाम को यहाँ भी वैसी ही बेईमानी। वैसी ही चतुराई। हालाँकि दिहाड़ी बाँटने के वक्त खुद ग्राम प्रधान वहाँ आये। कहा कि आज काम पर आये सभी मज़दूरों को कल भी ज़रूर से आना है। उन्हें कल की भी दिहाड़ी मिलेगी। लेकिन साथ ही शर्त लगा दी कि कल विधायक महोदय की जो महासभा यहाँ होनी है, उसके लिए आज काम पर आये मज़दूरों की पूरी ज़िम्मेदारी है कि कल की जनसभा में शामिल होने के लिए वे अपने-अपने तीनों टोलों के हर घर से एक-एक आदमी-औरत-युवा सभी को ठीक समय पर अपने साथ यहाँ लिवा कर लायेंगे। टोलों से उन्हें यहाँ तक लाने और फिर वापस पहुँचाने की पूरी व्यवस्था चारों ग्राम सभाओं ने सामूहिक रूप से मिलकर तय की है। सुबह ही आप लोगों के लिए तिराहे के मैदान पर ट्रक और ट्रॉलियाँ समय से पहुँच जाएँगी। रही दिहाड़ी की बात। सो पहली बात कि जनसभा में शामिल होने, शिरकत करने वाले हर व्यक्ति को डेढ़-डेढ़ सौ रुपये जनसभा सम्पन्न होने के तत्काल बाद ग्राम सभाएँ मिलकर देंगी। इसे हम लोग रजिस्टर लेकर खुद बाँटेंगे ताकि कोई भी श्रोता-निष्ठावान आदमी छूटने न पाये। बाकी जिन लोगों ने इस मैदान और मुख्य मार्ग को साफ़ किया है, मंच लगाने-सजाने में मदद की है, उन्हें आज की आधी दिहाड़ी तो आज अभी दे दी जाएगी। लेकिन बाकी आधी दिहाड़ी कल की दिहाड़ी के साथ ही दी जाएगी। ऐसा इसलिए किया है ताकि आप लोग कल की जनसभा के लिए अपने-अपने टोलों के बाकी सभी लोगों को भी उनका भला-बुरा समझा-बुझाकर यहाँ अवश्य आने को मनायें। तैयार करें। बाकी वाहन की सुविधा हम दे ही रहे हैं। प्रधान ने टोलेवालों को साथ ही बहुत प्यार के साथ एक सख्त चेतावनी भी दे डाली कि ''आप सभी लोग जानते हैं कि हमारे माननीय विधायक महोदय कितने विशाल हृदय सम्राट हैं। इसीलिए वे पिछले पाँचों चुनाव भी भारी मतों से जीतते आये हैं। वे हमारे क्षेत्र के सबसे बड़े रसूखदार भी हैं। उन्हीं की महती कृपा से सरकार ने आप लोगों को स्थायी तौर पर बसाने के लिए इन तीन-तीन टोलों की एक साथ व्यवस्था भी की है। हमारे पूरे इलाके को इस बार भी उन्हीं को जिताना है। हाँ ध्यान रहे हालाँकि बाकी पार्टियों के नेता भी अपनी-अपनी सभा करने

को यहाँ आयेंगे ही। लेकिन हमें अपने विधायक महोदय जी की ही कल की महाजनसभा को हर तरह से सबसे ज्यादा सफल बनाना है। यह तभी होगा जब हम और आप लोग सभी मिलजुलकर रहेंगे। सहयोग करेंगे। लेकिन हाँ, एक और बात भी ध्यान से सुन लो। इसे. टोले में बाकी सभी को भी बता देना कि जो भी किसी तरह का असहयोग करेगा, आनाकानी करेगा या चतुर बनेगा तो उसे विधायक महोदय और ग्राम प्रधानों की सद्इच्छ के खिलाफ़ माना जाएगा। पंचायती फ़ैसले के खिलाफ़ माना जाएगा और अपमान करने का दोषी माना जाएगा। बाकी अपना भला-बुरा आप खुद समझते हैं। फ़िलहाल इतना कहना काफ़ी है। किसी तरह की भी शिकायत नहीं मिलनी चाहिए।''

इस चेतावनी को मज़दूर खूब समझ रहे थे।

भूख और भय का आतंक वैसे भी मजबूर आदमी से क्या-क्या न करा ले। एक-एक कर सभी मज़दूरों ने चुपचाप रजिस्टर पर अँगूठा लगाया। भरे मन आधी दिहाड़ी प्राप्त की और उदास थके कदमों से अपने घरों को वापस जाने लगे।

लेकिन इन्हीं के बीच कुछ ऐसे मज़दूर भी थे जिनकी खिन्नता हमेशा की तरह यहाँ भी बार-बार प्रकट हो रही थी। कोई कह रहा था—''सारे परधान-सारे नेता सब एक जैसे हैं।'' तो पीछे से चार मज़दूर तत्काल बोल पड़ते ''बिलकुल ठीक कहा। देखा तो है। सब एक ही थाली के चट्टे-बट्टे हैं।'' तो वहीं कुछ मज़दूर थोड़ा और खुलकर बोल उठते—''अरे, सीधी बात है। चोर-चोर मौसेरे भाई।'' फिर कुछ और मज़दूरों का मुँह भी खुल गया—''सच पूछो तो इन ज़मींदारों-लंबरदारों-परधानों का भी अपना खुद का खरीदा हुआ है क्या यहाँ? नेताओं-ऑफ़िसरों को घूस दी। सरकार में जोड़-तोड़ बिठाई। करा ली पचास-सत्तर-सौ एकड़ ज़मीन अपने नाम। बाकी तमाम अनाप-शनाप कब्ज़ाया ही हुआ है।''

''एकदम सोलह आना खरी-खरी बात है बड़े भाई!''

''और सुनो, उसके बाद जानते हो क्या हुआ?''

''क्या-क्या?'' कई स्वर एक साथ जिज्ञासु हो उठे।

अब किसी और ने थोड़ा लम्बा जवाब दिया—''हुआ क्या? इतनी बड़ी-बड़ी ज़मींदारी अकेले सँभालना तो किसी के भी बूते की बात नहीं। एक-एक ज़मींदार, लंबरदार को पचास-पचास मज़दूर चाहिए। गरीबी और मजबूरी के

मारे दर-दर भटकने वाले हम लोग इन्हें मिल गये। ये खुद भी लिवा लाये हमें बिहार, बंगाल, यू.पी. से। फारम किनारे रहने को झोपड़ी लायक जगह भी दे दी। साल भर बुआई-निराई-गुड़ाई-कटाई सब होता रहा। हमें आज तक ये लोग सिर्फ़ खाने भर को देते रहे हैं। हिसाब किसी को भी पूरा क्या, ठीक से आधा तक नहीं दिया...''तभी बात का छोर किसी और मज़दूर साथी ने पकड़ लिया—''दिया तो था पार साल पूर्व प्रधान नछत्तर सिंह ने बिसना और उसकी महरारू को। पूरे नौ साल हो गये थे बिसना को उसकी लंबी-चौड़ी खेती सँभालते। जाड़ा-गरमी-बरसात बिसना का पूरा परिवार नछत्तर सिंह के खेतों में खटता रहा। पर साल बेटी की शादी करनी थी उसे। शादी करने गाँव जाना था बिसना को। तीन महीने पहले से हाथ जोड़ रहा था वह नछत्तर सिंह के कि साब, हिसाब कर दीजिये। शादी की तैयारी करनी है। घर की झोपड़ी पक्की करनी है। सभी जरूरतें। पहले तो 'अगले हफ़्ते'-'अगले हफ़्ते' फिर 'चार दिन'-'दो दिन-दो दिन,' करके लगातार टकराता रहा नछत्तर सिंह।''

तभी उम्रदराज़ मज़दूर रामकिशन ने बात को अपने हाथ में लेकर अनुभव भरी बात समझानी चाही—''अरे भाइयो, जब से आये हैं, देख ही रहे हैं कि हिसाब-किताब को लेकर भला कौन ज़मींदार टालमटोल नहीं करता? अकेला नछत्तर सिंह ही क्या, सभी ज़मींदार साले हरामज़ादे हैं। वह तो भला हो इस नये सख़्त ईमानदार डी.एम. साहब का जो झालों में बरसों से मर-खप कर रहे हम मज़दूरों पर कृपा कर दी। नहर किनारे की तमाम खाली सरकारी ज़मीन पर हम लोगों के ये तीन टोले बसाकर हमें लंबरदारों की गुलामी से मुक्ति दिला दी। चैन से रहने का आसरा दिलवा दिया। भगवान ऐसे डी.एम. जैसे अफ़सरों का भला करें, तरक्की दें। कम-से-कम अब हम लोग खुली मज़दूरी कर इज़्ज़त की रोटी तो खा रहे हैं। वरना पहले क्या था? मेहनत तो हमें करनी ही थी लेकिन सभी जगह तो वही बेईमानी। सभी जगह वही आतंक। जी-हुज़ूरी। माँ-बहन की गाली। धमकी। साला अन्याय देख-देख करके भी सब सहना पड़ता था। गरीबी साली खुद सबसे बड़ा पाप है। सबसे बड़ी लाचारी। इसी का फ़ायदा उठाते हैं ये हरामी-मादर...लंपट ज़मींदार लोग। कितनों ने भोगा है। बिसना ने भी भोगा। हाँ, उसके साथ कुछ ज्यादा ही बुरा हुआ। और क्या कहें? खैर, अब आगे न हो, इस पर सोचो। अभी मौका है।''

''लेकिन, चाचा पहले सबको ज़रा बताओ तो सही, हुआ क्या उसके

साथ ?'' पीछे-पीछे चल रहे एकाध नई उम्र के मज़दूरों की आवाज़ गूँजी।

''हाँ-हाँ चाचा! बताओ तो सही कुछ हम नये आये मज़दूरों को भी तो पता चले इन हरामियों की करतूतें,'' कुछ और मज़दूर भाई बोले।

''चाचा, देखो, आपको बिलकुल बताना ही चाहिए और सच-सच बताना पड़ेगा। हर नये लड़के को पता होना चाहिए कि हम कैसे-कैसे करके यहाँ जी रहे हैं,'' अंगूरा और करमू जैसे ज़िद पर ही अड़ गये।

''अरे भई, क्या बताऊँ और किस-किस की बरबादी की कहानी बताऊँ? देखो, मैंने तो देश भर में जाने कहाँ-कहाँ तक जाकर क्या-क्या काम किये हैं। हम मज़दूरों का शोषण सब जगह बराबर है। यहाँ भी सभी लोग अपनी-अपनी तरह से भोगते ही आ रहे हैं। बिसना बेचारा है बहुत ही सीधा इन्सान। पूरा परिवार बहुत सीधा। बेटी की शादी करनी थी। नौ सालों के पूरे हिसाब की ज़िद पर अड़ गया। ज़रूरत भी थी और बात भी सही थी। हम लोगों ने भी नछत्तर सिंह के हाथ-पाँव जोड़े थे। मगर वह कितना खूँखार हरामी है, सभी जानते हैं। बड़ी मुश्किल से आधा भी हिसाब मिला या नहीं, कह नहीं सकते। दुखी बिसना और उसकी महरारू ने तब गुस्से में आकर नछत्तर सिंह के परिवार के लिए भी चीख-चीख कर बद्दुआएँ दे दीं। नछत्तर सिंह तब गुस्से में सीधे भीतर गया और पिस्तौल निकाल लाया। तब जैसे-तैसे उसे उसके घर वालों और मुनीम-नौकरों ने पकड़ा। हम लोगों ने तो उल्टे पाँव दौड़ कर किसी तरह अपनी जान बचाई, क्या-क्या बतायें। अब रात तो काली होती ही है। आये नछत्तर सिंह के गुंडे। बिसना, उसकी महरारू और बेटी तीनों पर कहर बरपा। तीनों के मुँह कपड़े से बंद कर गाँठ दे दी। बिसना को झाले के ट्यूबवैल पंप पर रस्से से बाँध दिया। फिर उसकी महरारू और बेटी को खींचकर बगल की आम के बगीची को ले चले। खूँखार नछत्तर सिंह अपने दो-तीन यार-दोस्तों समेत नशे में धुत्त पिस्तौल लेकर पहले से ही वहीं चारपाई पर बैठा हुआ था? फिर क्या होना था। ताकत के ज़ोर पर लाचार माँ-बेटी की इज़्ज़त-आबरू तार-तार होती रही। सुबह हुई। मगर हममें से मजाल कि कोई कुछ भी बोल सके। तब का गाँव गया बिसना आज तक न लौटा है न लौटेगा। हालाँकि टोले में डी.एम. ने उसके नाम की जगह आज भी खाली छोड़ रखी है। मगर मेरे गाँव का है वह। जानता हूँ कि वह नहीं आयेगा अब। बिसना के बाद भी ऐसे जाने कितने ही कांड हुए हैं यहाँ। होते ही रहते हैं।

इसलिए बाबा न सुनो तो अच्छा ही है। जब सब अपनी ही कमज़ोरी-मजबूरी है तो कोई कर भी क्या सकता है?'' उदासी भरी एक लंबी साँस के साथ राम किशन ने जैसे मौन साध लिया।

''अरे भई, तभी तो मैं कहता हूँ कि आदमी का जन्म थोड़ा ही हमारा जो इज़्ज़त से रहें। शिकार हैं हम लोग इनके लिए। कच्चा शिकार। जहाँ भी जाएँगे। बस खाये ही जायेंगे। इस दुनिया में हमारे भाग्य में बस यही बदा है। लड़ हम सकते नहीं। इसलिए दर-दर भटक कर मेहनत करके भी ऐसे ही जियो या फिर परिवार समेत आत्मघात कर डालो। बस। सारा झगड़ा-टंटा ही खत्म। बात ही खत्म,'' हमेशा की तरह मातादीन का तीखा तेवर भी फिर उघड़ आया।

ऐसा ही साफ़-साफ़ बोल देने में करमू दो कदम और आगे है। लेकिन उसे कितनी ही दफ़ा अपने ही साथ के कुछ मज़दूर बिरादर लोगों का पहले बात उठा देने और ऐन मौके उनसे से ही धोखा खा जाने के अनुभव हैं। कई-कई बार अंत में खुद अकेला पड़ जाने से वह भारी परेशानी में पड़ चुका है। फिर भी उसे लगा कि पिछले पाँच रोज़ की दिहाड़ी को लेकर अपना निजी ताज़ा अनुभव और आज का सभी मज़दूरों के इस सामूहिक अनुभव का कुछ खास मतलब है। आखिर क्षेत्र के नेता विधायक की इतनी बड़ी जनसभा होनी है। वह भी ठीक चुनाव के मौके पर। हमारे लिए यह सचमुच एक बड़ा मौका है जिसे हम सब मज़दूरों को भी निश्चय ही भुनाना चाहिए। उसमें उत्साह की लहर फिर दौड़ने लगी। वह एकाएक झुंड में फिर से आगे बढ़ आया। पिछले सात-आठ माह से चली आ रही अपनी चुप्पी को तोड़ते हुए बोला, ''भाइयो, अगर बुरा न मानें और इजाज़त दें तो दो खास बातें मैं भी कहना-बताना चाहता हूँ।''

''हाँ-हाँ, बोल! बोल! तू तो पिछले बैशाख वाली बात से आज तक सबसे नाराज़ ही चल रहा है। कुछ गलती तेरी भी थी। इतना गुस्से में भी नहीं आना चाहिए। खैर, तू अपनी बात बता,'' दयाराम भाई ने उसके दोनों कंधों पर दोस्ताना ज़ोर देते हुए कहा।

''ऐसा है कि तुम सभी लोग जानते हो कि प्रधान ने मुझे पिछले सात रोज़ से मार्केट रोड से गाँव-टोले के मैदान तक आने वाली कच्ची सड़क के पूरे झाड़-झँकाड़ की सफ़ाई और गड्ढों के पटान के काम पर लगा रखा था। शुरू के दो दिन की दिहाड़ी तो दी। फिर 'कल-कल' करके टरकाता रहा

और फिर लास्ट दिन कह दिया कि परसों जनसभा होने के बाद सब पगार इकट्ठे ही मिल जाएगी। मैं अड़ गया तो गाली-डंडा पेल कर दौड़ा दिया। लेकिन किस्मत देखिये। आगे मोड़ तक लौटा था कि तभी सामने टूटी सड़क के पास एक जीप आकर रुकी। सड़क का हाल पूछने लगी। जीप में पुराने वाले बी.डी.ओ. साहब बैठे हुए थे। मेरी किस्मत कि उन्होंने मुझे पहचान लिया। मैंने पूरे दो-ढाई साल उनके खेतों पर रहकर काम और चौकीदारी की थी। हालचाल पूछा तो मैंने सच्ची बात बता दी। वे प्रधान की कोठी ही जा रहे थे। चुनाव की बाबत। उन्होंने सौ रुपये तो मुझे उसी टैम अपनी खुशी से दिये। फिर प्रधान से दिहाड़ी दिलाने को अपनी गाड़ी में बिठाल भी लिया। प्रधान ने जब मुझे उनके साथ देखा तो आँखें चुंधिया गईं प्रधान की तो। बी.डी.ओ. साहब के बिना कुछ कहे ही बड़े प्यार से वह मुझसे बोला, 'अरे करमू बेटा, तू कहाँ था बेटा इतने दिनों से! जा चौहान से अपना हिसाब तो ले ले।' चौहान वहीं खड़ा था। वह तुरंत मुझे अपने ऑफ़िस में ले गया। रजिस्टर पर अँगूठा लगवाया और मेरे नाम का एक बंद लिफ़ाफ़ा निकाल कर उसने मेरी कमीज़ की जेब में खुशी-खुशी डाल दिया। साथ में वहीं ऑफ़िस के बाहर ही बी.डी.ओ. साहब के सहायक शर्मा जी भी खड़े थे। वे बेचारे भले मानुस मुझे गेट तक विदा करने भी आये। उन्होंने मुझको एक बहुत ही खास बात बताई जो हम सब टोलेवालों के लिए सबसे बड़ी खुशी और राहत की बात है। उन्होंने कहा कि बी.डी.ओ. साहब बता रहे थे कि अगले मार्च तक इन तीनों टोलों के नाम पक्का पट्टा आना है। स्थायी निवास का। फिर सभी के राशन कार्ड, वोटर कार्ड और पहचान पत्र भी बनने हैं। जाते-जाते शर्मा जी ने ये भी समझाया कि ये ज़मींदार कौम कब्ज़ा हटने से बौखलाई हुई है। इनसे उलझना मत। साले किसी के भी साथ कुछ भी ऊँच-नीच कर सकते हैं। लाठी-बंदूक गुंडों के बल पर यहाँ से भगा भी सकते हैं। इसलिए थोड़ा सबर से अपनी एक समिति बनाओ और सरकार के सामने भी आओ। इससे तुम्हारे मामले को मज़बूती मिलेगी... ।''

इतना सुनते ही सभी मज़दूरों की बाँछें खिल गईं। खुशी में तालियों पर तालियाँ बजाने लगे। मानो यह उनके सदियों की गुलामी से पूर्ण मुक्तिपर्व की उद्घोषणा ही हो। बस औपचारिकता भर शेष रह गई हो।

तभी वरिष्ठ मज़दूर साथी मातादीन और रामकिशन ने एक बार फिर से

सबको समझाना शुरू कर दिया, ''यह वक्त उलझने या इतराने का नहीं, बहुत सँभल-सँभल कर चलने का है। इकट्ठे होकर चलने का है।''

''लेकिन पहले मेरी बात पूरी तो सुनो। आगे क्या हुआ। बस ज़रा-सी रह गई है,'' करमू ने बैचेनी से कहा।

''हाँ!...हाँ!! बोल।'' कई जन एक साथ बोल उठे।

''हाँ तो हुआ यह कि खुशी के साथ दौड़ता हुआ मैं फटाफट घर आया। मगर लिफ़ाफ़ा खोला तो सन्न रह गया। साले हरामखोर मुनीम चौहान ने पाँच रोज़ पूरा-पूरा काम कराने के बावजूद केवल आधी दिहाड़ी भर रुपये ही धर रखे थे। सोचा कि लिफ़ाफ़ा प्रधान के मुँह पर ही फेंक आऊँ। मगर जानता था कि इस लंबरदार के यहाँ अब गया तो कैसी खैरख्वाह होगी। तब क्या करता? आँसू आ गये। माथा पकड़ कर वहीं बैठ गया। किसी तरह दो कौर रोटी खाई। फिर आधी दिहाड़ी के काम को निकल गया। तो ये है हम लोगों का नसीब और ये है इन लंबरदारों-परधानों का हरामीपना।''

करमू की बात पूरी होते ही रामेसरा तपाक से बोला, ''तो देखा, जब जान-पहचान के बी.डी.ओ. के साथ होने पर ये साले मादर...परधान ऐसा धोखा कर सकते हैं तो बाकी टाइम की कौन कहे। देखो भई, इतनी उमर मेरी भी हो गई है। खूब मेहनत भी की है। धोखा तो खाया ही है। उल्टे मार भी खायी है। दर-बदर भटका हूँ। सब तरह का करम देखा हूँ। सो एक सुझाव है मेरा। ठीक लगे तो बताना। ऐसा है कि कल इस क्षेत्र के विधायक की बड़ी जनसभा है। कम-से-कम एस.डी.एम., तहसीलदार, बी.डी.ओ. साहब सभी सरकारी ऑफ़िसर आयेंगे। पक्का है। हम लोग भी आठ-दस फूलमालायें बना लेते हैं। हमारे तीनों टोलों के दो-तीन बुजुर्ग लोग विधायक जी और बाकी ऑफ़िसरों को एक-एक माला पहनाकर नमस्कार-प्रणाम कर लेंगे। एकाध हम लोग भी साथ रहेंगे ही। अपनी समस्या और कृपा की खातिर कुछ बात और प्रार्थना भी कर लेंगे। मौका है। बताओ ठीक रहेगा कि नहीं?''

''हाँ! हाँ! एकदम ठीक सलाह है बड़े भाई!'' किसना समेत सभी मज़दूरों ने एक साथ सुझाव का समर्थन किया।

''ये सब तो ठीक है बड़े भाई, लेकिन मैं सोचता हूँ कि सबसे पहले हमें आज की बची आधी दिहाड़ी और कल के दिन की पूरी दिहाड़ी की बात सुबह ही एक बार फिर से पक्की कर लेनी पड़ेगी। बात भी क्या करनी,

इस क्षमा प्रार्थना में • 117

बल्कि प्रधान से सुबह ही विनती करके वसूल लो। वरना जनसभा के बाद तो समझो खेल खत्म। पैसा हजम। क्योंकि भैया, मुझे तो नहीं लगता कि ये हरामखोर तब कुछ ईमानदारी भी दिखाएँगे। बाकी तुम सभी लोग जैसा तय करो।'' शिवरतन भी थोड़ा अक्खड़ मिज़ाज मज़दूर है। धोखा वह भी खूब खाया हुआ है। सो उसने जनसभा में जाने से पहले सबको मज़दूरी के बाबत पक्का कर लेना चाहा।

शिवरतन की दिहाड़ी तय कर लेने की बात भी सभी मज़दूरों को इतनी सही लगी कि एक-एक कर सभी इस मुद्दे पर तत्काल राय बना लेने को तत्पर हो उठे।

''बिलकुल ठीक बात कहीं भाई।''

''सौ परसेंट सही बात है भाई। एकदम ज़रूरी और खरी बात।''

''हाँ भई, इन नेताओं और परधानों को तो हर चुनाव में बस लंबे-लंबे झूठे भाषण देने हैं। वोट लेने हैं। अपनी-अपनी राजनीति करनी है। भ्रष्टाचार करके अय्याशी करनी है। गरीब पब्लिक की आवाज़ तो दबी ही रही है। फिर हम लोग तो वैसे भी मज़दूर लोग हैं। दिहाड़ी नहीं मिली तो शाम को परिवार को रोटी-दाल कहाँ से देंगे? सोचो भाई लोगो, सोचो!''

''हाँ, भाई लोगो! टोला तिराहा भी आ गया है। अँधेरा भी हो गया है। सभी को घर जाना है। इसलिए फटाफट तय करो कि कल सुबह क्या कदम उठाना है? ट्रक-ट्रॉलियों के साथ हम लोगों को लिवा ले जाने को खुद उपप्रधान या जो भी बड़ा आयेगा, उससे क्या बात होगी? 'ना' हुई तो हम लोग वहाँ जांगे कि ना जांगे? जाना ही पड़ा तो वहाँ पहुँचते ही किस नेता-अधिकारी से हमारी दिहाड़ी अपने हाथों दिलाने को कहेंगे? सब अभी पक्का कर लो। इसी टैम।''

''हाँ भई, रामकिशन जी और मातादीन जी और किसना जी! आप लोग बड़े हैं। आप लोग ही बताओ कि क्या करना चाहिए?'' अधिकांश मज़दूर एक साथ बोल उठे।

इन तमाम आवाज़ों के प्रत्युत्तर में कुछ देर को जैसे वहाँ पर मौन-सा छा गया। फिर मातादीन ने ही साहस किया, ''भाइयो! ऐसा है, दिहाड़ी की बात के लिए पहल करने को मैं तैयार हूँ। फिर जैसी-जैसी बात होगी, उसी हिसाब से एक-एक कर आप लोग भी बोलना। ठीक है।''

''एकदम ठीक,'' सभी साथियों ने विश्वास दिलाया।

''लेकिन भाइयो, कोई गरमा-गरमी मत करने लगना भई! बात ऐसे करना कि हमें वहाँ जाने से पहले दिहाड़ी मिल जाए।'' रामकिशन ने अपने सबसे वरिष्ठ और अनुभवी होने का परिचय दिया।

''और अगर वे कहने लगे कि जनसभा में चलो, हम वहाँ पहुँचते ही प्रधान जी से सबसे पहले तुम लोगों की पूरी दिहाड़ी दिलाने का वादा करते हैं। कसम खाते हैं। तब?''

''अब इस बारे में फ़ैसला कल उसी टैम होगा। सारी बातचीत के बाद। अपनी ओर से तैयार होकर आना है।''

लेकिन हममें से कोई भी मज़दूर बिना इस फ़ैसले और आपसी बातचीत के किसी भी ट्रक-ट्रॉली में नहीं बैठेगा। बिलकुल भी नहीं। बोलो मंजूर।''

''मंजूर! एकदम ''मंजूर!'' सभी मज़दूरों ने एक स्वर से ऊँची आवाज़ में सहमति भरी।

''ठीक है तो अब सब अपने-अपने घर चलें।''

''हाँ, ठीक है। सब कल सुबह मिलते हैं। मैदान में। ट्रक-ट्रॉली सब वहीं पर आयेंगी उप प्रधान ने कहा है।''

''ठीक है भाई लोगो। सबको राम-राम।''

''राम-राम भई! राम-राम!''

''राम! राम!''

इस तरह परस्पर सादर भाव प्रकट करते हुए तीनों टोलों के मज़दूर अपनी-अपनी झुग्गियों की ओर चले गये।

अगले रोज़ सभी के लिए सुबह आठ बजे तीनों टोलों के बीचो-बीच पड़ने वाले तिराहे के मैदान पर पहुँचने का आदेश था। लेकिन यह क्या कि अभी अलसुबह है। लगभग पाँच-साढ़े पाँच बजे का समय। निर्धारित मैदान में दो ट्रक और चार टैक्टर ट्रॉलियाँ पहुँच गईं। उन्हें खड़ी कर दस-बारह कुर्ता-पाजामाधारी पार्टी नौजवान कार्यकर्ता आपस में बँटकर इन तीनों टोले वासी मज़दूरों को तत्काल लिवा लेने को निकल पड़े।

कार्यकर्ताओं की इन तीनों टोलियों में प्रत्येक चार में दो जन थोड़ा ठीक-ठाक बातचीत करने वाले तो दो जन एकदम आतंकित कर देने वाले बदमाश टाइप भी थे। वे एक-एक झुग्गी में जाकर तरह-तरह से मज़दूरों को

मनाने और धमकाने लगे। ताकि कैसे भी हो, जनसभा में आने से कोई भी आदमी किसी तरह का हीला-हवाली या ना-नुकुर न कर सके।

आनन-फ़ानन में बासी-तिबासी जो मिला, थोड़ा-बहुत चाय के साथ खाकर सब मज़दूर आधे-पौने घंटे के भीतर मैदान पर पहुँच गये। वहाँ दो ट्रक, चार ट्रैक्टर ट्रॉलियाँ और एक जीप भी साथ खड़ी थी। तीनों टोलों के सभी मज़दूर आदमी और औरतें मैदान में आ-आकर एकत्र होते चले गए।

''अरे भई! खड़े क्यों हो गये तुम लोग? गाड़ियों में बैठो। फटाफट बैठो। आदमी ट्रक में बैठेंगे और औरतें ट्रॉलियों में बैठेंगी। फटाफट चढ़ो,'' एक पार्टी कार्यकर्ता ने अब तक एकत्रित हो चुके मज़दूरों से कहा।

''बैठते हैं साब! बैठते हैं। ज़रा बीड़ी पी लें। तब तक और लोग भी आ जाते हैं। चलना सबको साथ ही है।'' बड़ी उम्र के अधेड़ मज़दूर रामेसरा और मातादीन ने लगभग एक साथ हाथ जोड़ते हुए विनती के भाव में कहा।

इस बीच सुन्दरा, बीड़ी के बंडल का कागज़ उतारकर उसे माचिस से खुशी-खुशी आग दे रहा था तभी किनारे खड़ी जीप में से चार घनी दाड़ी-मूँछ वाले हट्टे-कट्टे पच्चीस-तीस वर्ष के युवा सिर पर गमछा लपेटे सुन्दरा के एकदम नज़दीक आकर खड़े हो गये। इनमें से तीन के हाथों में लाठियाँ थीं और एक की कमर बेल्ट पर तो पिस्तौल भी बँधी हुई थीं। वह उम्र में सबसे बड़ा भी लग रहा था।

इन्हें देखते ही वहाँ एकत्रित हो रहे मज़दूरों के बीच जैसे कोई सकपकाहट-सी मच गई। शायद सभी को करमू की शर्मा जी द्वारा बताई गई वह बात याद आ गई कि टोलों के पट्टे पक्के होने तक इन लंबरदार लोगों से कतई उलझना नहीं है। ये कुछ भी ऊँच-नीच कर सकते हैं। वैसे भी यह चुनाव का समय है। ये सब नेताओं के पाले हुए गुंडे मालूम होते हैं। सबसे ज़्यादा खराब हालत सुन्दरा की हो गई थी। बीड़ी का बंडल वही जला रहा था और ये लाठी-पिस्तौलधारी गुंडे टाइप चारों लोग भी एकदम ठीक उसके ही अगल-बगल आकर खड़े हो गये थे।

सुन्दरा को तभी सहसा अपने बचाव की एक तरकीब सूझ गई। वह धीमे से सुलगती बीड़ियों का गुच्छा मातादीन की ओर बढ़ाता हुआ बोला, ''लो चचा, आप लोगों की बीड़ियाँ। मैं दौड़ कर बाकी बचे सब लोगों को अभी हाँक कर ले आता हूँ। जनसभा जाने को देर पर देर हो रही है,'' कहते

हुए वह वहाँ से झट निकल लिया।

''हाँ-हाँ, यही ठीक रहेगा। तू दौड़कर सबको हाँक ला। देर तो हो ही रही है,'' मातादीन ने भी कहा और सुन्दरा के बढ़े हुए हाथ से सुलगती बीड़ियों का गुच्छा ले लिया। लेकिन मन-ही-मन मातादीन मुस्कुरा भी उठा कि बड़ा तेज़ है सुन्दरा। खैर, फिर उसने एक-एक बीड़ी वहाँ खड़े अन्य मज़दूर साथियों को भी पकड़ा दी।

सुन्दरा अभी बीस-पच्चीस कदम आगे बढ़ा ही था कि तभी आवाज़ आई, ''ओए, अबे सुन! ये करमू कौन से टोले में रहता है? ज़रा उसे ज़रूर बुलाकर लाना! समझ गया?'' अपनी मूँछें ऐंठते हुए एक लाठीबाज़ ने दौड़ते सुन्दरा को सहसा टोकते हुए कहा।

हाँक सुनकर सुन्दरा के कदम जैसे वहीं जड़ हो गये।

''जी साब जी!'' सुंदरा ने कहा और फिर से तेज़ कदमों के साथ टोले को दौड़ लगा दी। हाँफ़ता हुआ वह सबसे पहले करमू के घर ही पहुँचा। लेकिन तब तक करमू कुछ और लोगों के साथ किसी दूसरे रास्ते से मैदान को निकल चुका था।

फटाफट तीनों टोलों की दौड़ लगाकर जब वह वापस मैदान में पहुँचा तो सुन्दरा हैरान रह गया। उसने देखा कि तीनों टोलों के एक तिहाई से ज़्यादा आदमी-औरत तो अब तक वहाँ पर खड़े दोनों ट्रकों और ट्रैक्टर ट्रॉलियों में जाकर चढ़ भी चुके हैं। केवल एक ट्रॉली खाली खड़ी थी। केवल चालीस-पचास मज़दूर ही अभी बीच मैदान में बैठे हुए हैं। इन्हें इस ग्रामसभा के उपप्रधान कुछ समझा रहे हैं।

सुन्दरा की उत्सुकता बढ़ गई। वह भी बैठे हुए मज़दूर साथियों के जमावड़े के एक किनारे पर आकर चुपचाप बैठ गया।

उपप्रधान जी अपनी बात के बाद कुर्सी पर बैठे कि तभी बड़ी उम्र के मज़दूर रामदीन हाथ जोड़े खड़े होकर उपप्रधान की ओर विनती भाव से बोलने लगे, ''बिलकुल ठीक कह रहे हैं परधान जी आप! आपकी सारी बातों से हम सहमत हैं। हम मज़दूर लोग तो बरसों-बरस से यहाँ हैं ही आप बड़े लोगों के रहमो करम पर। आपकी ये बात भी सोलह आना खरी है परधान जी कि सरकार भी यहाँ कोई योजना लाएगी तो अधिकारी लोग पहले तो आप ही लोगों से राय मशविरा करेंगे। साब जी, बस इतनी-सी विनती थी कि हम लोग

एकदम ही गरीब दिहाड़ी मज़दूर लोग हैं। सब बाल-बच्चेदार हैं। कल पूरे दिन काम किया। दिहाड़ी आधी ही मिली। आज की दिहाड़ी का कोई पक्का भरोसा नहीं। आप ही दसियों बरस से परधान हैं हमारे। हर अधिकारी-हर नेता आपसे मिलकर ही चलता है। कोई भी आपकी बात नहीं टाल सकता साब।''

तभी रामदीन को बीच में ही टोकते हुए उपप्रधान ने कहा—

''अरे जल्दी बोल, तू कहना क्या चाहता है?''

''परधान जी, ईमान से कह रहे हैं। हाथ-पाँव पड़े हैं आपके। नाराज़ मत होइगा। अगर हम लोगों को कल की बची दिहाड़ी और आज की दिहाड़ी दोनों अभी दे-दिला देते तो आपकी बड़ी किरिपा-बड़ी महानता हो जाती साब। गरीब लोग हैं हम। दिहाड़ी पर ही रोटी चलती है हम लोगों की,'' रामदीन ने जैसे-तैसे साहस बटोर कर कहा।

''उपप्रधान जोगा सिंह अबकी बार अपनी कुर्सी छोड़ खड़े होकर कड़कते हुए बोला, ''ऐसा है कि टाइम बहुत कम है। दस बजे से पहले अभी कई और गाँव भी जाना है हमें। सुन लो कि ये सब लोग मूर्ख नहीं हैं जो आकर इज़्ज़त से ट्रक-ट्रॉली में बैठ गये हैं। सो साफ़ बात है। सहयोग करोगे तभी हमारा भी सहयोग मिलेगा। बाकी अपना भला-बुरा खुद सोच-समझ लो। मैं चल रहा हूँ। (फिर अपने चारों शागिर्दों की ओर मुखातिब होकर) और हाँ, लड़को! ठीक दस मिनट बाद ट्रक-ट्रॉलियाँ स्टार्ट कर सीधे सभा मैदान पहुँचो। ये लोग मानते हैं तो इन्हीं का भला है। बाकी देख लेना। जल्दी आना है। समझे।''

''जी सर!'' चारों युवक एक साथ बोले।

उपप्रधान के जाते ही कमान अब उनके इन चार गुंडे शागिर्दों के हाथ में आ गई थी। इनमें सबसे सीनियर वीरेन्दर उपप्रधान के चले जाने से खाली हुई कुर्सी पर बैठ गया। कुर्सी पर बैठते ही उसने मज़दूरों के बीच परस्पर हो रही खुसुर-फुसुर को एक तेज़ दहाड़ के साथ मौन करा दिया ''खामोश!''

इस गर्जना से सभी मज़दूर जैसे सकते में आ गये। फिर भी उन्हें तय तो करना ही था कि यहाँ से उठकर वे लोग भी ट्रक-ट्रॉली में चढ़कर बाकी सबके साथ जनसभा को हो लें या कि आत्मसम्मान की रक्षा करते-बचाते हुए वापस घर चले जायें और फिर कहीं भी-कोई भी खुली दिहाड़ी कर लें। लेकिन तभी बदमाश वीरेन्दर फिर गरजती आवाज़ में बोला, ''हाँ, भई! ऐसा

है, आप लोगों को जो भी कहना-समझाना था, सब परधान जी कह-समझा चुके। हमें कुछ नहीं कहना। चलो, तो तुम्हारी मर्ज़ी। न चलो, तो तुम्हारी मर्ज़ी। हाँ, बस तुममें से सीरीमान करमू साहब कौन हैं? किरिपा करके खड़े होकर ज़रा इधर आ जायें। मेरे कने।''

बदमाश वीरेन्दर के इस आतंककारी अंदाज़ को देखकर इन मज़दूरों को किसी अनहोनी की पक्की आशंका हो गई। करमू की तो जैसे घिग्गी ही बँध गई।

ऊपर की साँस ऊपर, नीचे की नीचे। 'उठना तो पड़ेगा ही' यह सोचते हुए करमू ने अपनी घबराहट पर जैसे-तैसे नियंत्रण किया और हिम्मत बटोर कर हाथ जोड़ता हुआ वह खड़ा हो गया।

''अरे, खड़ा होकर वहीं पर क्या चिपक गया है? इधर आ, इधर,'' वीरेन्दर ने करमू की ओर लाठी से हल्का इशारा करते हुए कहा।

''साबजी, करमू से कोई गलती हो गई हो तो माफ़ कर दीजिये इसे। हम सभी लोग आपसे विनती करते हैं साब! पैर पड़ते हैं आपके,'' करमू के बगल में ही बैठे काफ़ी उमरदराज़ मज़दूर मातादीन ने तत्काल खड़े होकर करमू के बचाव में हाथ जोड़ते हुए विनती शुरू कर दी।

मातादीन को विनती करते देख उमरदराज़ अन्य सभी मज़दूर साथी भी हाथ जोड़कर करमू के लिए क्षमा याचना करने लगे।

''अरे, भई, आप लोग खामख्वाह घबराये जा रहे हैं। मैं तो आदर कर रहा हूँ इसका सम्मान। आखिर बी.डी.ओ. साहिब का आदमी है यह। इसे कोई ट्रक-ट्रॉली में लाद कर थोड़े ही ले जाएँगे आप लोगों की तरह इसका तो एकदम खास ख़याल रखना है हमें। जीप में बिठाकर ले जांगे अपने बीच में। आखिर बी.डी.ओ. साहिब को यहाँ की रोज़-रोज़ की पल-पल की खोज-खबर भी तो इसी को देनी होती है। क्यों करमू?'' वीरेन्दर ने एकदम खा जाने वाली कुटिल मुस्कान के साथ करमू को घूरते हुए कहा।

''जी नहीं साब जी! ईश्वर कसम, ऐसी तो कोई भी बात नहीं है साब जी! यकीन मानिये।''

''यकीन तो है ही बेटा! तभी तो तुझे इतनी इज़्ज़त बख्स रहे हैं। यकीन तो है ही कि बड़ा दिमागदार-बड़ा चतुर-बड़ा जिगर वाला है तू। तभी तो टोले

का नेता बना हुआ है। क्यों? ''वीरेन्दर ने होंठों के बीच दबी सुरती बाहर थूकते हुए कहा।''

''जी, माफ़ी चाहता हूँ साब जी! ऐसी कोई भी बात नहीं है। किसी से भी पूछ लीजिये साब जी! भूल से कोई गलती हो गई हो तो क्षमा कर दीजिये। पैरों पड़ता हूँ साब जी!'' करमू को अंदेशा कुछ ठीक न लगने से वह बुरी तरह घबरा गया था।

''अबे मादर...दो कौड़ी की दिहाड़ी के बाबत बी.डी.ओ. को लेकर परधान जी की कोठी पे पहुँच गया तू! कल शाम काम से लौटते वक्त सारे रस्ते तीनों टोले वालों को भड़काता रहा तू। आज सुबह भी पहले तीनों टोलों की मीटिंग के लिए कसमें खिलाता रहा तू। एडवांस न मिलने पर आखिरी दम तक विरोध का अपना खुला ऐलान करने वाला तू। क्यों सही है कि नहीं? साले! चल इधर, निकलकर आता है कि मुझे खुद ही घसीट कर लाना पड़ेगा?'' बहुत कुटिल अंदाज़ में सवाल पर सवाल से धधकाने के बाद वीरेन्दर ने सुर्ती की नई फाँक मुँह में डाल ली। आँखें भी इस बीच सुर्ख हो गई थीं उसकी।

करमू भय से थरथरा गया। काँपती आवाज़ में सफ़ाई देते हुए याचना करने लगा, ''साब जी, माफ़ी चाहता हूँ। ऐसा कुछ भी नहीं है। मैं तो गाँव तक की कच्ची सड़क के पाँच रोज़ की दिहाड़ी वास्ते परधान जी की कोठी जा रहा था साब! रास्ते में पीछे से बी.डी.ओ. साहब की गाड़ी आ रही थी। उन्होंने टूटी सड़क के पास खुद ही गाड़ी रोकी। मुझे पहचान लिया। दस-ग्यारह साल पहले उनके फारम पर काम करता था मैं। उन्होंने खुद ही मुझे भी अपनी गाड़ी में बिठाल लिया था और आज सुबह की दिहाड़ी मीटिंग की बात कल वापसी में साब जी सच कहता हूँ सभी मज़दूर कर रहे थे। पता नहीं किसने आपको अकेले मेरा नाम लगाकर झूठी शिकायत कर दी है। फिर भी साब जी! मैं माफ़ी चाहता हूँ। मुझे माफ़ कर दीजिये।''

''अच्छा खैर छोड़ सब बातें। फ़िलहाल तो माफ़ किया। देर हो रही है। अब तू ये बता कि तुझे जनसभा सीधे-सीधे चलना है कि नहीं?'' वीरेन्दर ने घूरती निगाहों से करमू से पूछा।

''साब जी! दिन भर की दिहाड़ी से ही तो शाम को पूरे परिवार का पेट पालना होता है। बाकी जैसा ये सब साथी लोग तय करेंगे बड़े भाई लोग।'' इस

भारी आतंक और व्यक्तिगत आसन्न संकट के बीच भी करमू का स्वाभिमान अभी तक मरा नहीं था। एकता और प्रतिबद्धता पर उसका विश्वास अभी तक भी कायम था।

लेकिन उसका यह खुला मिज़ाज-यह खुला उत्तर सुनकर वीरेन्दर का तो जैसे दिमाग ही खौरिया उठा। बौखला उठा वह। एक झटके के साथ वह अपनी कुर्सी से उठ खड़ा हुआ। फिर उसने कुर्सी को एक लात मारी और पीछे की ओर लुढ़का दिया। बगल में तैनात खड़े अपने तीनों सहायकों में एक को उसने इशारा करते हुए बोला, ''जा रे! ज़रा घसीट कर इधर ला तो इसे! पूछते हैं ज़रा माँ-बहन-बेटी-पत्नी कुल कितने पेट हैं इस साले के परिवार में? एक-एक कर सबका पेट भर देना है आज। अभी। ठीक इसी के सामने। क्यों? कैसा रहेगा?''

''एकदम राइट उस्ताद!'' तीनों सहायक एक साथ मुस्तैदी से बोले। तीनों सहायक बदमाशों के चेहरों पर गुलछर्रे उड़ाने जैसा खतरनाक भाव भी साफ़ उभर आया।

इस बीच जब तक एक बदमाश करमू को घसीट कर ले जाने के लिए आगे बढ़ा, मज़दूरों ने करमू को चारों तरफ़ से घेर लिया। वे हाथ जोड़कर सामूहिक रूप से करमू को माफ़ कर छोड़ देने के लिए पुन: विनती करने लगे।

इस पर वीरेन्दर फिर गरजती आवाज़ में दहाड़ा, ''भैन...! करमू पर क्या लिपटते हो? दौड़ कर ट्रक-ट्रॉली में सीधे कने बैठ जाओ। फटाफट। वरना तुम सबन की कुट्टमस तो होगी ही। एक-एक कर तुम सबका झोपड़-टंटा भी जलाकर अभी राख करे देते हैं। अभी। इसी के साथ।''

''माफ़ कर दो साब जी! हमें माफ़ कर दो! हम सब चलते हैं। बस, करमू को माफ़ कर दीजिये साब जी! हम सब जन आपसे हाथ जोड़े विनती करते हैं,'' मातादीन ने झुकते हुए वीरेन्दर के आगे दोनों हाथ जोड़ दिये। बाकी सभी अन्य साथी मज़दूरों ने भी करमू के पक्ष में हाथ जोड़ते हुए क्षमा याचना दोहरा दी, ''माफ़ कीजिये साब जी इसे! इसे माफ़ कर दीजिये! हम सभी लोग आपसे हाथ जोड़ते हैं।''

परन्तु वीरेन्दर का अहंकार तो सातवें आसमान पर था। उसने अपने उसी चिरपरिचित अंदाज़ में अपने सहायकों को दहाड़ते हुए निर्देश दिया, ''अरे चलो

रे, दोनों शेरो! ज़रा कस-कस के चार-चार लट्ठ पेलो तो इन सालों के चूतड़ पर। मादर...। बात नहीं मानेंगे। भैन...विनती करेंगे। इनकी तो माँ का...।''

अब दोतरफ़ा तड़ातड़-तड़ातड़ लाठियाँ क्या शुरू हुईं, पल भर में ही मज़दूरों का सारा घेरा तितर-बितर हो गया। लाठियाँ थमने का नाम ही नहीं ले रही थीं। सो देखते-ही-देखते मारे भय के थर-थर काँपता एक-एक मज़दूर दौड़-दौड़कर पास खड़े ट्रक-ट्रॉलियों में चढ़ने लगा।

इस तरह बीच मैदान में रह गये अब केवल मातादीन और करमू।

वीरेन्दर का अपने गुर्गों को अब अगला आदेश जारी हुआ—

जिसके बाद उसके दो सहायक आगे बढ़े। पहले उन्होंने कस-कस कर लाठियों के तीन-तीन प्रहार मातादीन और करमू के पहले से ही थर-थर काँप रहे चूतड़ों पर दनादन दे मारे। ऐसे ज़ोर से जैसे कि उन्हें वहीं खड़े-खड़े कोई अपंग हिरन बना डालना हो। चीख जब थमी तो दया याचना के लिए इन दोनों के हाथ खुद-ब-खुद वीरेन्दर के आगे जुड़ गए।

किन्तु वीरेन्दर के कार्यक्रम को अभी इतनी जल्दी भला कहाँ रुकना था। उसका अगला आदेश फिर जारी हुआ। दोनों गुर्गों ने तब मातादीन और करमू की कनपटी पर खींच-खींच कर और भरपूर ताकत के साथ ऐसे सख्त घूसे दे मारे कि झनझनाते हुए सिर लिये दोनों दो-दो-तीन-तीन चक्कर खाकर ही थम पाये।

दोनों की आँखों से फिर से उसी तरह आँसुओं की धार फूट पड़ी...। क्षमा याचना को दोनों के हाथ फिर से उसी तरह करबद्ध जुड़ गए।

मातादीन एक बार फिर से आगे बढ़कर वीरेन्दर के पैरों पड़ने वाला ही था कि वीरेन्दर ने सुरती की पीक मार कर गरजती आवाज़ में पूछा, ''क्यों, अब क्या है? सब ठीक तो चल रहा है ना?''

मातादीन कँपकँपाता घबराता हुआ वहीं अपनी जगह पर जड़वत खड़ा हो गया, ''साब जी, गलती हो गई। बहुत गरीब-गुरूबा हैं हम लोग। मूरख हैं। माफ़ी चाहते हैं।...माफ़ी चाहते हैं साब! माफ़ कर दीजिये हमें!'' कहते हुए मातादीन फफक-फफक कर रो पड़ा।

लेकिन वीरेन्दर तो वीरेन्दर। सदा का बदमाश। सदा की खूँखार आँखें और सदा की वही कुटिल मुस्कान से खिल्ली उड़ाता हुआ बोला, ''माफ़ तो हमें आखिर में तुमको भी कर ही देना है। मगर थोड़ा-सा तुम दोनों को

भी कुछ तसल्ली तो आखिर हो ही जानी चाहिए। बोल, चाहिए कि नहीं?''

मातादीन और करमू दोनों कुछ भी नहीं समझ पाये। चुप होकर रह गये। बल्कि उनकी घबराहट और बढ़ गई।

सहसा तभी वीरेन्दर ने गुर्गों को फिर से आदेश किया, ''चलो बे, अबकी बार दो-दो लट्टू सीधे घुटनों पै दो। मादर...साले।''

लाठियाँ पड़ीं कि पहली ही बार में मेंढक की तरह उछल-उछल कर बिलबिला पड़े ये दोनों ही। मारे चीख के समूचा वातावरण गूँज उठा। अंततः दोनों ही ज़मीन पर उकड़ूँ गिर पड़े और अब अपने-अपने घुटने पकड़े ऐसे उलट-पुलट हो रहे थे कि इतनी जल्दी दोबारा लाठी खाने उठ खड़े हो पाने की ताकत ही कहाँ बची।

''अबे! देखते क्या हो, चूतड़ों पै दो-दो और दो न भैन...के।'' सहसा अबकी बार वीरेन्दर अपने गुर्गों पर कुछ सख़्त अंदाज़ में गरजा।

तब अब जो लाठियाँ पड़ीं, मानो बेशुमार हाहाकार ही गूँज उठा। लेकिन तभी वीरेन्दर फिर इन दोनों पर चीख उठा, ''खामोश!''

दहाड़ सुनते ही मातादीन और करमू दोनों की सिट्टी-पिट्टी तत्काल ऐसे गुल जैसे कि उस गर्जना ने ख़ुद ही इनके मुँह पर कोई भारी ताले जड़ दिये हों।

''चलो बे! अब इस मातादीन साले को खड़ा करो पहले।''

वीरेन्दर के आदेश के साथ ही उसके दो जवानों ने लाठियाँ एक किनारे पर रख दीं। फिर ज़मीन पर उकड़ूँ गिरे-पड़े ज़ार-ज़ार सुबकते मातादीन को अगल-बगल से पकड़ कर खड़ा कर दिया।

''क्यों साले, तू ही सबसे आगे बढ़ा था ना इस मादर...को बचाने?'' वीरेन्दर ने आँखों से करमू की ओर इशारा करते हुए मातादीन से कहा।

''छोटे भाई समान है साब। गलती हो जाती है। आप बड़े लोग हैं। इसी खातिर माफ़ी माँग रहे थे। गरीब-अनपढ़ हैं हम। गलती माफ़ कर दीजिये साब। माफ़...!'' मातादीन रोते हुए हाथ जोड़े वीरेन्दर के पैरों पड़ गया।

''सीधे खड़ा हो भैन...सीधे।'' वीरेन्दर फिर चीखा।

मातादीन की घिग्गी बँध गई। काँपता-सँभलता-घबराता हुआ वह थोड़ा और सीधा खड़ा हो गया।

वीरेन्दर ने अबकी पहले करमू की ओर देखा फिर मातादीन से कहा, ''सुन, इस भैन...को तो हमें अभी का अभी निपटना ही है। माँ-बहन एक कर

साले का झोपड़ा-टंटा भी राख कर देना है। तू अपनी बता, तू हमें सीधे कने जाकर ट्रक में बैठेगा कि तुझे भी इसके संग ही ये इंजेक्शन ठोक दें। इंजेक्शन ये रहा। दर्शन कर ले और अब बता एकदम साफ़-साफ़।''

मातादीन और करमू दोनों की भयातुर निगाहें बरबस ही वीरेन्दर की उँगली के इशारे की ओर कँपकँपाती घूमीं। देखा तो वीरेन्दर की कुर्सी के ठीक बगल में ज़मीन में एक लंबा-सा तीखा फलदार चाकू अपनी नुकीली नोंक के साथ सीधे गड़ा हुआ खड़ा है।

अब तो इन दोनों की रूह ही काँप उठी। दोनों ही तत्काल एक बार फिर माफ़ीनामे के लिए रोते-गिड़गिड़ाते हाथ जोड़े वीरेन्दर के पैरों में पड़ गये।

''सैटाप!'' अपने दोनों हाथ अपनी कमर पर दायें-बायें टिकाये हुए नशे में धुत्त इन दोनों पर वीरेन्दर फिर से चीख उठा।

मौत सरीखी जैसी भीषण आवाज़ सुनते ही काँपते-थरथराते हुए ये दोनों चुपचाप फिर से साँस रोके खड़े हो गये।

वीरेन्दर अब अपनी जगह से धीमे से दो कदम और आगे बढ़ आया। अपना एक हाथ उसने मातादीन के एक कंधे पर रखा और दूसरे हाथ से उसके झुके चेहरे को ठुड्डी से उठाकर उसकी आँखों में आँखें डालते हुए पूछा, ''हाँ, बोल, बता क्या फ़ैसला है? इसी के साथ या कि कायदे से जनसभा को? बोल!''

मातादीन के आगे सीधे-सीधे अब निजी ज़िंदगी के बचाव या खात्मे के बीच का सवाल खड़ा था। नशे में धुत्त वीरेन्दर से अब किसी याचना की कोई भी गुंजाइश तो रह ही नहीं गई थी। लेकिन साथ ही वह लाख चाहने के बावजूद मातादीन अपने से भी कहीं अधिक बड़ी चिंता और बड़े खतरे से गुज़र रहे बगल में ही खड़े अपने अभिन्न साथी करमू की ओर नज़रें ज़रा तिरछी कर देखने का साहस तक न कर सका। हालाँकि उसे भीतर तक यह खूब अच्छी तरह याद आ रहा था कि बरसों-बरस से दबे-कुचले हम मज़दूरों में चौपाल में अपनी पीड़ा-अपनी बात कह सकने की हिम्मत और आस जुटाने का काम जितना और जैसा करमू ने एक-एक को जोड़-जोड़ कर किया है, वह अपने आप में बेमिसाल है। बल्कि आज भी उसी ने सबसे बड़ी खुली चुनौती उठायी है। लेकिन वक़्त और ज़माने की बात कि आखिर में आकर अब सब कुछ एक अकेले उसकी ही ज़िंदगी-उसके ही परिवार की जान

पर बन आई है। सोचते-सोचते पल भर में मातादीन अपनी भी स्थिति और मन:स्थिति को लेकर भीतर तक गहरे अपराधबोध से भर उठा। किंतु अब इस वक्त एक क्षण भी और ठहरने हरने-विचारने का कोई समय, कोई उपाय तो था ही नहीं। बस अपनी छलछलाती नीची हुई आँखों के साथ उसने किसी तरह करमू की ओर पीठ की। फिर भारी हो आये अपने कदमों को भरे मन से किसी तरह मैदान किनारे खड़े ट्रक की ओर रुख दे दिया।

''जाओ रे, टैम बहुत कम है। तुम दोनों तो इस लंगड़े को खींचकर बड़े वाले ट्रक में डालकर आओ और भाई रे, तू तब तक ज़रा इस करमू की ओर इशारा करते हुए भैन...को पकड़े रख।'' वीरेन्द्र ने अपने तीनों गुर्गों को आदेश कर काम बाँट दिया। खुद वह बगल ही पड़ी अपनी कुर्सी पर एक बार फिर से जमकर धँस गया। एक टाँग घुटनों तक उठाई और दूसरी टाँग पर चढ़ा ली। थोड़ा इत्मीनान से। गौरवान्वित-सा।

शायद ऐसा उसने इसलिए किया कि मातादीन को ट्रक में डाल कर लौट आने में लड़कों को कम-से-कम दस-पन्द्रह मिनट तो लगेंगे ही लगेंगे। तब तक उसका कुछ विश्राम हो जाएगा। कुछ मन भी बहला लेगा। तभी उसने अपनी कुर्सी के पीछे की तरफ़ पड़ी बोतल उठा ली। बोतल में अभी तक भी अच्छे-खासे तीन-चार पैग तो शेष बचे हुए ही थे। बस फिर क्या था। उसकी आँखों में जैसे फिर से नई चमक उभर आई। किसी मनोकामना के पूर्ण होने की तरह आहिस्ता-आहिस्ता वह शराब घूँट-घूँट कर अपने गले में उतारने लगा। भुजिया साथ में थी ही।

इस बीच अंतत: अकेला पड़ जाने की अपनी स्थिति को देख-देखकर दर्द से कराहते-बिसूरते करमू का समूचा आत्मसम्मान अब जैसे आत्मग्लानि में बदल कर उसके ही भीतर रिस रहा था। असहनीय पीड़ा और द्वन्द्व के बीच उसे अपनी नाटकीय ज़िंदगी किसी भी नज़र से अब और अधिक जीने लायक तो कतई भी नहीं लग रही थी।

वैसे भी उसे मालूम था कि अब अगले दो-चार पलों बाद ही उसे किसी भी तरह अपंग भी किया जा सकता है या सीधे-सीधे मौत भी दी जा सकती है। लेकिन जीवन तो जीवन। मौत से पहले भला कौन मरना चाहेगा? और फिर करमू को तो वैसे भी अपने को कहीं ज़्यादा अपनी माँ-पत्नी-बहन की इज़्ज़त-आबरू की चिंता है। उनकी ज़िंदगी की चिंता है। इसी सब पीड़ा और

द्वन्द्व में सहसा उसे जैसे कोई अमोघ सूत्र-कोई महातरकीब सूझ गई। हालाँकि उसे यह भी लगा कि इस दाँव में बहुत संभव है कि उसे केवल मौत ही पल्ले पड़े। लेकिन कहीं उसे यह विश्वास भी था कि इस कोहराम से उपजी सहानुभूति में तब उसके साथी लोग कुछ भी सोचकर उसके परिवार की रक्षा तो ज़रूर कर ही लेंगे। वह जानता है कि एक अकेली किरण से कभी भी कोई दीया-कोई सूरज नहीं बनता। समूह से ही रक्षा। समूह से ही संधान। उसका विश्वास अब और अधिक गहरा हो चला कि उसका सोचा यह दाँव ही बस अब एकमात्र अंतिम उपाय है। उसने सोचा कि अब एक पल भी और ठहरना खुद ही अपना सब कुछ खत्म कर लेना होगा।

सहसा वीरेन्दर ने खाली हो चुकी बोतल एक किनारे को लुढ़का दी। अपनी कुर्सी से उठा और मातादीन को घसीटते हुए ले जा रहे अपने दोनों गुर्गों पर चिल्लाया, ''अबे सालो, कितनी देर लगाओगे और? दौड़ कर ट्रक में पटक आओ साले मादर...को। वैसे ही खामख्वाह देर हो रही है।''

ठीक इसी वक्त करमू को भी जैसे अपना मुँह माँगा क्षण मिल गया।

करमू ने देखा कि बगल में उसको लेकर खड़े छोटे बदमाश के हाथ की पकड़ तो थोड़ा ढीली है ही। तब उसने अपने रग-रग की समूची शक्ति-समूचा संकल्प बटोरा। फिर बड़ी चतुराई के साथ निरीह मुख विनम्रता के साथ पल भर में उसने उस बदमाश की पकड़ से अपनी कलाई बाहर खिसका ली। इसके साथ ही तत्क्षण अपने दोनों हाथ जोड़ वह ठीक सामने मौत सा खड़ा खूँखार उस्ताद बदमाश वीरेन्दर के आगे एकदम नतमस्तक होते-रोते हुए प्रार्थना करने लगा, ''ज़िंदगी में अब कभी भी नहीं बोलूँगा माई-बाप मेरे! माफ़ कर दो माई-बाप! मुझे भी माफ़ कर दो माई-बाप... !''—गिड़गिड़ाते रोते हुए तेज़ी से की गई क्षमा दान की अपनी इस करुण प्रार्थना के पूरे होते-होते उसने उतनी ही फुर्ती भरी चतुराई के साथ तेज़ी से और थोड़ा दबाव के साथ बदमाश वीरेन्दर के दोनों चरण स्पर्श किये और साथ ही तत्क्षण हल्का-सा किनारा भी ले लिया। फिर क्या? फिर तो क्या कोई आँधी-क्या भला कोई तूफ़ान! जाने कौन बिजली की गति से उसने मैदान में खड़े अपने ही टोले के साथियों से भरे ट्रक की ओर हैरानी भरी ऐसी दौड़ लगा दी कि मातादीन को घसीट-घसीट कर ले जा रहे दोनों छोटे बदमाशों से भी कुछ कदम पहले ही वह ट्रक तक पहुँच गया। पहले से ऊपर चढ़े साथियों के हाथ थामे और

पलक झपकते वह खुद भी ट्रक में ऊपर चढ़ गया।

करमू की रोती-बिलखती प्रार्थना के भीतर की उसकी इस द्रुत मति-गति को बदमाश वीरेन्दर और उसका छोटा साथी बदमाश भी जैसे पल भर अपनी जगह पर खड़े-खड़े देखते ही रह गये। बल्कि बरबस ही वे दोनों ठठाकर हँस पड़े।

किन्तु अगले ही क्षण वीरेन्दर की यह ठठाती हँसी भीतर-ही-भीतर जैसे कुछ-कुछ बुझने-सी लगी। सहसा उसे टाइम कुछ ज़्यादा ही हो जाने का ध्यान जो हो आया। वह साथी से बोला, ''चल रे! हो गया सब फ़ैसला! इस मामले को साला इसी तरह निपटना होगा। अब चल, लाठियाँ सँभाल। अपनी गाड़ी पर जा। फटाफट चलते हैं! खामख़्वाह में ज़रा भी देर हो गई तो ये लंबरदार प्रधान-उपप्रधान ससुर कहीं उल्टा हम लोगन पर भी ऐसे ही न पिल पड़ें भाई!'

''जी उस्ताद! कसम से मुझको भी बड़ी देर से यही चिंता सता रही है।''

वीरेन्दर अब जैसे थोड़ा और सहम गया।

दोनों ही अब अपनी-अपनी गाड़ी की ओर गज़ब की तेज़ी से वापस हो रहे थे। इतना ही नहीं, बल्कि दोनों के ही मन के किसी कोने में अब तो बस जैसे...करमू की-सी ही कामना...करमू की-सी ही प्रार्थना...।

भरोसा

दिसम्बर। सर्द जाड़ा, जिस पर आए दिन का बुखार-खाँसी-सिरदर्द-कमर दर्द। घुटनों में बढ़ता गठिया-वात। ऐसे में बूढ़े हाड़ लेकर गाँव से दूर इस एकांत गौशाला में पूरी गृहस्थी चलाना—वंशीधर अब लगभग थक से चुके हैं। काफ़ी तंग आ चुके हैं। तभी आज उनके मन में आ रहा है कि हँसी इतने दिनों से ठीक ही सलाह दे रही है। आखिर कब तक वे अपने बचे-खुचे शेष ब्राह्मण संस्कारों को लेकर अपनी और बाल-बच्चों की जिंदगी दुर्गत करते रहेंगे। भगवान न करे, उन्हें कभी कुछ हो गया तो कौन है यहाँ उनका आगा-पीछे देखने वाला। कुछ नहीं तो हौसला देने वाला। लेकिन फ़ैसला वंशीधर आसानी से ले नहीं पा रहे हैं। सोचते-सोचते वे अपने अतीत में काफ़ी दूर तक चले गए हैं—

अभी अठारह-बीस साल पहले की ही तो बात है। कैसे ठाठ-बाट से रहता था मैं भी। पत्नी और दो-दो बच्चों से भरा-पूरा घर था मेरे पास। घर में रोज़ ही होली-दीपावली जैसा कौतिक लगा रहता। आस-पास के तीनों गाँवों की जजमानी अकेले मेरी ही तो थी। नाली भर ज़मीन नहीं होने पर भी घर बघार से भरा रहता। भूखा सोना क्या होता है, सिर्फ़ सुनी-सुनाई बात थी मेरे लिए। वैसे इसके लिए बाबूजी का शुक्रगुज़ार होना चाहिए। वरना सातवीं फ़ेल होकर मैं मजूरी के अलावा भला किस काम का रह गया था। स्वर्ग में सुखी रहे उनकी आत्मा, जो मुझे अपने साथ-साथ पूजा-पाठ-कर्मकाण्डों में ले जाकर पूरा पंडित बना दिया। ज्यों-ज्यों वे बूढ़े असहाय होते गए, पुरोहिती की ज़िम्मेदारी मुझ पर आती गई। बल्कि उनके स्वर्ग सिधारने तक तो मैं ऐसा चल निकला था कि बिना मेरे मंदिर में प्रसाद बाँटे नियम-धरम वाले घरों में खाना तक नहीं बँटता था। बाबूजी मेरी शादी भी ऐसे घर-गाँव में कर गए थे जहाँ खूब-खूब सत्कार भी होता था और पुरोहिती भी बढ़ गई थी। गोलज्यू

देवता धन्य थे मुझ पर। घर में गाय और दो बछियों के अलावा तीन बकरियाँ भी पल रही थीं। रसोई में हरदम घी-दूध की सुगंध गमकती रहती थी। लेकिन जन्मकुण्डली कोई कितनी और कैसी भी बना ले, वक्त की करमरेखा को कौन पढ़ सका है? धीमे-धीमे ऐसी काली आग लगी मेरे भरे-पूरे घर को कि सँभालते-सँभालते नौ-दस साल में मैं थक-हार गया। घर उजाड़ हो गया।

उधर, आनंदी को दमे की काली झपट लग गई थी। बिस्तर पर भी हाँफ़ती रहती थी। ग्रह-नक्षत्र पूजे। जागर पर जागर लगवाई। हंक और घात पूजे। अस्पताल-दर-अस्पताल दौड़ा। क्या-क्या जतन नहीं किए, लेकिन एक रात खून की छलाछल उल्टियाँ करके वह चल बसी तो चल बसी। मेरे और टिमटिमाते दो बच्चों की ज़िंदगी में जैसे अंधकार छा गया। इलाज में पहले ही इतना कर्ज़ हो गया था कि पूरा चुकाने में गाय के साथ-साथ एक बछिया और तीनों बकरियाँ भी बिक गईं।

रुआँसे बच्चे अब धिनाली को भी तरस गए। वैसे भी जब माँ नहीं रही तो किस बच्चे के मुख पर भला हँसी रुक सकती है? शनि की साढ़ेसाती फिर भी नहीं थमी। दशा के चक्कर मेरे सिर के ऊपर घूम-घूम कर मेरी अक्ल पर बज्र मारते रहे। अपने और बच्चों की उदासी में धीरे-धीरे जाने कब मैं शराब की लत में पड़ता गया। उधर, ग्राम प्रधान का छोटा बेटा भी गुरुकुल कांगड़ी से संस्कृत में आचार्य की डिग्री लेकर गाँव आ गया। देखते-ही-देखते मेरी पुरोहिती सिमटती चली गई। घर भुखमरी की कगार पर आ गया। खेती-बाड़ी इतनी थी नहीं कि साल भर का अनाज खड़ा कर लूँ। कुछ महीनों तक ससुरालवाले कुछ-न-कुछ देते रहे। फिर धीरे-धीरे वहाँ का मिजाज भी पाथर होता चला गया। बच्चे भी अड़ोस-पड़ोस का मुख कब तक ताकते। कुछ बड़े हुए तो धीरे-धीरे वे लोगों के डंगर चराने जाने लगे। यह काम गोमती और गणेश दोनों बच्चों ने बिना मुझसे कुछ पूछे-बताये शुरू कर दिया। जब मुझे पता चला कि पड़ोस की ताई ने उन्हें यह सीख दी तो एक रोज़ उनसे मेरा ज़बरदस्त झगड़ा हुआ। मैंने बच्चों को इस काम से मना कर दिया। तब दोनों बच्चों ने मुझसे मेरी शराब की लत और घर की भुखमरी को लेकर बीच आँगन ऐसे रो-पीटकर झगड़ा किया कि मैं हतप्रभ रह गया। शायद पहली बार मुझे बच्चों के होने और बड़े होने का गहराई से एहसास हुआ। रात जाने कब तक मैं अपने आपको कोसता रहा। हालाँकि नींद मुझे शराब के दो घूँट चढ़ा लेने

के बाद ही आ पाई थी। लेकिन मैंने फ़ैसला कर लिया था कि न सही पूरी पुरोहिती, मैं मेहनत-मजूरी कर किसी भी तरह से बच्चों को फिर से स्कूल भेजूँगा। गेहूँ-चावल के लिए चाहे जो मशक्कत हो, करूँगा। बाकी साग-पात के लिए अपने पास दो बाड़े हैं ही। छोटे हैं लेकिन गुज़ारा हो जाएगा। और इस तरह मैंने छोटी-मोटी पुरोहिती के साथ-साथ दूध इकट्ठा कर बाज़ार में बेचने का धंधा शुरू कर दिया। बीच-बीच में कभी-कभी पोस्टमैन साहब के यहाँ से कुछ चावल के बदले मैं उनके क्षेत्र की चिट्ठियाँ भी बाँट आता। लेकिन किस्मत ने करवट ली दूध के धंधे से ही। हुआ यूँ कि जब मेरी समझ में यह बात आ गई कि एक मामले में बाज़ार बहुत अच्छा है कि यहाँ जात-पाँत, ऊँच-नीच का कोई भेद नहीं है तो मुझे अपने गाँव में मिल रही निराशा, असहयोग से लड़ने की ताकत मिल गई। मैंने अपने गाँव का एहसान छोड़कर पास ही के ठाकुर गाँव और यहाँ तक कि नदी पार बसे हरिजनों के घरों से भी दूध इकट्ठा करना शुरू कर दिया।

इधर, मुझसे ग्राम प्रधान के लौंडे का शास्त्री बनकर आना बहुत खल रहा था। हालाँकि सही बात यह थी कि वह मुझसे सौ गुना शुद्ध उच्चारण करने वाला और ज्योतिष का भी अच्छा जानकार था। लेकिन मुझे तकलीफ़ यह थी कि उसके आते ही मेरी पुरोहिती और प्रतिष्ठा पर देखते-ही-देखते बट्टा लग गया था। वैसे कई सीधे-सादे घर मेरे पिताजी की पुरानी पुरोहिती के चलते अब भी मुझे ही बुलाना चाहते थे। मगर प्रधान के कर्ज़ और रौब के आगे वे भी वक्त की नज़ाकत को तरज़ीह देना उचित समझने लगे।

～

अब गाँव में मेरी जजमानी सिर्फ़ जनेऊ और संवत्सर दशहरा के कागज़ बाँटने तक सीमित रह गई थी। तभी तो मुझे पुरोहिती जैसे आराम, प्रतिष्ठा और पैसे वाले पेशे को छोड़कर दूध बेचने जैसा कठोर काम शुरू करना पड़ा। लेकिन कहते हैं ना कि ब्राह्मण वही जो बुद्धि की खाए। सो मैंने भी एक तरकीब निकाल ली थी कि किसी के भी यहाँ शोक होने पर क्रियाकर्म में गोदान के अलावा और कुछ भी लेना छोड़ दिया। मैं लोगों को तर्क देने लगा था कि गाय को शास्त्रों में माँ कहा गया है। उसी के माध्यम से तर्पण होने पर दिवंगत

को स्वर्ग की सीढ़ी मिलती है। बाकी सब तो पंडितों की कमाई की चतुराई है। स्वारथ का ढकोसला भर है और जब कोई मुझसे पहले के बर्ताव के बारे में पूछता तो मैं तत्काल कह देता कि विरासत में यही प्रथा चली आ रही थी, लेकिन यकीन मानो जजमान कि क्रियाकर्म की चारपाई-बिस्तर-बर्तन मेरी आत्मा ने भीतर से कभी भी नहीं स्वीकारे। इसी आत्मा की गहरी आवाज़ पर मैंने अब यह सब न लेने का कठोर फ़ैसला ले लिया है। सोचा तो था कि इससे लोगों की मुझ पर श्रद्धा बढ़ आएगी। रोज़ाना के पूजा-पाठ से कम ही सही, पर घर चलता रहेगा। लेकिन करम का लेखा कि इस पर भी गाँव भर में मेरे पास महज़ सात-आठ मवाशे ही रह गए। अब इतने भर से घर क्या चलना था? घर में भुखमरी की सुबह-शाम कच-कच और बीमारी के वक्त इलाज की किल्लत। फिर बच्चों के पैर अपने पैरों के बराबर हो जाना। तब जाकर मुझे कुछ नया कारज करने की सद्बुद्धि आई।

इधर, जिन हरिजनों के साथ ब्राह्मणों का खेतों की जुताई के लिए हलिए भर का रिश्ता था, उनके यहाँ से नित्य सुबह दूध ले जाने पर उनसे मेरा मेल-जोल बढ़ गया था और फिर वह समय आ गया जब मैं घर चलाने के लिए इन लोगों के यहाँ भी पूजा-पाठ और अन्य सभी कर्मकांड करने लगा। हालाँकि इस मुद्दे को लेकर मेरी अपने गाँव में खासी फ़जीहत हुई। गाँव भर में बिना पंयायत के एक फ़ैसला-सा हो गया कि कोई भी ब्राह्मण अब मुझसे किसी प्रकार का सरोकार नहीं रखेगा। यहाँ तक कि मेरे बच्चों के हाथ तक का पानी नहीं पिया जाएगा। लेकिन पेट-परिवार की खातिर मैंने बिना लाग-लपेट के सब मंज़ूर कर लिया। हाँ, अगर मुझे लेकर बच्चों को कोई चिढ़ाता तो मेरी त्यौरियाँ चढ़ते देर नहीं लगती। बस मेरी एक ही सबसे बड़ी चिंता थी कि किसी तरह मैं गोमती के हाथ ठीक-ठाक ढंग से पीले कर दूँ। बस, यों इस मुद्दे पर मैं मन-ही-मन बहुत शर्मिन्दा, चिन्तित और आत्मग्लानि से भरा रहता कि हरिजनों के यहाँ पुरोहिती से अब मेरी गोमती को शायद ही कोई उच्च ब्राह्मण कुल मिलेगा। तभी तो यथार्थ को स्वीकार करके ही मैंने छोटे ब्राह्मणों के यहाँ भी रिश्ते के लिए लड़का ढूँढ़ना शुरू कर दिया था। लेकिन मेरी गोमती की किस्मत और कुदरत को तो कुछ और ही मंज़ूर था।

~

वह पूनो की साँझ थी। गाँव भर की बहू-बेटियों का रोज़ की तरह पानी के नौलों (कुओं) से लौटने का समय। वे लौटीं भी। लेकिन उस रोज़ की साँझ जैसे सचमुच में रात बनकर उन्हें डँसने आई थी। धार पार के नरपिशाचों ने एक-एक युवती के तन-मन में दाँत गड़ा-गड़ा कर उनकी आत्मा तक को छील डाला था। पछाड़ खाती हुई-सी लौटीं वे। जिधर भी देखें-चेहरे नुचे। कइयों के नाक-मुँह-पैरों पर खून की रिसती-सी धार। इस विद्रूपता को देखकर गाँव में जैसे भूचाल आ गया था। पल भर में चौपाल पर हुजूम इकट्ठा हो गया था। कुछ भी पूछो तो जवाब में सिर्फ़ सिर झुकाए आँसू। रोने-चीखने से सभी के गले रुँध गए थे। सभी करुणार्द्र आँखों में बस एक ही पुकार कि पहले बस किसी तरह गोमती को बचाया जाए। इनमें सबसे बड़ी उम्र की पदमावत जी की पत्नी ने आँसुओं को रोककर किसी तरह बताया कि ऊपरी बाखली के छोरों-गुंडों ने उन पर कैसे-कैसे और क्या-क्या कहर बरपाये। और किस तरह इलाके भर के बदमाश गुमान सिंह ने गोमती को वहीं चित्त कर दिया है। बाकी हम लोग किसी तरह जान बचाकर लौटे हैं।

आग-बबूला होने को अब और रह ही क्या गया था। पन्द्रह-बीस मिनट में ही जिसके घर जो भी हथियार था, निकाल लिया गया। लेकिन सबसे पहले गोमती की खोज-खबर लेनी थी। परस्पर मंत्रणा हुई। बुजुर्गों को वहीं रोका गया। अधेड़ों में ज्यादातर शराब के नशे में धुत्त पहले से ही लड़खड़ा रहे थे। सो हिम्मत और हौसला युवा टोली में ही था। थोड़े-बहुत नशे के बावजूद सब ऊपरी बाखली के खिलाफ़ प्रतिशोध लिए नौले की ओर टॉर्च चमकाते हुए दौड़े। कुछ होशो-हवास वाले अधेड़ भी मुझे हौसला रखने का ढाढस बँधाते हुए साथ हो लिए थे। लेकिन नौले के चबूतरे पर चढ़ने से पहले ही जैसे सबके कदम पल भर को ठहरकर वहीं अटक गए थे। गुमान सिंह की लाश पड़ी हुई थी। खून से लथपथ। चित्त। पेट पर ज़बरदस्त वार रहा होगा। आँतें बाहर निकलकर पत्थरों से उलझी हुई थीं।

इलाके भर का सबसे बड़ा बदमाश यों मरा पड़ा है। जैसे एक बार को सबकी घिग्घी ही बँध गई। लेकिन गोमती कहाँ होगी? सबके सामने एक ही सवाल था। आस-पास की झाड़ियों में टॉर्च घुमा-घुमाकर देखा गया। हिसालू के एक पेड़ के काँटों से गोमती की उलझी हुई साड़ी दिखाई दी। जैसे

एकबारगी को फिर से सबकी साँस ठहर गई। छलाँग लगाकर कीचड़ कूद लिया गया। लेकिन वहाँ तो सिर्फ़ साड़ी ही थी। गोमती कहीं नहीं। फिर सब लोग लौटकर चबूतरे पर ही आए। गुमानसिंह की लाश लाँघकर चार लोग नौले के भीतर गए। धक्क! सभी का कलेजा यकबयक उखड़कर जैसे मुँह को आ गया। गोमती सीढ़ियों पर आधा पानी में और आधा बाहर पड़ी हुई थी। सिर-नाक-मुँह सब खून से सने हुए। पैरों और घुटनों पर भी जाने कितनी चोट कि नौले का पानी लाल और लाल होता जा रहा था।

क्षणभर को मैं जैसे जड़वत् किंकर्तव्यविमूढ़-सा खड़ा रह गया था। बुक्का फाड़कर रोना आ गया। तभी सहसा कुछ नई और धैर्य भरी लहर दौड़ गई। गोमती की नब्ज़ तो अभी भी चल रही है। सिर्फ़ बेहोश है। भला हो इन गाँववालों का जो मेरी विनती पर सबके सब गोमती के उपचार को तैयार हो गए। फ़ैसला हुआ कि सबसे पहले तत्काल गोमती को अस्पताल पहुँचाया जाए। गोमती के खून से सने हाथ-मुँह मैंने पानी से धोए। कंधों, कोहनियों, होंठों और घुटनों से तब भी खून रिसता रहा था। लेकिन इससे बड़ी एक और आफ़त आन खड़ी हुई थी कि गोमती को आखिर अस्पताल किस रास्ते से ले जाया जाए। कारण था चबूतरे पर पड़ी बदमाश गुमानसिंह की लाश। लेकिन इसके साथ ही एक और बात से भी सभी हतप्रभ थे कि जिस तरह हम सब लोग गोमती की ढूँढ़-खोज और उपचार के प्रयास में लगे हैं, गुमानसिंह के गाँव का यहाँ एक भी आदमी आखिर क्यों नहीं है? फिर सोचा कि शायद अब मामला पुलिस-पटवारी का हो जाने के भयवश ही न गुमानसिंह का कोई भी गुंडा और न उसके घर-गाँव वाले ही यहाँ आ सके हैं। खैर, तत्काल हम सब लोग गुमानसिंह की लाश पर थू-थू करते हुए गोमती को अस्पताल ले जाने लगे। लेकिन अभी दस-बीस कदम ही बढ़े होंगे कि माधवानंद जी ने आशंका जता दी थी कि बाज़ार का रास्ता तो गुमानसिंह के गाँव से ही होकर जाता है। हो सकता है कि उस गाँव के लोग हम पर आक्रमण कर दें। खामख्वाह में झगड़ा बढ़ेगा और इस सबसे गोमती का उपचार ही बाधित होगा। इसलिए फ़ैसला हुआ कि नदी पार वाले गाँव के रास्ते ही अस्पताल जाया जाए। इस तरह हम सब लोग वापस नीचे गधेरे की ओर उतर गए। गधेरा पार कर हम खड़ी चढ़ाई चढ़ते हुए रात के लगभग दो बजे जैसे-तैसे अस्पताल पहुँच सके

थे। लेकिन तब क्या होना था? डॉक्टर ने हालत बहुत गम्भीर बताई। और उसी के बताए अनुसार रात बीतने-बीतने तक गोमती की ज़िंदगी भी बीत गई।

मेरी ज़िंदगी में यह दूसरा बड़ा अंधकार था।

पटवारी को मामले की लिखित शिकायत की गई। लेकिन हर बार वह इलाके भर के नामी बदमाश गुमानसिंह की मौत की खुशी को गोमती का बलिदान ठहराने लगता। गोमती के शौर्य और पराक्रम की चर्चा करते हुए वह मामले को रफ़ा-दफ़ा करने को कहता। बार-बार कहता, ''देखो, मल्ली बाखली के सारे ठाकुर आज तुम लोगों से घबराए हुए हैं। बदमाश गुमानसिंह की मौत पर वे सभी खुश हैं। आखिर अपनी बहू-बेटियों की चिंता भला किसे नहीं रहती? गुमान की मौत सब आवाराओं के लिए एक सबक है और गोमती का साहस सब युवतियों के लिए एक आदर्श।'' बाद में तो पटवारी मुझे डराने भी लगा। कहता, ''देखो, मुकदमेबाज़ी बहुत बुरी बला है। बरसों की दौड़-भाग, झिक-झिक। और फिर इसमें पैसा भी अच्छा-खासा बरबाद होता है। यों भी ठाकुर गाँव के खिलाफ़ मुकदमेबाज़ी से तनाव ही बढ़ेगा। ज़िंदगी यों ही मार-काट में बीतेगी। एक लड़का है तुम्हारा। उसकी सुरक्षा और भविष्य पर ध्यान दो। वैसे भी अब गवाहों का कोई दीन-ईमान नहीं रहा है। और फिर तुम्हारी माली हालत वैसे ही इतनी कमज़ोर है,'' इत्यादि-इत्यादि। उधर, ऐसे संगीन मौके पर भी उसने गाँववालों से अपनी कमाई का रास्ता निकाल लिया। सबसे कहने लगा, ''देखो, मैंने ठाकुरों को डराकर उनकी सिट्टी-पिट्टी गुम कर दी है कि गोमती कांड सभी ठाकुरों को ले डूबेगा। उन्होंने मुझसे मामला रफ़ा-दफ़ा कर देने की अपील की है, सो मैंने शर्त रख दी है कि पहले वे लोग तुम्हारे इस गाँव को भी पानी का सोता जाने दें। दोनों गाँवों के खेतों के बीच दीवार चिनवा दें, ताकि जंगल पर इन लोगों का भी सही-सही और पूरा-पूरा हक-हकूक बना रहे। अब सब तुम लोगों पर है। मैं तो कहता हूँ कि सब लोग मिलकर दो-दो सौ रुपये इकट्ठा करो। सरकार से इस बाबत बात करते हैं।''

अब क्या करता मैं भी, जब खेतों के बीच दीवार और बारहों महीने खेतों को पानी मिलता रहने की बात से सभी लोग खुश हो गए थे कि मेरी गोमती की मौत का दुख उन्हें अब कुछ भी नज़र नहीं आने लगा। उल्टा सब लोग मुझे ही समझाने-बुझाने लगे। देखते-ही-देखते सब लोग अपने काम-

धंधों में लग गए। मैं भी रोता-कलपता कुछ दिनों में शांत हो ही गया। दूध बेचने फिर जाने लगा।

लेकिन झक्क सफ़ेद दूध को तो अभी मेरी ज़िंदगी में जैसे फिर से उजास लाना बाकी था, सो एक रोज़ जैसे मुझे चाँदनी की चिनगारी ने दिल तक हिलोर छू लिया। जैसे रात में काली झील में चाँद-तारे तैरते हैं, ठीक वैसे ही मैं भी जाने कब अपनी गहरी उदासी के बीच भी भीतर-ही-भीतर फिर से जलतरंग-सा बजने लगा। आखिर मेरी आँखें हँसी से जो लड़ बैठी थीं।

हँसी यानी मशहूर शराबी-जुआरी रतीराम की जवान विधवा। परिवार में कलह के बाद अब अलग रहने लगी थी। शुरू-शुरू में दूध के भाव बढ़ा देने को लेकर मुझसे विनती करती रही। फिर झिक-झिक भी करती थी। उसकी कोयल-सी आवाज़ से मेरे भीतर बाँसुरी-सी बज उठती। सम्बन्ध बना रहे, इस वास्ते मैं औरों से उसे हर महीने बीस रुपये अधिक दे दिया करता था। कह देता था कि बाकी टोले-गाँव में यह भाव पता न चले। कभी-कभी मैं उसके लिए जलेबी या कोई मिठाई ले आता। उसकी खुशी दोहरी हो जाती और मेरा सीना चौगुना। फिर तो मौका देखकर कभी-कभी मैं उससे हल्का-फुल्का मज़ाक भी करने लगा। उसकी नशीली आँखें भी जैसे शरारत से खिलखिलाती-शर्माती हँस पड़तीं। धीरे-धीरे मुझे दिन कब निकला, पता तक न चलता। एक उसका चेहरा मेरे हाड़ों से कठिन-से-कठिन मशक्कत करवा लेता। परस्पर विश्वास बढ़ता गया। प्रेम बढ़ता गया। साल बीतते-बीतते स्थिति एक हो जाने तक की आ गई। लेकिन अनहोनियों का तो जैसे मेरे साथ जनम-जनम का रिश्ता है। बड़ी मुश्किल से मैं आनंदी और गोमती के दुख को भूल रहा था कि यह प्यार किसी अपराध की तरह उजागर हो गया। हम गलबहियाँ डाल रंगे हाथ पकड़े गए। फिर तो हँसी के ससुर और जेठ ने टोले भर को साथ लेकर वो हल्ला काटा कि दोनों गाँवों की पंचायत बैठ गई।

हमारा गाँव मेरे ब्राह्मणत्व को धिक्कारता तो निचले टोले वाले हँसी के लोग उस पर थू-थू करने लगे। मैं तो शरम के मारे ज़मीन के सात तल नीचे गड़ा जा रहा था, लेकिन धन्य हो हँसी की हिम्मत कि वह अपने ऊपर सारी तोहमत लेकर भरी पंचायत में मेरे बगल खड़ी हो गई। मैं तो टोले वालों से पिटाई होने की आशंका से थर-थर काँप रहा था लेकिन हँसी हुई कि उसने

एक ही वार से सबको खबरदार कर दिया। बोली, ''अपनी फूटी किस्मत के कारण मायके के बचपन से लेकर ससुराल में आज तक तरह-तरह से मार ही तो खाती आ रही हूँ। रतिराम को तो दुनिया जानती थी। शराब और जुए के अलावा उसे और कुछ दिखाई नहीं देता था। बात-बात पर मुझे अनाप-शनाप गालियाँ बकता। लात चलाता था। और एक रोज़ दीवाली में जुआ हारने पर उसने इतनी शराब पी ली कि हमेशा के लिए बेहोश होकर मर गया। विधवा हुई तो गाँव-टोले के बूढ़े-जवानों से लेकर घर के जेठ-देवर तक सबकी खोटी नज़र। मैं ही जानती हूँ कि इन कलमुँहों से कैसे-कैसे बचती आ रही हूँ। कहो तो गाँव-टोले भर की पोल अभी खोल दूँ।...और सुनो, इतने बड़े समाज में केवल वंशीधर ही हैं जिनसे मुझे घर जैसे सलीके की दया और सहायता मिली है। दुनिया-समाज में इज़्ज़त से खड़े होने-लड़ने की हिम्मत मिली है। इसलिए कहे देती हूँ कि आज अगर किसी ने भी पंडित जी की ओर उँगली भी उठाई तो उसे पहले हँसी को खत्म करना होगा।...'' और खुद वह दरांत लेकर रणचंडी सी तनकर खड़ी थी।

पंचायत ठगी-सी देखती रह गई। कहते हैं ना कि 'मियाँ-बीवी राज़ी तो क्या करेगा काज़ी।' हार मानकर हमारे गाँव और टोलेवालों को हमारे बीच का प्यार स्वीकार करना ही पड़ा। हँसी ने खुलेआम साथ रहने की मुझे कसम जो खिला दी थी। सब हतप्रभ थे कि प्रेम में किस तरह अंधी या फिर साक्षात् रणचंडी है कि वह समाज में आज तक चली आ रही विधवा परिपाटी को सरेआम ठोकर मारकर दोबारा ब्याह रचाने को व्यग्र है। मैं भी हँसी से कोई फरेब या झूठा प्यार नहीं करता था। सो मैंने भी इज़्ज़त और बचाव इसी में समझा कि मुझे ऐसे आसन्न संकट और चुनौती के समय में—इम्तिहान में हँसी का साथ बराबर निभाना चाहिए। सो मैंने भी कैसे साफ़-साफ़ कह दिया था, ''ऊपरवाले ने न किसी को ब्राह्मण पैदा किया है और न हरिजन ही। सब हमारे पुरखों में धनी और ताकतवर और चतुर-चालाक लोगों का किया-धरा है। वरना क्या किसी के माथे पर कोई भेद छपा है, किसी भी जाति-धरम का? झूठी परिपाटी है यह।'' फिर मैंने तभी हाथ जोड़कर कैसे निवेदन कर दिया था, ''पंचो-सरपंचो! देखो, हम दोनों ने अपनी-अपनी ज़िंदगी में बहुत दुख झेले हैं। बहुत मामूली इन्सान हैं हम। हमें इन्सानों की तरह जी लेने दो

बस।'' फिर भी पंचायत ने अपने फ़ैसले में हम दोनों को 'थू-थू'...धिक्कार और तिरस्कार ही दिया। और साथ ही मिला हम दोनों को अपने-अपने गाँव से निष्कासन।

एक अधटूटा मकान और चार हाथ भर का बाड़ा ही तो था मेरे पास। रोज़-रोज़ के उलाहने-टोकाटाकी और शरम लिहाज़ के चलते मैंने भी गाँव वाला घर छोड़कर थोड़ी दूर पर खड़ी इस गौशाला में जाकर बस लेना उचित समझा। इस तरह हम प्रेम की बलिवेदी पर आदमियों की बस्ती से दूर यहाँ आकर जानवरों के बीच रहने लगे। दूध का धंधा तो ठप पड़ ही गया था। तब से बाज़ार में मेहनत-मजूरी करके जैसे-तैसे गुज़र-बसर हो ही रही है।

रहा मेरे सोलह वर्षीय बेटे गणेश का सवाल। सो वह इस गौशाला में हमारे साथ बमुश्किल तीन साल ही रहा। दरअसल गौशाला का एकांत-अकेलापन उसे बहुत सताता था। किशोर उम्र हुई। खेलने-कूदने की उमर। संग-साथियों की ज़रूरत होती है। वह रोज़ ही दिन में गौशाला से गाँव वापस आ जाता अपने दोस्तों से मिलने, खेलने के बाद। शाम को रोज़ वह घर पर मेरे और हँसी को लेकर तरह-तरह की नई-नई बातें लाता। शिकायतें करता। अक्सर उसका-मेरा झगड़ा भी हो जाता। लेकिन एक रोज़ पता नहीं उसके मन में क्या बात आई, क्या उसने ठाना, किससे वह मिला कि वह सुबह होने से पहले ही घर से भाग गया। दूर-दराज़ तक बहुत खोजबीन की, परन्तु कुछ पता नहीं चल सका। हर कोई बस यही कहता कि वह दिल्ली भाग गया होगा। किसी होटल में बरतन-भांडे माँज रहा होगा। आज पूरे पन्द्रह साल होने को आ गए हैं, लौट कर नहीं आया। भगवान की गति भगवान ही जाने। मैं तो बस रोज़ एकटक उसकी राह ही देखता रहता हूँ। लगता है कि यह ब्राह्मण-शूद्र होना गाँव-समाज की देखादेखी उसके-मेरे बीच भी आ गई। नहीं तो ऐसा थोड़ा ही हो सकता है कि उसे मेरी याद ही नहीं आती होगी। अब तो वह काफ़ी बड़ा हो गया होगा। घर बसा लिया होगा। रम गया होगा उसी में।

गणेश के बारे में सोचते-सोचते वंशीधर का मन सहसा गणेश से मिलने को बहुत व्याकुल हो उठा। लेकिन क्या करें वंशीधर? गणेश का कोई पता-ठिकाना तो उनके पास है ही नहीं। वे उदास हो गए, ''जाने वह कहाँ होगा? जाने किस हाल में होगा?'' वंशीधर बेचैन हो उठे। बीड़ी की तलब लग आई।

माचिस की 'खस्स' आवाज़ होते ही बगल में बच्चों को लेकर सो रही हँसी की नींद टूट गई।

''क्या बात है? नींद नहीं आ रही है क्या?''

''हँसी! ज़रा एक गिलास पानी तो पिला दे,'' वंशीधर पानी पीने लगे।

''क्या सोच रहे हो?'' हँसी ने पानी का गिलास थमाते हुए पूछा।

''कुछ नहीं। यों ही बस तमाम ज़िंदगी याद आ रही थी। अब गणेश से मिलने को जी तड़प रहा है।''

''इच्छा तो मेरी भी होती है। वह साथ होता तो आज इस उमर में हमारा कितना सहारा होता। ये दोनों बच्चे तो अभी बहुत छोटे हैं। तुमसे अब पहले जैसा काम होता नहीं। मुझे दिन भर खट करके भी आधी दिहाड़ी ही मिलती है। सच, गणेश होता तो आज घर-बाहर सब सँभाल रहा होता।''

तभी वंशीधर को बीड़ी का लम्बा कश खींचने से गहरी खाँसी आ गई। दौरे जैसी। थमे तो बोले, ''हँसी, जानता हूँ अब तू आगे फिर से क्या कहने वाली है। लेकिन सच, अब तो मैं भी सोच रहा हूँ कि तू ठीक ही कह रही है।''

''ठीक क्या, एकदम सोलह आना ठीक। वहाँ चलने में ही हमारा भला है। इज्ज़त भी मिलेगी और घर भी चलेगा। बच्चों को भी संग-साथ मिल जाएगा,'' हँसी ने वंशीधर की एक ओर लटक आई रज़ाई को ठीक करते हुए कहा।

''लेकिन हँसी, मन डर रहा है कि कहीं फिर से, किसी नई मुसीबत में तो नहीं फँस जाएँगे,'' वंशीधर बीड़ी का हल्का कश खींचकर बोले।

''मुसीबत तो यहाँ है। बिना बात पिछले अठारह-बीस साल से पिस रहे हैं हम दोनों यहाँ जानवरों के बीच। रात हो जाए तो सुबह का भरोसा नहीं और सुबह हो जाए तो दिन भर में कहीं चैन नहीं। रही बात वहाँ की। सो वहाँ क्या मुसीबत है? माँ बिचारी इतनी बूढ़ी है। बीमार है। अकेली है। और फिर सब कुछ तो वहाँ मेरे अपने पिता का है। फिर अकेली माँ ही नहीं, हमारा तो सारा गाँव तुम्हें इज्ज़त से बुला रहा है। सभी कह रहे हैं कि वहाँ ठीक-ठाक जजमानी भी चल जाएगी और सड़क किनारे का घर है, चाय की दुकान भी चल निकलेगी। और गाँव-बिरादरी से बाहर करने वाले इन दोनों गाँवों के मुख पर तमाचा भी लग जाएगा। बस, अब इस बुढ़ापे में कहीं तुम

मत बदल जाना।'' हँसी सब कुछ आगा-पीछा सोचकर ही अपने मायके जा बसने पर ज़ोर दे रही थी।

''आठ साल पूरे होने को हैं तेरे साथ जीते-मरते। दो फूल जैसे बच्चे हैं। बड़े होने को हैं और तुझे अब भी शक हो रहा है?'' वंशीधर ने रज़ाई को सीने तक खींचते हुए चुहल की।

''आठ सालों से मैं भी तो तुम्हें अकेले में अपने आपसे बड़बड़ाते देख रही हूँ। पूछती हूँ तो 'कुछ नहीं-कुछ नहीं' कह देते हो। पता नहीं कौन-सा काँटा नासूर बन गया है।'' हँसी रज़ाई को बच्चों के पैरों तक व्यवस्थित करती हुई बोली।

सुनकर वंशीधर का हृदय जैसे टीस उठा, ''काँटा पूछती हो। तो सुनो— मेरी आनंदी मरी। गरीबी से मरी वह। इलाज नहीं करा सका था मैं ढंग से। मेरी जांबाज़ बेटी गोतमी मरी। इज़्ज़त बचाते गहरी चोट खा गई थी वह। ठाकुरों का कोप कि नज़दीक वाले रास्ते से बाज़ार नहीं जा सके थे हम। पार वाले रास्ते से अस्पताल टाइम से नहीं पहुँच सके थे हम। क्या इलाज चलता ? एक घूँट दवा उस बेहोश को जैसे-तैसे पिलाई। चार-चार इंजेक्शन एक साथ लगे। लेकिन चोट इतनी गहरी थी कि दम तोड़ बैठी। बेटा गणेश घर छोड़ गया, इसलिए कि हमको लेकर गाँव वालों ने उसका जीना दुश्वार कर दिया था। हम इस तरह गाँव निकाला झेल रहे हैं। बीस साल से यहाँ रह रहे हैं। जानवरों के बीच, किसलिए ? आखिर तो हम दोनों ही जवान उमर में अपना-अपना जीवन साथी खो चुके थे। तब फिर ? तब इसलिए कि मैंने ब्राह्मण होकर भी तुझसे शादी कर ली और तुझे इसलिए कि तूने विधवा होकर भी पुनर्विवाह कर लिया। अब तू ही बता, कोई व्यभिचार था क्या हमारे बीच ? प्यार था, प्यार। निखालिस। नहीं मानी हमने कोई जात-पात। नहीं माना पंडित-परधान का रौब। शास्त्र सब कैसे हैं, मैं खूब जानता हूँ। मगर तू ही बोल, क्या यहाँ भी हमारी ज़िंदगी कुछ ठीक से कट रही है ? दिन-रात बाघ का डर सताता रहता है। बच्चे हरदम संग-साथ को तरसते हैं। अब बुढ़ापा आ रहा है। भगवान न करे, कल को अगर हम मर गए तो गाँव से हमें कोई फूँकने तक नहीं आएगा। तब बच्चों का क्या होगा ? कहाँ भटकेंगे ये ? किसके आगे रोएँगे ? समझ रही है कुछ ? बस, ये ही सारे दुख मेरे कलेजे में गड़े हैं। काँटे हैं ये ।

नासूर हैं। तू बोल, तू कुछ और सोचती है तो!'' कहते हुए बंशीधर ने बीड़ी का बंडल फिर से निकाल लिया।

''तभी तो कह रही हूँ कि जितना जल्द हो सके, यहाँ से निकल चलो। अब और नहीं झेला जाता है यह सब।''

''चल देंगे। मगर वहाँ कौन-सा कोई नया समाज है? वहाँ भी दस बातें निकाल लेंगे लोग। लेकिन चलो, हमारे बुढ़ापे और बच्चों को संग-साथ, दोनों को कुछ तो ठौर मिल जाएगी। कुछ गनीमत हो जाएगी।'' हँसी को जैसे बनवास से मुक्ति की राहत भरी एक गहरी साँस आई। बरसों की पीड़ा आँखों तक छलक आई। पलकें भीग गईं।

वंशीधर भी अपने भीतर डूबे हुए थे। कुछ नहीं बोले। बस सहज ही हँसी को अपने आगोश में ले लिया। मानो आने वाले नए झंझावातों का सामना करने को वे फिर से नई ऊर्जा जुटा रहे हों।

और सचमुच उनका पारस्परिक भरोसा पहले से कहीं अधिक गहरे और गहरे भरता चला जा रहा था।

❑❑❑